뽈락,
자전거에 美치다

뿔락, 자전거에 美치다

초판 1쇄 발행 2025년 3월 22일

저자 김태진

펴낸이 양은하
펴낸곳 들메나무 **출판등록** 2012년 5월 31일 제396-2012-0000101호
주소 (10893) 경기도 파주시 와석순환로347 218-1102호
전화 031)941-8640 **팩스** 031)624-3727
전자우편 deulmenamu@naver.com

값 24,000원
ⓒ김태진, 2025
ISBN 979-11-86889-33-6 (03810)

뽈락, 자전거에 美치다

**자전거 덕후
뽈락의 이토록 행복한
두 바퀴 인생**

김태진 지음

들메나무

뽈락은…

서른 살에 우연히 자전거 공장에 들어갔다가
평생 자전거 세상을 벗어나지 못함
자전거를 생산, 판매하여 처자식을 먹여살림
산악자전거의 매력에 흠뻑 빠짐
자전거 따라 일본으로 3년간 유학 감
산골에 자전거는 팔지 않는 잔차방 개업
한마디로 자전거에 미친 사나이

닉네임 히스토리

야간 낚시에서 '볼락 잡는 귀신'이라 불리다 별명이 진화하여
보면 볼수록(ㅂ+ㅂ) 즐거운(樂) '뽈락'으로 굳어짐

바다미는…

2019년 3월 도쿄 시부야에서 출생
일본 탈출용 탈것으로 기획, 제작
클래식 활동 용접으로 된 크롬-몰리브덴 가문
시마노 투어링 XT 30단 콤포넌트
DT 스위스 240s 휠 세트
도쿄-서울 간 2,000km 여행
임진각-부산 77번 국도 1,600km 여행
부산-고성 통일전망대 7번 국도 600km 여행
고성 통일전망대-임진각 평화누리길 400km 여행

내 닉네임은 뽈락

내 자전거의 이름은 바다미.
지금부터 뽈락과 바다미의
희희낙락 유쾌한 bicycle life가 펼쳐집니다.

뽈락 열전의 서막

뽈락은 한번 만나면 잊지 못하는 이름이다. 누가 붙여준 별호가 아니라, 스스로 만들고, 그렇게 소개한다. '볼수록 즐거운'이라는 말뜻을 새기고 그를 보면, 정말 그의 유쾌한 볼이 뽈락을 연상하게 만든다. 김태진이란 흔한 이름 대신, 그는 적어도 자전거 제2모작에서는 뽈락이란 이름으로 계속 우리를 즐겁게 할 것이 틀림없다.

내가 그를 만난 것은 월간 〈자전거 생활〉 잡지에서다. 일본열도를 여행한다는 중년도 넘어선 사내의 모습이 연재되기 시작하면서다. 나 또한 〈한국의 강둑길〉이라는 주제로 장기 연재를 하던 중이어서 경쟁자가 하나 생기는 줄 알았다. 일본열도 여행기를 읽어가면서 그만 그의 글발에 홀랑 빠지고 말았다. 그의 글은 행선지가 없다. 가는 방향은 있으나 툭툭 건드리는 사물의 모퉁이는 싱거운 사내가 건들건들 거는 말에 닿아 있다. 만나는 사람마다 경상도 억양이 잔뜩 묻어난 일본말로 그들을 매료시키고 있었다.

그의 글은 종횡무진이다. 어휘의 선택은 적확했고, 비유는 직유와 은유를 넘어 비약의 뜀틀을 용수철처럼 튀어올랐다. 세대를 뛰어넘는 유머와 위트가 행간에 부비트랩처럼 숨겨져 있어 웃음의 코드는 어디서 폭발할지 알 수 없는 일이었다. 정신을 똑바로 차려 글발의 줄기를 다잡고 읽지 않으면, 다시 문장 첫마디까지 되돌아와서 읽어야 "아하, 이리도 표현하는구나" 하고 형광등이 들어온다.

매달 편집회의를 하면서 그가 궁금했다. 이제 곧 귀국한다는 그는 한 시대를 풍미했던 코렉스 자전거 사장을 지냈다고 했다. 그것도 사원으로 입사하여 그야말로 월급쟁이 사장을 지냈다니, 상상봉을 찍은 저력의 샐러리맨 아닌가. 게다가 퇴직을 하고 그제야 '진짜 자전거를 알아봐야겠다'고 자비 유학을 떠났다니, 이게 세정신인가 싶었다. 대개 봉급쟁이라는 것이 퇴직하면 남의 집 '종살이' 지긋지긋하여 돌아다보기도 싫은 게 사람 마음일진대.

그렇게 그와 대면이 이루어졌다. 그를 본 순간 글에서 숨길 수 없었던 끼가 그대로 확 전해왔다. "혹시 예전에 '웃으면 복이 와요' 같은 코미디 대본 작가 한 거 아닌가요?" 대뜸 물었다. 긍정도 부정도 하지 않는 걸 보면, 아마도 하고 싶긴 했던 모양이다. 동경의 자전거 전문학교에서 스스로 만든 자전거를 타고 현해탄을 건너 서울까지 온 사나이는 괴짜라고 할 만하다. 적어도 쉽게 흉내 내기 어려운 인생 프로젝트를 실천했다.

또래들이 전기자전거의 유혹에 못 이기는 체 넘어가는 게 일반인데, 그의 튼실한 넓적다리는 아직도 외면하고 있다. 77번 국도의 '대한민국 한 바퀴'를 돌면서 산천을 완상하고, 낯선 바닷가 마을 여관방에서 휴대전화에다 바로 글을 쓰는 독특한 습관은 우리로선 족탈불급이다.

잠자는 시간을 빼고, 그의 모든 신경은 자전거에 가 있는 듯 보인다. 어쩌면 그는 꿈마저 자전거를 꾸면서 이불 속에서도 페달질을 하고 있는지도 모르겠다.

그가 자기만의 공간에 평생 모은 자전거 관련 컬렉션을 펼쳐 보이고 싶어 한강 가 여기저기를 쏘다닌 시간을 자연히 알게 되었다. 축령산 골짜기 별서에 일단 보따리를 풀어놓고 보니, 방송국 예능이 냄새를 맡고 찾아들기 시작했다. 누구는 "어떻게 돈을 벌지?" "입장료는 얼마지?"를 묻지만, 그는 아직은 준비 중이라고 믿는 듯하다.

'자전거에 미치다'라고만 표현해서는 성에 차지 않는 그는 진정 '자전거로 날고 싶은 사나이'임에 틀림없다. 그렇다고 오로지 두 바퀴에만 매달리는 외골수도 아니다. 청춘 리바이벌의 길목에서 '실버 동요클럽'을 리드하기도 하고, '가곡 교실'에서는 한국적 서정을 노래하고, '샹송 교실'에서는 에디트 피아프의 노래를 원어로 외워 불러 주위를 놀라게도 한다.

그의 창작열은 자전거를 원재료로 하는 수많은 소품들을 자작하는 데서 발견된다. 그가 섬세한 붓으로 드로잉하는 그림에서는 상상의 영역이 아니라, 철저한 메카닉의 구도에 충실함을 발견할 수 있다. 소나무를 키우는 조경학도에서 20세기 최고의 발명품 자전거에 이르는 그의 인생 역정은 '소나무와 자전거'라는 조합이 될 듯도 한 콤비네이션을 이룬다.

이제 이것저것 맛만 보인 '뽈락의 자전거 인생사'를 개봉하면서, 진짜 뽈락체의 정수를 보일 국내외 여행기를 단행본으로 읽을 수 있는 날이 어서 오기를 간절히 바란다. 술도가 집 아들 뽈락의 막걸리 사랑만큼이나 걸쭉한 이야기를 그의 목소리로 듣고 싶어 그의 하루가 늘 궁금한 사람이다.

이제 본 막이 열릴 차례다.

■ **조용연** 여행작가, 전 울산·충남경찰청장

코렉스 시절, 김 대표는 언제나 쾌활하고 적극적이었다. 또한 잡학에 능하고 아이디어 뱅크로서 영업기획팀에서 맹활약하기도 했다. 회식 자리에서는 화려한 입담으로 분위기를 주도하여 직원들의 늦은 귀가로 아내들의 원성(?)을 사기도 했다.

어떤 일이든 진심으로 앞장서서 하는 모습으로 사람들을 끌어들이는 재주가 있었다. '뽈락'이란 별명은 사장이라는 직함과 어울리지 않다고 생각했는데, 직원들과 격의 없이 소통하는 최고의 제스처란 걸 깨달았다.

퇴직하고 간간이 들려오는 소식은 일본 자전거 유학 등, 전부 자전거에 관한 것이었다. 진짜 자전거인임을 인정하지 않을 수 없다. 코렉스 창업자로서 자부심을 느낀다. 그는 영원한 코렉스맨이다! Corex Excellent! COREX!!!

■ 김한중 전 (주)코렉스스포츠 회장

처음 저자를 만났을 때 기인 혹은 괴짜 아닌가 싶었다. 처음부터 끝까지 자전거 얘기만 하고, 자전거 외에는 세상사에 도통 관심이 없어 보였다. 알고 보니 90년대 자전거 산업 황금기를 주도했던 코렉스스포츠 대표를 지냈고, 한국산악자전거협회 회장으로 자전거 문화를 이끌어왔으며, 일본 TCD에서 자전거를 공부하면서 학교 이사장을 설득하여 자전거 통학 금지를 해제한 초특급 마니아였다.

평생 수집해온 자전거와 미니어처, 희귀자료 등을 모아 국내 최초로 개인 자전거 박물관까지 만들었다니, 집요할 정도로 한 길을 걸어온 정열과 추진력에 감탄하게 된다. 이번에는 회고록을 겸한 두툼한 책을 냈으니 묻고 싶다. 뽈락 선생, 다음에는 또 뭐로 놀라게 할 거요?

■ 유인촌 문화체육관광부 장관

운동 겸 취미로 MTB를 타온 나는 도구를 이용한 스포츠는 자전거가 가장 유익하다고 생각한다. 이 신통한 탈것을 도대체 누가 도입하고 발전시켰는지 늘 궁금하고 감사했다. KBS 1TV 〈동네 한 바퀴〉 프로그램을 진행하면서 만난 김태진 님은 바로 그 선각자였다.

추억의 브랜드인 코렉스 대표를 역임한 그는 처음으로 국산 MTB를 만들어 보급했고, 최초로 MTB 대회를 열어 문화적으로도 선도했다. 은퇴 후에는 자택을 자전거 박물관으로 만들더니, 급기야 '자전거 일생'을 정리한 책까지 펴냈다. 자전거를 좋아하거나, 생업과 취미가 일치하는 멋진 인생이 궁금한 사람들에게 꼭 추천하고 싶은 책이다.

▪ **이만기** 방송인, 전 씨름선수

뽈락 김태진, 그는 쾌활하고 늘 긍정적이다. 함께 이야기하면 유쾌하고, 그의 글을 읽으면 청산유수처럼 자연스럽게 흘러간다. 어떻게 이토록 긍정적인 마인드에 재치와 유머까지 타고났을까. 사람 좋은 미소 뒤에는 놀라운 열정과 집념, 그리고 남다른 수집벽까지 더해져 있다.

그는 한때 자전거 산업의 역군이었고, 지금은 자전거 문화를 전파하는 열혈 전도사이다. 자전거 사랑에 관한 한 그는 대한민국에서 단연 으뜸이다. 그의 머릿속에는 '자전거의 모든 것'이 가득 차 있다고 확신한다.

그런 그가 자전거 인생을 총망라한 책을 펴냈다. 만시지탄이지만, 이 책을 계기로 그의 자전거 인생은 더욱 빛날 것이다. 진심으로 축하하며, 많은 사람들이 이 책을 펼쳐보기를 권한다.

▪ **차백성** 자전거 세계 여행가, 전 대우건설 상무이사

제목부터 예사롭지 않다. 자전거에 미치게 된 '내막'이 궁금했다. 책을 펼치자, 곁눈질 없는 경주마처럼 40여 년간 한 우물만 판 뽈락의 '자전거 인생'이 흥미롭게 펼쳐졌다.

우연한 기회에 접한 낯선 세계에서 한평생을 자전거와 함께하며 '철저히' 미친 삶을 살았다니! 그 결과 회사에서 최고 자리에 올랐고, 15년 전

'자전거 안장'에서 내려왔지만, 자전거에 대한 '미침[?]' 상태는 고쳐지기는 커녕 악화(?)되었다. 은퇴 후에는 일본 유학까지 감행, 3년여의 자전거 전문학교 공부는 '미침'의 절정이었다. 그 클라이맥스를 천천히 즐기기 위해 도쿄에서 서울까지 애마 '바다미'를 타고 왔단다.

귀국 후에는 '자전거 박물관'을 개관하고 급기야 공중파 방송에도 출연했다니, 그야말로 '공중부양'이다. 그뿐인가. 자전거 시계를 만들기 위해 목공소를 다니더니, 인생의 지평을 넓히기 위해 동요·가곡·상송 교실에서도 목청을 가다듬고 있다니, 뽈락 그는 미쳐도 제대로 미쳤다. 그의 한계는 어디까지일까? 끝을 알 수 없는 그의 '미침'에 나도 편승하고 싶다.

■ **이홍희** 전 해병대 사령관

뽈락 님의 원고를 처음 접했을 때 나도 모르게 낄낄거리며 읽고 무릎을 탁 쳤다. 기막힌 재치와 풍자, 은유가 난무하는 그의 글은 워낙 독특해서 편집자로서 '뽈락체'라는 닉네임을 붙여주기도 했다. 재미있게 술술 읽히지만 행간에는 끝 모를 해학과 관용, 나름의 세계관이 은근히 묻어나 긴 여운을 남긴다.

뽈락 님의 두뇌 회로를 분석해보면 분명 80% 이상은 자전거 생각으로 가득 차 있을 것이다. 한국 자전거 산업계의 원로이자 문화계의 거인이면서 한시도 자전거를 놓지 못하는 한 자전거인의 초상이 이 책에 오롯이 담겨 있다.

■ **김병훈** 전 〈자전거 생활〉 대표

"돌아보면, 자전거와 함께한 모든 순간이
내 인생의 화양연화였다."

— 뾸락

日本最北端の地
The Northernmost Point in Japan

일본 최북단 소야미사키에서(2017년 여름)

도전하는 삶, 늙을 틈이 없더라
자전거와 함께한 나의 삶, 나의 길

홀씨 한 점이 떨어져 강물에 떠가다가 무심코 언덕에 올라 뿌리를 내리고 자리를 잡는 게 자연 현상이라고 한다. 전공이 굳건한 동아줄이라 여겼는데, 생각지도 않게 자전거와 인연을 맺게 되었다. 그것도 스쳐가는 바람처럼 여겼지만, 결국 평생의 직업이 되었고, 은퇴 후에도 그림자가 되었다. 이제는 자전거가 곁에 없으면 불안 초조하다. 침대 곁 벽에도 자전거를 매달아놓을 정도이니 하얀 집의 소환장이 날라 오려나? 이왕이면 그걸 배달하는 우체부가 빨간 자전거를 타고 왔으면 좋겠다^^

생각해보니, 자전거를 만난 것은 내 인생 최대의 행운이자 축복이다. 비록 중소기업이고 각광받는 업종도 아닌 회사였지만, 사원으로 입사해 대표이사 사장까지 마치고 나왔으니 발 디딜 데는다 딛고 나온 셈이다. 리더로서 가져야 할 긍정 마인드는 너무 강해서 탈이었고, 자전거로 다져진 체력은 철이 없으며, 눈먼 돈도 모였고, 공부하는 습관은 거의 한석봉 수준이다. 이런 천국 아카데미에서 수업료는커녕 월급을 받고 다녔으니 양심에 철갑을 둘렀다. 설마 토해내라고 연락 오는 건 아니겠지 ㅎㅎ

환갑 즈음, 뜬금없이 일본으로 유학을 갔다. 자전거 전문학교에 다닌다고 하니 '미친 거 아냐?' 하는 표정으로 다들 아래위를 훑어본다. 나도 안다, 내가 좀 이상하다는 것을. 하지만 어쩌랴. 미쳤다는 소리를 들을 만큼 좋은 것을.

돈벌이에서 벗어나 이제부터야말로 내가 좋아하는 일을 하며 살아보기로 했다. 이제부터 인생 2막이 아니라 인생 본막이 시작된 것이다. 본 게임인 만큼 이제 제대로 해야 한다. 영화에서는 3년만 도를 닦아도 무림 고수가 되는데, 뽈락은 30여 년을 버티며 열공했으니, 절대지존의 반열에 올랐다고 착각해도 봐줄 수 있지 않을까.

이제는 돈 때문에 비겁할 필요도 없고, 시간에 쫓겨 대충 하지 않아도 된다. 거기다 제 갈 길 바쁜 식구들 눈치에서도 벗어났다. 지나온 세월이 화양연화였나 하고 되돌아볼 필요도 없고, 앞으로 인생을 화양연화로 만들기 위해 앞으로 성큼 직진이다. 단언하건대 이대로 자전거와 함께한다면 100% 실현 가능하다.

자전거를 타면 위험하다, 햇볕에 탄다, 스타일이 망가진다, 없어 보인다 등 자전거를 안 탈 핑계는 100가지도 넘게 댈 수 있다.

하지만 자전거를 타야 하는 이유는 단 하나다. 우리가 인간이기 때문이다.

자연을 온몸으로 느끼고, 인간으로 태어난 것을 실감하게 해 줄 도구가 자전거다. 이 좋은 자전거를 혼자만 알고 세상을 떠난 다면, 그것은 지독한 개인주의라 저승에서도 보이콧 감이다. 그래 서 두서없고 서툴러 얼굴이 빨개지지만, 용기 내어 이 책을 내게 되었다. 뽈락만의 경험과 열정, 그리고 즐거움을 담아 세상에 내 놓는다. 따라잡기, 추월하기, 짓밟기 해도 안 아프다. 곱게 늙는 걸 포기하고 도전하다 닳아 없어지기로 했으니!

이런 무모한 도전을 도와준 귀인들을 줄 세워본다면 인천 앞 바다까지 길게 이어질 것이다. 허공에 흩어지는 헛된 감사말보다 도 가슴속에 차곡차곡 담아 두고두고 보답코자 한다.

자전거를 타라! 그럼 팔자가 이렇게 바뀐다^^

2025년 새봄에
남양주 수동 축령산 골짜기에서

차례

Chapter 1

회갑에 유학이라니!

뻘락의 도쿄 사이클 디자인 전문학교 도전기

Chapter 2

일본의 속살을 들여다보다

뽈락의 도쿄 새해 골목길 라이딩

Chapter 3

어느 날, 자전거가 내 인생에 들어왔다

뽈락의 인생 롤러코스터

Chapter 4

그래, 여행은 이 맛에 하지

바람처럼 구름처럼, 뽈락의 나 홀로 자전거 여행

Chapter 5

덕후의 상상은 현실이 된다

뽈락의 행복한 산골 잔차방 이야기

Chapter 6

자전거 덕후, 이 남자가 사는 법

뽈락의 365일 신나는 두 바퀴 인생

Chapter
1

회갑에
유학이라니!

뽈락의 도쿄 사이클 디자인 전문학교 도전기

자전거 유학 중 직접 제작한 '바다미'와 함께

도쿄에 세계 유일 '자전거 학교'가 있다고?

2015년 무더운 여름, 어디선가 샘물 같은 시원한 소식을 들었다. 일본에 자전거 학교가 있단다. 자전거 학교라면 우리나라에도 곳곳에 있다. 하지만 프레임을 만드는, 다시 말해 전문 빌더를 양성하는 곳은 아시아에서 이 학교가 유일하다는 것이다.

　깊은 우물의 얼음물을 끼얹듯 가슴속에서 뭔가 꿈틀거렸다. 지금은 국내의 자전거 생산이 초토화되었지만, 한때 세계 자전거 시장에서 이름을 날렸던 한국 자전거 산업의 역군(?)이었던 젊은 날의 추억은 언제나 첫사랑처럼 가슴 아프고 안타까운 기억으로 남아 있다. 그 빛바랜 추억을 다시 컬러풀한 동영상으로, 그것도 실시간으로 만들 수 있다니, 이거야말로 좋아서 춤이라도 한바탕 춰야 하지 않겠는가!

도쿄 사이클 디자인 전문학교(TCD) 전경(왼쪽)과 TCD에서 수업 중인 학생들(오른쪽) (출처/ TCD제공)

두근두근, 청춘을 재점화하다

살아가면서 한 해 한 해가 다 중요하지만, 1987년은 내 인생의 큰 전환점이 되는 해였다. 그해 금숙과 결혼도 하고, 결혼 3일 전에 회사가 부도나서 실업자가 되어 생활고를 해결하기 위해 들어가게 된 회사가 '코렉스'였다.

마침 그해, 미국의 머레이 오하이오 사와 합작하여 동양 최대의 자전거 공장을 준공하고, 연간 120만 대를 생산해 전량 미국으로 수출하고 있었다. 당시 미국 자전거 시장이 연간 900만 대 정도였으니, 미국 거리의 자전거 8대 중 한 대가 한국산 자전거였던 셈이다. 현재 우리나라 자전거 시장이 100만 대에도 못 미치는 점을 감안해보면 그 규모를 상상할 수 있을 것이다.

당시 공장에는 800여 명의 직원이 근무했고, 내가 생산 관리를 맡았던 가공 · 용접반은 4개 반에 180여 명이 다이아몬드 프레임을 만드느라 현장은 언제나 용접 연기로 자욱했다. 잔업을 끝낸 늦은 시간에 포장마차에 모여 앉아 한잔하기도 했는데, 해방 후에는 원자재가 부족해 드럼통을 쪼개서 그 철판으로 파이프를 말아 프레임을 만들었다는 늙은 반장의 무용담이 아직도 머릿속에 생생하다.

도쿄에 가면 전통 방식인 황동 용접으로 철 프레임 제작 기술을 전수해주는 학교가 있다니, 가슴 뛰는 일이었다. '도쿄 사이클 디자인 전문학교'란다. 줄여서 TCD. 멋지다! 가고 싶다! 두근두근….

아내를 설득한 필살기, 베이스캠프론

생각이 정리되고 마음을 굳히고 나니 그제야 현실의 장벽이 하나둘 막아서기 시작했다. 우선 10월부터 3개월 단기반으로 일본어 새벽반에 등록했다. 하지만 공부하기 좋은 가을은 술 마시기에도 딱 좋은 계절이다. 저녁 술자리가 즐거울수록 새벽의 히라가나는 멀어진다. 호랑이를 잡으려면 호랑이 굴로 뛰어들라 했던가. 아무래도 일본 현지로 가서 홀로 공부하는 수밖에 없을 것 같았다.

유학원에 상담해보니, 일본에서 3년간 유학하려면 학비와 생활비 등 경비가 상당했다. 다행히 은행을 털면, 아니 적금을 깨면 그럭저럭 가능할 것 같았다. 이제 가장 중요한 마지막 관문이 남았다. 바로 집사람 설득이다. 처음에는 농담처럼 귓등으로 흘려넘기더니 어? 어? 하는 표정을 지을 뿐이었다. 딸이 미국으로 유학 가 있는 상황에 당신마저? 유 부 꼬무투스?! 그래도 든든한 아들과 꼬리 흔드는 기동이가 있으니 괜찮지 않냐고 말하려니 어째 좀 설득력이 약했다.

그래서 생각해낸 것이 이른바 '베이스캠프론'이다. 우리 부부는 함께 등산도 자주 다녔는데, 마침 얼마 전 같이 본 등산 영화에서 힌트가 떠올랐다. 나는 정말 당신과 함께 에베레스트 정상에 가고 싶다. 하지만 둘이 함께 가면 둘 다 무사하지 못할 수도 있지 않겠는가. 그 험난한 등정을 위해서는 후방의 든든한 베이스캠프가 필수더라. 영화에서 본 것처럼 말이다.

이번에는 당신이 베이스캠프가 되어 가정도 지키고, 내친김에 우리나라(?)도 좀 맡아주십사 부탁했다. 다음에는 역할을 바꿔 당신이 주인공이 되도록 해주겠다는 공약도 남발하면서. 필살기 전략이 통했는지 마침내 아내의 허락이 떨어졌다. 역시 우리 금숙이가 최고다! 그런 금숙이와 결혼한 나는 최고의 행운아다. 재벌 회장인들 열일을 제쳐두고 3년을 유유자적할 수 있겠는가!

멀고도 험한 왕초보의 길

2016년 1월 10일, 일본 나리타 공항에 도착했다. 역시 공항 바깥에선 겨울 북풍이 칼날처럼 불어오고 있었다. 40여 년 전 빡빡머리를 하고 멀뚱멀뚱 들어섰던 황토빛 논산훈련장이 떠올랐다. 나긋나긋한 안내원의 목소리도 나에겐 소음일 뿐이었다. 입을 크게 벌리고 숨을 깊게 들이마시며 마음을 다잡았다. 자전거가 나를 이곳까지 데려왔으니 자전거가 책임지겠지.

돌이켜보니 일본으로의 첫걸음은 1992년 봄, 오사카의 시마노 본사 출장으로 시작되었다. 나를 태우고 현해탄을 건너온 저 비행기의 발명자인 라이트 형제도 자전거 수리공 아니었던가. "사람은 책을 만들고 책은 사람을 만든다"라는 말처럼, 사람은 자전거를 조립하고, 자전거는 인간을 재조립한다! 그래, 기왕 일본까

일본어 스피치 대회 시상식. 앞줄 맨 오른쪽이 필자다(왼쪽). 일본어 학원 쫑파티. 대부분 19세 전후여서 나도 19세라고 우겼다(오른쪽).

지 왔으니 열심히, 제대로 해보자!

　다음날 하라주쿠의 오모테산도 끝자락에 있는 아오야마 일본어 학교에서 간단한 테스트를 치른 후, 제일 초급인 V클래스를 배정받았다. 학교는 '청산'이라는 이름만 멋질 뿐, 30여 년의 역사는 있었지만 낡은 건물에 교실만 다닥다닥 붙어 있는 시끌벅적한 시장통이었다. 그래도 연꽃은 더러운 진흙탕에서 피어나는 법. 나중에 알았지만 근처에 진짜 아오야마학원 대학이라는 근사한 대학교가 있었다. TCD와도 멀지 않아 가끔 이곳의 구내식당을 이용하기도 했는데, 푸른 숲에 고풍스런 건물들이 지성의 분위기를 자아냈다.

　첫 시간에 20여 명이 차례로 자기소개를 했다. 인사, 이름, 국적, 나이. 이 간단한 것도 일본어로 하려니 참 버거웠다. 중국, 대만, 베트남, 필리핀 등 다양한 나라의 학생들이 한데 모여 비빔밥 같은 분위기를 이루는 것도 신기했다. 그리고 대부분이 싱싱한 19세 전후였다. 그래서 나도 19세라고 소개했다. 전날 저녁 산책을 하면서 나름의 원칙을 정했다. 연식이 좀 되었다고 해서 꼰대처럼 보이지 말자. 먼저 인사하자. 잘 웃자. 30분 전에 준비하고 맨 앞자리에 앉자. 무엇이든 먼저 하자. 이 낯선 일본에서도 세 마디만 잘하면 자다가도 떡을 얻어먹는다. "오하요 고자이마스^{안녕하세요?}", "아리가토 고자이마스^{고맙습니다}", "스미마센^{미안합니다}"! 어딜 가든 인사는 정말 열심히 했다. 여기에 '에가오', 즉 미소를 보여주면 그야말로 참기름이다.

학교에 가는 게 이렇게 재미있을 수 있나 싶었다. 아는 한자가 나오면 반갑고, 비슷한 문화에 신기해하기도 했다. 할 일이라고는 공부밖에 없었다. '자전거는 멈추면 쓰러진다'는 제목으로 웅변대회에서 입상도 했고, 봄방학 때 따로 공부해 월반도 했다. 어떤 날은 꿈속에서도 공부를 하거나 일본어 꿈을 꾸기도 했다.

헬멧을 쓰고 복도를 지나가면 학생들이 수군거렸다. "자전거에 미쳐 일본까지 온 늙은이"라고. 외국 생활에 지친 유학생들에게 조그마한 웃음을 줄 수 있다면 한순간의 쪽팔림이야 괜찮다고 생각했다. 콩알만 한 몽골 여학생이 용감하게 다가와서 몇 살이냐고 묻는다. 물론 19살이다. 너와 동갑이야^^

8월에는 후지산에 올라 일출을 보며 "대한민국 만세"를 부르고 막걸리로 축배를 들었다. 그리고 일본 열도를 정복하기로 마음먹었다. 당연히 자전거로! 3,776m의 일본 최고봉을 올랐지만,

후지산은 정말 재미없는 산이다. 그
냥 쭉 뻗은 오르막에 나무도 없는 흙
산이다. 그래서 후지산은 멀리서 바
라보는 게 낫다고 하는가보다. 마치
100미터 앞 미녀처럼. 그보다는 도
쿄도의 최고봉 쿠모토리 산$_{2,017m}$을
적극 추천한다.

아무튼 그해 12월에 JLPT 2급을
턱걸이로 통과하고, 3월 졸업식에서
는 우수상과 개근상을 받아 2관왕이
되었다. 상금 6만 엔까지 챙기고….
아이고, 또 자랑질! ㅎㅎ

일본 최고봉 후지산(3,776m) 정상에도 올랐다.

혼자지만 외롭지 않은, 아니 외로울 새 없는

〈작은 것이 아름답다〉는 책 제목처럼, 일본이야말로 이 말이
딱 어울리는 곳이다. 아무것도 아닌 것을 귀하고 소중하게 여기
고, 모든 것을 작고 앙증맞게 만든다. 일본어 학원을 정하고, 자전
거 통학을 감안해 13km 떨어진 나카노에 숙소를 잡았다.

내 방은 한국인 전용 기숙사에서 가장 작은 1인용 방이었다.
3평도 채 안 되는 공간에 냉장고, 옷장, TV, 책상, 화장실 겸 욕탕,

벽에 온갖 엽서와 사진, 그림 따위를 붙여놓았다. 누가 보아도 '자전거 오타쿠' 방이다(왼쪽). 천장까지 프레임을 걸어놓은 필자의 방(오른쪽)

침대 등이 꽉 들어차 있었다. 침대 다리에 벽돌을 받치니 침대 밑 공간도 널찍한 창고로 변신한다. 3년 동안 지낼 보금자리인데 썰렁하게 둘 순 없지. 학교를 마치고 집으로 오는 길에 자전거로 골목을 누비며 모은 갤러리의 공짜 엽서, 자전거 쇼나 잡지에서 얻은 사진과 영화 포스터를 벽에 다닥다닥 붙여두니 그럴듯해졌다.

냉난방기 환풍구 앞에 매달아놓은 만국기 학이 바람에 날려 너울너울 날개를 퍼덕인다. 경륜장에서 가끔 열리는 벼룩시장에서 자전거 미니어처와 배지, 희귀 부품, 우표 등 자전거 관련 소품을 사 모았다. 틈틈이 만든 자전거 시계와 학교에서 만든 프레임, 포크, 스템 등을 천장까지 매달아놓았으니 내가 어떤 사람인지 설명할 필요도 없다. 문을 열고 들어서는 순간, 자전거 오타쿠마니아의 세상이 펼쳐진다. 딸 '갱'은 미아리 점쟁이 방이냐고 놀린다.

새로운 취미, 연필 스케치에 도전하다

　일본에 와서 새로 시작한 취미가 연필 스케치다. 옆방 젊은 친구에게 기타를 배워볼까도 했지만, 자칫 잘못하면 꼰대 민폐가 될 것 같아 혼자서 할 수 있는 걸 찾았다. 손바닥만 한 노트를 사서 휴대폰 속 사진을 보며 따라 그리기 시작했다. 그러다 보니 도쿄의 골목 골목을 자전거로 다니며 재미있는 카툰이나 캐리커처 등의 소재를 찾아다녔다. 매일 한 편씩 그리려면 그만큼 많이 돌아다녀야 했고, 자연스럽게 소재에 대한 이야기도 알게 되면서 허벅지 근육도 키웠다.

　예를 들어 일본 만 엔 지폐의 주인공 후쿠자와 유기치가 누구인지, 어떤 인물인지도 그림을 그리며 공부하게 되는 식이다. 노트의 한 면엔 그림을, 다른 한 면엔 일본어로 일기를 쓰기로 했다. 소재 찾는 시간을 제외한 글과 그림 작업에 하루 2시간 정도를 투자했다. 그렇게 1년 동안 3권의 노트를 채우고 나니, 이제 웬만한 스케치는 자신 있게 할 수 있게 되었다.

연필 스케치를 배워 용띠인 아내 생일에 선물한 그림

　황궁이나 공원에서 스케치북에 수채화를 그리는 어르신들을 보면 봄날 햇볕의 따스함과 여유로움이 절로 느껴진다. 그래서 이제는 수채화를 해볼까, 아니면 좀 더 정교하고 섬세한 펜화에 도전할까 고민 중이다. 물론 그동안 익힌

스케치 노트. 스케치 일기만 3권이 넘고, 자신감이 붙어 혼자서 즐기는 새 취미가 되었다(왼쪽). 학교 축제 때 숙소 주인인 이사장 부부와 함께(오른쪽)

실력은 TCD에서도 유감없이 발휘되었다.

"오빠"라고 불러줘

　남자는 명함이 없어지면 자신감도 같이 없어진다 했던가. 사장이라는 흔하디흔한 호칭을 한국에 두고, 일본에서는 백의종군(?)하여 다양한 호칭을 얻었다. 학교에선 당연히 학생이니 "기무 상", "기무 쿤", "태진 상"으로 불렸다. 한국 학생들을 만나면 일반적으로 부르는 호칭이 "아저씨"였다. 20대인데도 간 큰 녀석은 "형님", "큰형님"이라고 부르는데 어쩐지 제일 고마웠다. 그 용감한 몽골 여학생은 어느 날 나를 "할아버지"라고 불렀다. 안 돼, 그

건! 차라리 오빠라고 불러줘, 오케이?^{오늘도 멀리서 "오빠" 하며 달려온다.}

　　그중 가장 황당한 호칭은 "선생님"이었다. 첫날 신주쿠 역에서 기숙사의 이동욱 사장을 만나 택시를 타고 가는데 호칭 얘기가 나왔다. 본인이 사장이니 나를 사장이라 부를 수도 없고, 형님이라고 하자니 어째 좀 어색하고…. "선생님이 어떨까요? 선배란 의미도 담고 있으니까요." 생초보 학생에게 선생님이라니. 새우를 고래라 부르는 꼴이었다. 그런데 나카노 숙소에 도착할 때까지 마땅한 대안이 없어 그냥 선생님으로 굳어졌다.

　　얼마 지나지 않아 이 사장 부부와 친해져 매일 저녁을 함께했다. 말하자면 자취비를 내고는 하숙을 한 셈이다. 자리가 사람을 만들고, 호칭이 업무 수준을 결정한다고 했던가. '선생님'처럼 솔선수범 행동하려고 노력했지만 언제나 뒤끝이 찜찜했다. 그러다 진미식당의 '정희마마'가 사고(?)를 쳤다. 식당에 단골이 되면서 주변 일본인들과도 일면식을 트기 시작했는데, 그후 "기무 센세이"의 영역이 커지면서 사람들의 의문도 커져갔다. 선생, 선생 하는데 도대체 무슨 선생이냐는 거냐? 그때 통 크고 배짱 두둑한 정희마마가 B&G^{빵과 구리}를 날린 것이다. "교수를 가르치는 선생이다^{어쩔래!}." 내가 어쩔 줄 몰라 하니 정희마마가 덧붙였다. "한국에서 사장도 했고, 자전거 업계에 오래 계셨으니, 그 분야에선 대학교수들에게도 가르칠 수 있는 전문가잖아요." 그후 시부야 학교에선 "학생 기무 쿤"이었지만, 나카노 나와바리에선 대단한(?) "기무 센세이"가 되었다.

꿈에 그리던 도쿄 사이클 디자인 전문학교(TCD) 입성

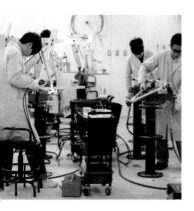

도쿄 사이클 디자인 전문학교의 수업 풍경
(출처/TCD 제공)

아오야마 학원에서 1년 3개월의 어학연수를 마친 자랑스런(?) 모범생으로서 교장의 추천서를 들고 도쿄 사이클 디자인 전문학교에 입학시험을 보러 갔다. 시험과 면접은 단 20분 만에 끝났다. 2018년 4월 5일, TCD를 비롯한 주얼리, 가방, 구두, 시계 등의 분야 신입생 입학식이 거행되었다. '거행'이라는 표현을 쓴 이유는, 모두 정장 차림에 분위기가 무겁고 차분하여 마치 장례식 같은 느낌이 들었기 때문이다.

학교생활에서는 철저한 인사, 70% 이상 출석률, 연간 31학점 취득을 강조했다. 히코 미즈노 학원은 미즈노 이사장이 40여 년 전 주얼리로 시작해 터를 마련한 곳인데, TCD는 2012년에 개설된 막내 학과였다. 그동안 400명이 졸업하여 브리지스톤 등 자전거 업계나 개인 자전거 빌더로 활동 중이라고 했다. 그중 한국인은 18명으로, 일본 기업에서 활동하거나 한국에서 업계 혹은 빌더로 활발히 활동하고 있었다.

2019년 당시 재학생은 졸업을 앞둔 3학년 18명, 2학년 39명, 2학년 진학반 33명, 1학년 94명으로 총 184명이었다. 그중 한국인은 7명, 중국과 대만 등 외국인은 약간 있었고, 대부분은 일본

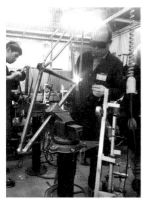

프레임을 용접하는 필자. 크로몰리 튜빙을 전통적인 황동용접으로 연결한다(왼쪽). 용접 시범을 보여주는 곤노 선생. 그는 북아메리카 수제 자전거 쇼(NAHBS)에서 몇 차례 입상한 장인이다(가운데). 경륜 선수들의 열광적인 신뢰를 받고 있는 스트라다의 무라야마 선생은 필자와 동갑이라 자주 식사를 같이하며 친구가 되었다(오른쪽).

인이었다. 2025년 3월 현재까지의 졸업생은 600여 명, 재학생은 180여 명이다. 참고로, 2020년 4월에 개설한 오아카 분교는 2년 제 매카닉 코스이고, 졸업생은 200여 명, 재학생은 70여 명이다.

현직 '자전거 장인'이 강의하는 TCD 과정

TCD 과정은 2년 코스와 3년 코스가 있다. 2025년부터는 4년 코스가 신설되었다. 수업 커리큘럼은 크게 프레임 빌딩, 메인터넌스, 디자인 및 설계의 세 분야로 나뉜다. 프레임 빌딩 시간에는 파이프 가공 기술과 선반, 밀링머신 등의 가공 기계 조작을 실습하며, 또한 용접협회에서 황동용접 시 가스 안전관리에 대한 16시간 교육을 받은 후 시험을 치른다.

학생들은 각자의 개별 지정석에 프레임 지그, 용접기, 바이스 등을 배치받아 크롬-몰리브덴크로몰리 합금강을 사용해 전통적인 황동용접 방식으로 파이프를 연결한다. 초기에는 간단한 파이프 손가공과 용접을 통해 핸들 스템, 리어 캐리어, 프론트 포크 등을 제작한 후 최종적으로 프레임을 완성하게 된다. 1학년 때는 700c 사이클 프레임을, 2학년 때는 27.5인치 MTB 프레임을 러그레스로 황동 본용접한 후, 덧씌우기 용접으로 강도를 보강하여 제작한다. 작업이 완료되면, 자신이 직접 디자인하고 설계한 자전거로 시승 시험까지 통과해야 한다. 3년 코스 졸업생들은 시내 전시장에서 졸업작품전을 열어 일반인들에게 공개하고, 관련 업체의 스카우트 제안을 받기도 한다.

교수진은 전임 강사와 외부 강사로 구성되어 있다. 2005년에 시작된 북아메리카 수제 자전거 쇼NAHBS에서 여러 차례 입상한 케르빔의 곤노 선생, 그리고 경륜 선수들에게 열광적인 신뢰를 받는 스트라다의 무라야마 선생 등, 현업에서 검증된 '자전거 장인'들이 강의하고 있다. 무라야마 선생은 필자와 동갑이어서, 수업이 있는 날이면 항상 함께 점심을 먹었고, 수업 중 시연뿐만 아니라 상담도 해주는 다정다감한 친구 선생이 되었다. 반갑다, 친구야!

흥미진진한 자전거 정비 수업

　전체 수업의 40%를 차지하는 메인터넌스^{정비} 수업은 매우 흥미진진하다. 자전거의 역사를 배우고, 마마차리^{이성용 생활차}나 일반 자전거의 분해·조립을 통해 가장 기초가 되는 원리를 이해한다. 로드바이크, MTB 등 고급 자전거의 분해·조립에 사용되는 전용 공구와 각 부품의 조립 토크 수치까지 체크하면 1년이 지나간다.

　상급반이 되면 크로스바이크, 전기자전거, BMX, 아동차, 픽시, 사이클로크로스 등 온갖 종류의 자전거를 시간 내에 완벽하게 분해·청소·조립하는 테스트를 거쳐야 한다. 또한 서스펜션 포크와 유압 디스크 브레이크 블리딩, Di2 장착 등 주요 부품들의 내부도 해부한다. 시마노는 물론 스램과 캄파놀로 등 유명 컴포넌트의 특징과 차이점을 실물로 배운다. 새롭게 진화하는 자전거 기술의 발

프레임 빌더의 산실인 실습장. 개별 지정석에는 프레임 지그와 용접기, 바이스 등이 배치되어 있다(왼쪽). 메인터넌스(정비) 수업 중. 로드바이크와 MTB는 물론, 생활자전거와 BMX, 사이클로크로스 등 모든 장르의 자전거를 다룬다(오른쪽).

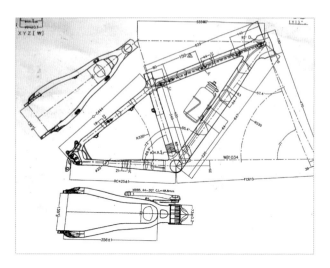

내 손으로 직접 만든 첫 자전
거 '구르미'의 설계도

전 속도와 기발한 아이디어를 접할 때마다 감탄사가 절로 나온다.

휠 세트의 구름성은 자전거의 승차감을 결정짓는 중요한 요소
다. 먼저 휠 좌우의 상황을 고려하여 JIS 식과 이탈리안 식 등에 따
라 스포크를 엮고 상하, 좌우, 밸런스, 텐션 등이 완벽하게 맞춰질
때까지 반복 연습한다. 기본적인 펑크 수리에서부터 로드바이크
의 튜블러 타이어 탈착, 그리고 요즘 인기를 끌고 있는 MTB의 튜
블리스Tubeless 타이어를 끼우는 작업까지 하다 보면 손금이 닳아
없어질 지경이다. 지구에서 달리는 모든 자전거를 다 섭렵하는 느
낌이랄까.

또한 대리점 개설 및 운영 요령, 업계의 프로세스와 규모, 셰어
자전거의 현황, 자전거 NGO 활동 전문가 초청 강연 등 소프트한
부문도 현실적이고 체계적으로 알려준다.

뽈락, 자전거에 美치다

컴퓨터 앞, 나 홀로 타잔이 되다

또 한 분야는 디자인 및 설계 수업이다. 평소에 컴퓨터와 사이가 좋지 않아, 전문용어로 '컴맹'인 나에게는 매우 난감하고 지루한 수업 시간이었다. 그나마 수업이 일주일에 목요일 오전과 금요일 오후로 짧아서 다행이었다. 컴퓨터 전용 교실에서 컴퓨터를 켜서 선생이 하는 대로 커서를 옮기고 클릭만 하면 되는데, 그것도 손만 들면 친절한 선생님이 쪼르르 달려와 클릭까지 해주는데, 이렇게 간단한 작업이 왜 그렇게 어려운지… 바보 멍텅구리란 생각이 들자 스스로가 처량하게 느껴졌다.

특히 1학년 때는 한국어로 소통할 수 있는 클래스 메이트가 없어 정말 난감했다. 라이노 프로그램이 실행되는 것을 보면 손으로 몇 시간 그릴 것을 단 몇 초 만에 해결해주니 그야말로 '매직'이다. 하지만 명령어가 일본어로 되어 있고, 무엇보다 원시인의 피가 흐르는 건지 컴퓨터 앞에만 앉으면 하품이 절로 나온다.

손을 자꾸 드는 것도 민망해서 포기하고 있으면 옆자리의 오사카 출신 후루하시 양이 친절하게 도와줘서 헤드배지 디자인 과제는 그럭저럭 제출했다. 이후에도 심 봉사 젖동냥하듯 유석, 현수, 재현이를 괴롭혔다. 나중에는 방안지에 직접 도면을 그리고 유니폼은 그림을 그려 색연필로 칠한 후 그걸 스캔해서 프레젠테이션을 마쳤다. 선생도 두 손 두 발 다 든 채 웃기만 했다. 그래도 다행인 것은, 그 정글에 타잔이 나 하나뿐이었다는 것이다^^

3년 개근, 회갑에 이토록 즐거운 학교 생활이라니…

베이스캠프론으로 시작된 3년의 일본 자전거 유학 생활도 막을 내릴 시간이다. 내가 원하는 것들로 채워넣었던 지난 3년의 학교생활이 주마등처럼 스쳐 지나간다.

약간의 센 지진만 있어도 자전거가 와르르 쏟아질 보금자리에서 아침마다 눈을 뜨고, 구르미와 함께 햇빛 쏟아지는 신주쿠 거리를 달려 학교에 간다. 아무도 없는 학교에 도착하여 제일 먼저 자전거가 가득한 교실에 들어갈

도쿄 사이클 디자인 전문학교(TCD) 졸업생은 매년 도쿄 시내 갤러리에서 졸업작품전을 열어 일반에 공개한다. 2019년 졸업작품전 포스터.

때의 기분이란! 조금 뒤면 자전거가 좋아 이 학교를 선택한 학생들의 들뜬 목소리가 교실에 울려퍼진다. 젊은 나이임에도 해박한 자전거 지식으로 완전무장한 하마나카 선생이 교실에 들어오는 순간 긴장과 설렘이 교차한다. 학교를 마치면 다시 구르미의 페달을 밟으며 등줄기를 타고 흐르는 땀을 만끽한다.

일본의 3대 명장 중 한 명인 오다 노부나가는 매일 새벽 말을 타고 근처의 절 약수터에 들렀다고 한다. 갈 때는 '오늘 무엇을 할

것인가'를 생각하고, 돌아올 때는 '그 일을 이렇게 해야지' 하고 결정했단다. 나는 3년간 매일 자전거로 TCD를 오가면서 오늘 배울 것과 새로 배운 것을 다시 익혔다. 공자의 3락 중 하나인 "배우고 때로 익히면 이 또한 즐겁지 아니한가"를 몸소 실천한 시간이었다.

지난 30여 년간 자전거와 함께한 시간은 내게 큰 행운이었고, 특히 일본에서 보낸 3년은 축복이라 할 만큼 내 인생의 황금기였다. 모든 것을

공항은 '돌아가는 삼각지'? 집사람은 서울로, 딸은 뉴욕으로, 나는 도쿄로….

말이 아닌 행동으로, 즉 직접 만들면서 아이디어가 샘솟는 순간을 나는 정말 사랑한다. 아이디어는 머리가 아니라 손가락에서 나온다. 집에 돌아와 종일의 용접 먼지와 자전거의 땀, 즉 노동과 운동으로 땀범벅이 된 몸을 씻어낼 때 느껴지는 포만감과 뿌듯함은 무엇과도 바꿀 수 없다. 학교 수업이 기대되고 학교생활이 이렇게 즐거울 수 없다. 그래서 3년 연속 100% 출석률을 기록했다. 그것도 지각·조퇴 없는 그야말로 퍼펙트한 출석이다. 물론 학점은 편식이 아닌 A, B, C, D 골고루 받았지만, 그래도 권총은 차지 않아 모든 과목을 이수했으니 그것으로 충분하다.

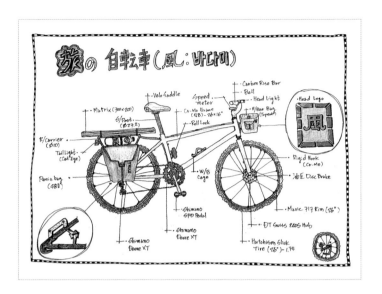

필자가 그린 '바다미'의 개념 스케치

도쿄에서 서울까지, 내가 만든 자전거로

한국에 있을 때 규슈로 자전거 여행을 다녀왔는데, 일본 유학 중에는 오키나와, 홋카이도, 시코쿠, 그리고 지난해[2018년] 여름 혼슈 북부지역을 달려서 '일본 정복'이 눈앞이다. 3월 12일 졸업식을 마치고 나면 도쿄를 출발하여 나고야, 교토, 오사카, 히로시마를 거쳐 시모노세키에 도착하여 페리에 오를 것이다. 그때가 3월 30일. 부산에 도착하면 연어처럼 낙동강을 거슬러 이화령을 넘고 한강을 따라 중랑천이 흐르는 내 집에 도착할 것이다.

도쿄에서 서울까지… 그래서 조금 더 특별한 자전거를 만들었다. 지금까지 동고동락했던 '구르미'의 신체를 이식해 '구르미 주니어'를 만들기로 한 것이다. 따라서 프레임 지오메트리는 구르미와 똑같

필자가 직접 제작한 '바다미'

은 26인치 휠에 16인치 사이즈이고, 포크도 같은 각도와 크기인 리지드 포크에 용접 면이 그대로 드러나는 섹시한(?) 클리어 코팅을 했다. 그리고 패니어를 달 리어 캐리어는 황금색을 칠했다.

모든 과정을 내가 직접 디자인하고, 용접하여 다듬고 페인팅해서 완성한 뽈락표 수제 자전거다. 그리하여 그 이름도 당당히 '바다미™'라고 지었다. 원래는 바람둥이지만 허 짧은 훈장님의 발음으로 바담풍… 그래서 바다미가 탄생했다. 자, 출발 앞으로!

바다미가 뉘긴교?

바다미는 뽈락이 환갑 넘어 얻은 놈이다. 놈이라고 한 것은 아들도 손자도 아니라는 의미이다. 그런데도 피붙이만큼 진한 애정이 간다. 살아 있는 건지, 죽은 건지도 헷갈린다. 가만히 있다가도 나와 함께하면 언제 어디든 달려가니 말이다.

바다미는 일본에서 태어났지만 쪽발이는 아니다. 도쿄 사이클 디자인 전문학교를 졸업하며 유학 생활 3년 3개월을 마칠 즈음, '남이 만든 비행기보다는 내가 만든 자전거로 귀국하는 건 어떨까' 하는 뽈락 식 억지 꿈을 꾸었다. 그래서 졸업 과제로 귀국용 자전거를 만들기로 했다.

프레임 설계는 '구르미(카본 MTB)'에 기준을 두고 휠 베이스를 조금 더 길게 잡고, 크롬–몰리브덴 합금강을 소재로 골라 사이즈에 맞춰 커팅하고 정밀하게 가공했다. 용접은 기존 러그형 대신 황동 덧붙이기로 강도를 높였다. 앞 포크도 같은 소재로 리지드 형으로 제작했다. 타고 갈 상상에 손바닥의 물집도, 뻐근한 어깨도 마취당한다.

뼈대와 포크가 완성되니 조립은 일사천리다. 기꺼이 자기 몸을 내준 구르미의 부품을 옮겨 세팅하니 믿음직스러운 자전거가 탄생했다.

신축 양옥에 문패를 달듯 프레임 헤드에 바람(風)을 상징하는 엠블럼을 붙였다. 이름하여 '바람이'. 헌데 좀 밋밋하다. 여기도 맛소금을 쳐서 혀 짧은 스승의 발음으로 바담이, 즉 '바다미'가 되었다. 구르미에서 바다미로, 즉 구름(雲)이 바람(風)을 일으킨 셈이

다. 그럼 이제 달려볼까나. 구름처럼, 바람처럼!

p.s. 한국에 와서 하늘색 옷을 입고 시마노 투어링 XT 최신 버전으로 업그레이드했다.

왜 '뽈락체'인가?

일본 유학 중이던 2017년 봄, 시코쿠 여행기를 〈자전거 생활〉 잡지에 연재하면서 소위 말하는 '뽈락체'가 시작되었다. 잡지사 김병훈 대표의 유혹(?)에 글을 쓰겠다고 했지만, 막상 핸드폰 자판에 한 줄 쓰는 것도 여름날 아스팔트를 기어가는 달팽이처럼 더뎠다. 그나마 가는 길도 뱅뱅 돌았다.

차분하고 우아한 문어체는 내 체질이 아니었다. 잘 쓰려는 욕심을 버리자고 다짐했다. 어차피 홀로 떠난 여행이니 그냥 구시렁거리며 써보자. 그러다 잔차가 말을 걸어오면 이바구나 나눠보자꾸나. 편한 대화체를 택하니 한결 글이 부드러워졌다. 남들이 어떻게 보든, 뽈락 자신이 보고 느낀 머릿속, 가슴속의 것들을 그대로 옮기기로 했다. 겸손인지, 시건방인지….

혼자 가는 길은 심심하다. 눈에 들어오는 것들에 물음표를 붙여본다. 오르막은 힘들다. 물음표를 느낌표로 바꾸다 보면 어느새 바람 부는 정상이다. 정상에 올라왔어도 마음은 정상이 아니다. 컴퓨터의 마우스 커서처럼 이리 뛰고 저리 달리는 생각으로 어지럽다. 쏜살같은 내리막에서 잡념을 떨쳐낸다. 보이는 풍경을 그려내는 화가처럼 느낀 것을 진솔하게 표현하려 한다. 다양한 시선으로! 자전거는 움직이는 절이다. 안장에 앉으면 화두를 정하고 묵언수행에 잠긴다. 흥! 지가 무슨 고승이라도 되는 줄 안다.

이게 뽈락체이다. 저 혼자서 즐거운 체하는 것이다. 아무도 오지 않는 산골짜기에서 홀로 피어 혼자 즐겁다고 하는 꼴이다. 지 맘을 어쩌겠는가!

"... ...은 그... ...한 기...가 아니다.
그것은 도전과 자유를 담은 삶의 메타포다."

– 수전 B. 앤서니

일본은 철저히 양력 위주여서 1월 1일이 설날이다.

우리는 포동포동한 복돼지해라지만, 일본은 우락부락한 멧돼지해란다.

2019년 새해를 맞아 도쿄의 골목길 120여km를 4일간 달렸다.

달렸다기보다는 기어갔다는 게 맞을 것이다.

예전에는 먼 거리를 짧은 시간에 가려고 용을 썼지만

이제는 되도록 짧은 거리에 긴 시간을 들이려고 기를 쓴다.

Chapter
2

일본의 속살을
들여다보다

뽈락의 도쿄 새해 골목길 라이딩

잘 가꿔진 개울 옆, 꼬마 아구단의 귀가

이 엄동설한의 삭풍에도 세월은 고개를 넘고 있다.

새해가 밝았다. 동양에서 가장 먼저 서양 문물을 받아들인 일본은 철저하게 '신식 문화'를 따르고 있다. '동양에 있으면서 서양을 지향한다'는 모토를 실천하고 있는 것이다. 우리나 중국, 베트남 등은 달을 중심으로 한 농경문화의 음력을 지켜왔다. 그러나 일본의 달력에는 조그마한 음력 날짜조차 없고, 젊은이들은 음력 자체를 신기해한다. 그래서 이들에게는 양력 1월 1일이 새해를 맞는 진정한 첫날이자 엄숙한(?) 명절이다.

일본식 새해맞이

연말이면 대대적인 집안 청소로 집을 깨끗이 한 후 대나무, 소나무, 굵은 새끼줄, 빨간 열매와 꽃, 지그재그 흰 종이 등으로 대문을 장식하고 새해를 맞는다. 지나가다 들른 장식 가게의 가와다상이 각 물품들의 의미를 열심히 설명해주는데, 짧은 일본어 실력을 뼈저리게 실감한다. 하지만 고개를 끄덕이고 웃음 띤 얼굴로 대충 이해한 척 넘어간다. '1년 동안 쌓인 먼지와 흉사, 오해들을 털어내고 집안과 나를 깨끗하게 하면 만복이 깃든다'는 의미겠지. 안 봐도 비디오, 안 들어도 오디오^^

나는 음력 설이 진짜 설날이라 생각하지만, 달력상의 새날이라 몸이 반응해 일찍 일어난다. 며칠 전 보아둔 근처의 '선정원'이

새해 첫날 아침에 찾은 동네 사찰. 너무 한산하고 조용해서 법당 앞에서 인사만 드리고 돌아 나왔다.

라는 절을 찾았다. 아무리 이른 새벽이라지만 그래도 새해 첫날인데 너무 한산하고 조용하다. 다들 신사로 갔나보다. 법당 앞 향불은 희미하게 피어오르는 흰 연기로 처량하고 스님의 불경 소리는 생략이다. 오히려 머쓱하고 민망하여 법당 앞에서 손을 모아 고개를 조아리고 돌아 나오는데, 뒤뜰 모란밭 사이의 연못에서 비단잉어들이 유유히 노닐고 있다. "너처럼 언제나 깨어 있어야지" 하며 잉어와 아이 컨택을 한다.

　절 북쪽에는 나무 팻말이 우뚝우뚝 선 묘들이 빼곡하다. 일본인은 도시 한복판에 무덤이 있어도 개의치 않는다. 어차피 낮이 자연스럽게 밤으로 이어지듯, 죽음도 그네들 삶의 연장선일 것이다. 오히려 죽음이 있기에 우리 인생이 더 소중하고 애틋한 것 아니겠는가. 죽음 곁에 있으면 겸손이 그 옆을 지킨다.

우리는 황금돼지해, 일본은 멧돼지해

바다에서 목욕하고 나온 햇님은 벌써 하늘에 말갛게 떠 있지만 거리는 한산하다. 상점들은 대부분 셔터를 내리고 새해를 알리는 연하 포스터가 인사를 건네고 있다. 2019년이라고 표기된 곳보다 천황의 연호인 '헤이세이平成 31년'으로 표기한 곳이 더 많다. 크리스마스나 석가탄신일은 공휴일이 아니면서도 천황의 생일은 공휴일로 지정해놓았다.

가게 앞에 나붙은 연하 포스터

올해는 기해년, 12간지의 마지막 동물인 돼지해다. 우리나라에서는 황금돼지해라 하여 복스럽고 통통한 돼지가 인기 있지만, 여기서는 '이노시시猪, 멧돼지'라 하여 터프한 이미지의 해로 부른다. 12간지가 전파되던 시기의 일본에는 집에서 기르는 돼지가 없었기 때문이라는 설이 유력하다. 관공서와 대부분의 회사는 3일까지 휴일이고, 착한(?) 회사들은 7일부터 새해 업무를 시작한다.

平成三十一年
謹賀新年

迎春

연하 포스터의 멧돼지해 그림이 독특하다.

　새해 인사와 함께 영업 개시일을 알리는 가게들의 연하 포스터도 각양각색이다. 흔하디흔한 '근하신년'부터 멧돼지와 함께 세배를 올리는 파나소닉, 오토바이 화보의 혼다, 일본 미인도의 이미용협회 포스터도 눈에 들어온다. 특히 '영춘迎春'이란 단어는 가슴을 따뜻하게 한다. 겨울의 한가운데서 벌써 봄을 상상하고 맞이할 준비를 하고 있다니…. 그래서 자세히 보니 얼어붙은 듯 조용한 벚나무와 목련 가지에는 송글송글 꽃망울을 열심히 만들고 있는 물소리가 들린다. 이처럼 나무들은 미련한 곰처럼 잠만 자는 것이 아니라, 엄동설한에도 쉬지 않고 봄을 준비하고 있다. 연분홍 복사꽃보다 소박한 매화를 고귀하게 대접한다. 설중매雪中梅이기에.

꼬불꼬불, 멈칫멈칫, 도쿄 뒷골목 탐험

　도쿄에 처음 와서 자전거로 어디로 갈지 고민했다. 고삐 풀린 로시난테처럼 무작정 달릴 순 없지 않은가. 먼저 서울 지하철 2호선처럼 도쿄 시내를 순환하는 JR 야마노테선을 따라 도쿄역을 비롯해 신주쿠역, 시부야역, 우에노역, 이케부쿠로역 등 29개의 역을 한 바퀴 돌아보았다. 다행히 이 노선은 지상철이라 전차를 보

주택가를 흐르는 개울 옆으로 좁고 정갈한 길이 나 있다.

면서 따라가면 된다. 마치 사막에서 북극성을 보며 걷는 것처럼. 작은 수첩을 준비해 각 역의 스탬프를 찍는 쏠쏠한 재미는 덤이다. 스탬프 장소는 역마다 한 군데뿐이라 헤맬 수 있는데, 경험상 대개 남쪽 출구에 있다. 남쪽은 봄이 오는 길목이고, 반가운 소식을 전하는 제비의 고향이다.

　새해 첫날, 부처님께 잠깐 문안도 드리고 나름의 다짐도 하고 나니 긴장이 풀려서일까. 책상에 앉아 꾸벅꾸벅 졸다 보니 어느새 햇살이 노크를 한다. 문 앞의 구르미도 나가보자고 안달이다. 무심코 동네 옆 묘정사천을 따라 흐르듯 구르미가 길머리를 잡는다. 홍제천보다 폭은 좁은데 깊이는 7~8m로 더 깊다. 홍수 방지용 강둑이라 산책로나 자전거 도로도 없다. 물빛까지 어두운 그곳에

도쿄 골목 탐사에 나서는 필자. 날씨는 영상 10도로 포근했다.

물오리들이 놀고 있다. 천이라 부르기엔 너무 작고, 개울이라 하기엔 너무 깊다. 그래도 하천 옆으로 도로가 이어져 있어 동네 토박이처럼 천천히 나아간다.

조그만 다리들이 수없이 많아 속도를 낼 수가 없다. 간선도로나 철길을 만나면 한참을 헤매기도 한다. 처음엔 "뭐야?" 하고 불평하다가도 꼬불꼬불해서 멈칫멈칫하며 달리는 뒷골목의 묘한 매력에 점점 빠져든다. 다카다노바바 근처에서 간다천과 합류한 물은 점차 그 세를 불려나간다. 이치가야 근처에서는 둑을 쌓아 호수도 형성되고 방류되는 물의 양도 늘어나 제법 강 같은 모습을 갖춘다.

맥도날드의 쌍무지개를 보는 순간, 평소 즐기지 않는 패스트푸드가 당긴다. 새해 첫날 떡국과 김치를 대신해 햄버거와 감자튀김을 먹고, 후식으로 식혜 대신 콜라를 꿀꺽한다. 아무렴 어때, 우리에겐 진짜 설날이 기다리고 있지 않은가.

간다가와 서정抒情

다음 날, 기온도 영상 10도에 바람도 잠잠해져서 본격적으로 도쿄의 속살을 누비기로 한다. 내가 살고 있는 나카노구中野区에는 에고다천, 묘정사천, 후쿠젠지천, 간다천이 흐르고 있다. 그중에서도 맏형 격인 간다천神田川, 간다가와은 도쿄와 사이타마현의 경계를 흐르는 아라가와가 원류로서, 서북쪽 미타케시의 이노가시라 호수에서 시작된다고 한다.

간다천은 필자가 사는 나카노구에서 맏형 격이다.

지금은 도시화에 찌들었지만, 에도 시대의 간다천은 물이 맑아 수원지로 활용되었다. 도쿄 도심을 흐르며, 위의 3형제와 나카노구와 신주쿠구에서 만나 대학가로 유명한 오차노미즈의 유원지로 모였다가 황궁의 해자를 돌아 스미다가와와 합류한다. 지도상의 거리는 총 25km 정도로 짧은 천이다.

강은 산이나 들 같은 자연 속에서 흐를 때 그 가치가 크다. 그런 관점에서 간다천은 도심을 흐르며 생활 오수, 매연, 소음에 시달리고 있으니 불운하다고나 할까. 하지만 인간의 시각에서 보면 간다천은 매우 고마운 존재다. 팍팍한 객지 생활을 위로해주니 얼마나 고마운가. 사람들에게 간다천은 어머니 같은 존재일 것이다.

금수저에 밀리고 밀려 할 수 없이 강변에 사는 서민들의 삶. 그들이 생활하는 동안 간다천은 생존의 몸부림을 받쳐주었다. 와세다대학을 지나면서, 1973년에 가쿠야 히메가 불러 공전의 히트

강변에 도열한 아름드리 벚나무가 물을 마시려는 듯 가지를 길게 늘어뜨리고 있다.

를 친 '간다가와'란 노래가 떠오른다. 3간(3間) 쪽방의 가난한 대학생 커플의 사랑이 영화처럼 펼쳐진다. 젊을 때는 두려운 게 없었지만, 단지 당신의 다정함이 두려웠다고 한다. 여우가 어린왕자에게 길들여지는 게 두려운 것처럼. 사랑보다 무서운 건 정(情)이다.

　작은 비누가 달그락거리는 목욕통을 끼고 둘이 갔던 요코초의 목욕탕은 사라졌지만, 헤매던 끝에 비슷한 센토(銭湯)를 발견한다. 강 주변에는 이제 어둡고 암울했던 과거를 벗어던지고, 가로 공원과 놀이터가 조성되어 시민들의 휴식처가 되었다. 강둑에는 강을 지키는 호위무사처럼 아름드리 벚나무들이 도열해 있다. 길 쪽에는 가지가 듬성한 반면, 강 쪽에는 마치 기린이 목을 늘어뜨려 물을 마시려는 듯 가지들이 쭉쭉 뻗어 있다.

나무 둥치에 손을 대고 눈을 감고, 작년 어느 봄날 흐드러지게 핀 벚꽃 잔치를 떠올려본다. 흘러가는 강물 따라 길도 흐르고 집들도 흐른다. 대문도 없이 어깨를 맞대고 늘어선 강변의 집들은 길이 앞마당이요, 강이 전망대다. 마음을 열면 천하가 내 것이요, 내가 바로 천하다. 천상천하 유아독존^^

4일간 누빈 일본 골목길 120km

상류로 거슬러 올라갈수록 강 옆의 길은 좁아지다 아예 사라진다. 자전거 핸들이 걸려 머뭇거리고 있는데, 뒤에서 누군가 헛기침으로 압박한다. 뜀박질을 하는 아주머니에게 길을 내준다. 자전거보다 달리기가 더 빠른 길이다.

길 옆에는 가을 서리를 견디고

장식품 가게의 가와다 상이 각 물품의 의미를 설명해주었다. 둘이 함께 1월 1일을 표현해보았다.

겨울 추위도 아랑곳하지 않는 들국화의 절개가 가상하다. 주먹보다 큰 노란 감귤은 무게를 이기지 못해 강으로 추락하기 일보 직전이다. 사라진 강변 골목길이 말을 걸어온다. 집이 너무 좁아 들

그동안 다녀온 여행지의 기념 배지를 풍물 가게에서 구입했다(왼쪽). 추울까봐 덮어놓은 자전거 보호 천막(?)(오른쪽)

일 수 없는 자전거가 추울세라 파란 이불을 둘렀고, 꼬마가 홀쩍 커버려 쓸모없어진 용품들이 옹기종기 새 주인을 기다리고 있다.

풍물 가게에 들러 예전에 다녀왔던 일본 여행지의 기념 배지를 샀다. 마치 제주도 신혼여행 갔다가 남대문시장에서 기념품을 사는 격이다. 홋카이도의 최북단 소야미사키, 야경이 아름다운 하코다테, 금숙이와의 추억이 깃든 하코네 등 여러 기억이 새록새록 떠오른다. 주인장 엔도 상은 나의 요청에 수줍은 표정으로 포즈를 취해준다.

초등학교 담벼락에 그려진 나뭇등걸 위에서는 아이들의 꿈이 자라고 있다. 강의 상류에는 호수가 있어 흑두루미 같은 겨울 철 새들이 보금자리를 틀고 있다. 철새를 사진에 담는 사람들, 망원경으로 관찰하는 아가씨, 휘파람 연습 중인 영감님, 유모차를 끄는 엄마와 아기를 안은 아빠, 닌자처럼 야구 방망이를 메고 자전거를 타고 가는 꼬마 야구단 등, 사람과 자연, 동물이 어우러진 풍경이 한가롭다. 겨울이지만 봄날의 따스함이 느껴지는 날들이다.

담장 너머의 나무를 이쪽으로 끌어들인 재치

주행거리를 계산해보니, 4일 동안 약 120km를 달렸다. 이쯤 되면 달렸다기보다는 기어갔다고 해야 맞을 것이다. 하지만 억울함도, 섭섭함도 전혀 없다. 오히려 여유가 몸에 붙어 올해는 좋은 일이 많을 것 같은 기분이다. 예전엔 먼 거리를 짧은 시간에 가려고 용을 썼지만, 이제는 짧은 거리에 긴 시간을 들이려 애쓴다. 그래야 더 자세히 볼 수 있고, 더 아름다울 수 있으니….

기다리고 기다리던 개학 날

1월 7일, 겨울방학이 끝나고 드디어 개학이다. 꿀맛 같은 방학 뒤의 개학에 '드디어'가 나오다니! 아마도 3월 졸업을 앞둔 마지막 학기이기 때문일 것이다. NHK 기상 캐스터는 영상 10도의 날씨를 브리핑하면서도 춥다고 겁(?)을 준다. 서울은 영하 15도라던데…. 여느 때처럼 헬멧, 장갑, 마스크로 완전무장한 채 구르미와 함께 조금 일찍 학교로 향한다.

새로 이사온 누마부쿠로를 출발해 나카노역을 지나 신주쿠에 다다르면 출발할 때의 한기는 사라지고 등에서 땀이 송골송골 맺힌다. 요요기를 지나 하라주쿠 언덕 내리막을 쏠 때는 차가운 공기가 코를 통해 폐 속까지 전달되며 뇌에서 상쾌하다는 신호를 보내고, 그 순간 가슴은 벌렁거리며 '살아 있다'고 외친다.

키 큰 가로수들이 내려다보는 오모테산도를 지나면 시부야의 학교에 도착한다. 편도 12km 정도의 짧은 구간이지만 오르막과 내리막, 좁은 길과 넓은 도로가 다양해 마치 '어반 트라이얼'을 즐기는 느낌이다. 어쩌다 신호 한 번 안 걸리고 오는 날이면 마치 로또에 당첨된 기분이다. 60번 넘게 봄을 맞이한 나지만 아직도 '물가의 어린애'에서 벗어나지 못하고 있다.

방치하면 자전거도 견인(?)당한다

나카노역 주변은 출근 인파가 거리를 꽉 메웠다. 여기에 자전거로 출근하는 사람들까지 더해져 거리는 더욱 복잡해진다. 역 주변의 구청 실내 공영주차장이 부족해 노상주차장에도 자전거가 빽빽하다. 하루 이용권은 100엔, 한 달 정기권은 1,600엔 정도다. 자전거 도난 방지와 거리 경관을 위해 반드시 주륜장을 이용하라고 권장한다. 급하다고 아무 데나 애마를 세워두었다가는 "아뿔싸!" 하는 상황이 벌어질 수 있다.

옅은 녹색 유니폼을 입고 2인 1조로 다니는 단속 영감님들은 주차위반 딱지를 끊고 불법 방치 자전거도 견인해간다. 작년에 시부야 학교 근처에 세워둔 구르미가 견인당해 거금 2,000엔을 주고 찾아온 적이 있었다. 내가 사

일본 경찰은 순찰에 자전거를 적극 활용한다.

는 나카노구에서는 벌금이 5,000엔이란 소릴 듣고는 3,000엔 벌었다고 바보 이반처럼 웃고 말았다. 일본 도시의 깔끔하고 정돈된 풍경은 시민의식과 함께 위반 시 엄격한 벌칙과 살인적인(?) 과태료 덕분일 것이다. 아무렴, 회초리를 들어야 할 땐 들어야지^^

마마차리의 행복

일본의 자전거 하면 단연 '마마차리'가 떠오른다. 이름에서 알 수 있듯, 주부들이 이용하는 이 자전거는 아이들을 앞뒤로 태우고도 씽씽 가볍게 나아간다. 아침이 바쁜 엄마들이 내 자전거를 추월하며 지나간다. 일본 아지매들이 모두 이상화 허벅지를 가졌나 싶었는데, 알고 보니 비밀은 바로 전동 어시스트 기능에 있었다.

1993년 야마하에서 세계 최초로 전동 어시스트 자전거를 개

일본 주부가 많이 타는 전동 마마차리. 앞 뒤로 아이들을 태우고도 잘 달린다.

발하며 마마차리는 주부들의 마법 같은 발이 되었다. 타고 내리기 쉬운 L자형 프레임, 오르막 등판이 쉬운 내장 3단 기어, 롤러 브레이크, 허브 다이나모 라이트, 말굽형 자물쇠, 넓고 편안한 스프링 안장, 튼튼한 더블 스탠드, 도난 방지를 위한 핸들 잠금장치 등 다양한 기능이 자전거 구석구석에 담겨 있다. 신호를 기다리는 마마차리의 앞좌석에서 아이는 투명 비닐 바람막이 속에서 의자가 침대인 양 쌔근쌔근 잠들어 있고, 엄마는 뒷좌석의 아이와 이야기를 나눈다. 행복을 전염받으려 좀 더 옆으로 자전거를 붙인다.

한국인 자전거 메신저

또 한 대의 자전거가 바람처럼 휙 지나간다. 날렵한 뒤태가 섹시한 사이클이다. 삑삑 무전기를 가슴에 대롱대롱 비껴 멘 메신저 가방에, 안장 밑에는 타원형 번호판이 달랑거리는 걸 보니 '자전거 메신저'이다. 1870년 프랑스 파리에서 시작되어 뉴욕에서는 '옐로우 캡'택시만큼이나 유명해진 자전거 메신저가 이곳 도쿄에서도 중요한 직업이 되었다. 펜으로 쓰는 사인보다 인감과 원본을

왼쪽부터 자전거 메신저, 자전거로 배달하는 우체부, 우버 음식 배달 자전거

중시하는 일본 문화, 거기에 좁고 막히는 도쿄 도심을 고려해보면 꼭 필요한 수단이다.

자전거 메신저의 대부분은 젊은 20~30대로, 대략 800명 정도라고 한다. 그 '쎄다'는 와세다대학을 졸업하고 도쿄에서 자전거 메신저로 활약 중인 한국인 김의호 씨와 야끼소바를 먹으며 이야기를 나눴다. 2010년부터 자전거의 매력에 빠져 이제는 주황색 MASI가 신체의 일부라며 자랑스러워했다. 현재 근무 중인 회사 'T 서브'는 1989년 창업해 약 130명이 근무하고 있는데, 그중에는 20년 된 베테랑도 있다고 한다.

처음 입사하면 일주일 정도 안전교육을 받은 후, 몇 개월은 시급을 받으며 일을 하다가 이후 거리에 따라 달라지는 건당 수입이 생긴다. 4월 말, 9월 말, 그리고 연말이 가장 바쁜 시기다. 도쿄의 지형은 여기저기 언덕이 많아 대부분 개인 소유의 로드바이크를 사용하지만, '멋부림'에 픽시_{일본에서는 피스타}를 고집하는 친구들도 있단다.

우체국 근처에서 경찰이 신호를 위반한 차량에 스티커를 발부하고 있는 모습을 보았다. 그 옆에는 당당하게 서 있는 흰색 자전거가 눈길을 끈다. 보통 교통 스티커는 순찰차나 경찰 오토바이의 영역인데, 일반 파출소 순경이 나와 교통단속을 하는 모습이 흥미로웠다. 벤츠 S클래스가 단속 자전거 앞에서 고양이 앞의 생쥐 꼴이라니! 자전거인으로서 묘한 쾌감을 느꼈다.

하지만 가끔 야간에 라이트를 켜지 않았다고 불러세워 자전거는 등록했냐, 외국인이면 재류카드 내봐라 할 때는 벌레 반 토막 씹은 듯한 기분이 들기도 한다. 남을 혼내줄 때는 '정의의 사도'였다가 막상 내가 당하면 '악마의 사촌'쯤으로 느껴지는 것은 '내로남불'이란 불치병의 전조 현상인가.

아무튼 우리네 파출소 같은 '코반'은 도시 곳곳에 위치해 치안을 책임지고 있고, 코반 앞에는 어김없이 순찰용 자전거들이 옹기종기 모여 있다. 흰색 프레임에 포크 양쪽에는 야간 지시봉이 꽂힌 투명 플라스틱 튜브가 있고, 캐리어 위의 흰색 구급상자가 반질반질하다. 이 자전거로 늙수그레한 나카무라 순경은 오늘도 좁고 구불구불한 골목을 어슬렁거리며 주민들과 새해 인사를 나눈다.

"아케마시테 오메데토 고자이마스"^{새해가 열림을 축하드립니다.}

"코토시모 요로시쿠 오네가이시마스"^{올해도 잘 부탁드립니다.}

아사히신문 보급소에는 새벽에 따끈한 뉴스를 돌리고 온 배달 자전거가 땀을 식히고 있다. 그런가 하면 멀리서 빨간색 자전거가 달려와 낡은 가죽 가방의 큰 입을 벌리고는 소식들을 토해낸다. 사라진 줄 알았던 우체부 아저씨의 자전거가 반갑게도 살아 움직이고 있다. 자전거 덕분에 시간은 한층 여유롭게 흐르고, 외국인인 나조차 그 풍경에 마음이 편안해진다.

일본을 떠받치는 두 바퀴의 힘

또 한 대의 자전거가 두리번거리며 어디론가 향한다. 휴대폰 한 번 쳐다보고 건물 한 번 쳐다보고⋯. 정육면체의 검정 가방을 부담스럽게 둘러멘 이 자전거는 우버 음식 배달 자전거다. 기본 요금은 370엔부터 많게는 1,200엔까지 거리에 따라 수입이 달라진다. 특히 여름 장마철이나 추운 겨울에는 '귀차니스트'의 주문이 폭주해 거리에서 자주 눈에 띈다. 배달 중 욕심으로 속도를 올렸다가 음식이 쏟아지면 고객으로부터 클레임을 받을 수 있다. 콜라가 쏟아지거나 초밥이 한쪽으로 쏠려 회덮밥이 될 수도 있으니 조심 또 조심해야 한다.

자전거와 리어카가 결합한 '카고 자전거'도 제 몫을 단단히 하고 있다. 고양이 부자인지 모자인지 로고가 인상적인 일본 최대 택배회사 야마토는 골목길 배달에 이 자전거를 이용하고 있고, 주류를 운반하는 카고 자전거와 함께 'ECO'를 모토로 삼아 친환경 운송 수단으로서의 역할을 톡톡히 하고 있다. 이렇게 환경과 생활에 맞게 자전거를 효율적으로 사용하는 아이디어와 습관이 일본을 선진국으로 떠받치는 보이지 않는 저력이다. 이렇게 무공해의 자전거는 인간과 사회를 건강으로 이끈다.

뽈락의 일본 자전거 시장 분석

일본의 자전거 시장 규모는 우리보다 4배나 크고, 자전거 문화에서도 우리보다 훨씬 앞서 있다. 일본을 잘 읽으면 우리 문제의 해법을 찾거나 미래를 내다보는 데 도움이 될 것이다.

전철역에 질서정연하게 주차된 자전거

자전거 천국 일본, 지금은…

전철역 근처에 있는 대형 자전거 주차장은 언제나 빈틈이 없고, 도서관 등 공공시설에도 어김없이 자전거 주차장이 넓게 마련되어 있다. 도심 거리에는 아이를 앞뒤에 태우고 달리는 주부, 거리를 순찰하는 순경의 하얀 자전거, 리어카를 달고 좁은 골목을 누비는 택배용 자전거 등, 다양한 사람들이 자전거를 생활 수단으로 사용하고 있다.

현재 세계 경제는 호황을 맞이하고 있고, 일본 역시 아베노믹스 덕분에 경기가 활기를 띠고 있다. 대학생 취업률이 98%에 달할 정도의 경이로운 기록을 세우고 있지만, 일본 자전거 업계의 현주소

일본은 택배용 등 다양한 부문에서 자전거를 활용하고 있다.

는 한국과 마찬가지로 암울하다. 2011년 동일본대지진 당시 자전거는 연료가 필요 없는 이동 수단으로 큰 인기를 끌었고, 그해 자전거 시장 규모는 처음으로 1,000만 대를 돌파했다.

하지만 딱 거기까지였다. 2012년에는 950만 대로 감소했고, 그 이후로 하락세가 이어지면서 2017년에는 수입 678만 대, 국내 생산 89만 대, 총계 767만 대에 그쳤다. 이러한 추세로 가면 향후 650만 대까지 떨어질 것이라는 우려가 나오고 있다. 그럼에도 불구하고 일본 시장은 여전히 한국 시장의 4배에 달하며, 인구가 2.5배인 것을 감안해도 상당히 활성화된 시장임을 알 수 있다.

일본의 온라인 판매 비율이 15%임을 감안해보면 대리점 판매 비율이 우리보다 높은 편이지만, 점포 수는 해가 갈수록 감소하는 추세다. 점포별 연간 판매 대수는 274대이며, 지역별로는 관동 지역이 384대로 최고이다. 소규모 점포에서는 연간 57대를 판매한 반면, 대규모 점포에서는 11배인 641대를 판매한 것으로 나타났다. 역시 소비자는 우리와 마찬가지로 대형 매장을 선호한다.

계속 추락하는 판매 대수, 그 이유는?

① 중국의 인건비 상승에 따른 원가 상승

일본 자전거 시장에서 중국산 자전거의 비중은 86.2%로 압도적이다. 이에 따라 중국 현지 공장의 상황에 큰 영향을 받을 수밖에 없다. 2008년 베이징 올림픽을 계기로 중국의 인건비와 각종 경비가 상승하면서 부가가치가 낮은 중국 내 자전거 공장들은 인력난에 시달리고 있다.

일본도 공공자전거가 상륙해 세를 넓혀가는 추세다.

② 불량 자전거로 인한 신뢰도 추락

저가 중국산 자전거의 대량 유입으로 불량품에 대한 클레임이 증가하고, 사고로 인한 소송으로 이어지고 있다. 재단법인 일본자전거협회에서는 2004년부터 안전 환경 기준 적합 자전거에 붙이는 BAA 마크를 보급해 고급 자전거에 대한 품질 기준을 강화하고 있다. 이를 통해 사고 예방과 소비자 신뢰도를 높이는 데 주력하고 있다.

③ 소비자의 기호 변화

기존의 통근, 통학, 장보기 위주의 생활형 자전거 문화에서 벗어나 자신의 라이프 스타일에 맞는 자전거를 찾는 소비자들이 늘어나고 있다.

일본 자전거 시장 트렌드

① 다양한 자전거의 유행

소위 주부·통학용 자전거인 '마마차리'가 주를 이루던 시장에서 젊은이들

은 유럽의 사이클 붐에 열광하고,
노년층은 건강을 위해 자전거를
구입하는 등 변화가 생겼다. 그외
에 스타일리시한 통근용 자전거,
자신의 개성을 표현하는 픽시 자
전거, 여행용 투어링 자전거, 접
이식 자전거 등 다양한 소비자들
이 자신에 맞는 자전거를 추구하
고 있다.

자전거 전문학교에서 기술을 배우는 학생들

- 스포츠 자전거 : 크로스바이크 11%, 로드바이크 6%, MTB 2%
- 전년 대비 스포츠 자전거는 12% 증가, 전기자전거는 6.7% 증가, 일반
  자전거는 15.5% 감소

② 전동 어시스트(전기자전거)의 확산

1993년 야마하에서 세계 최초로 전동 어시스트를 개발했고, 브리지스톤,
미야타 전기자전거는 주부용 통근 자전거 '마마차리' 시장을 석권했으며,
시마노를 비롯한 메이저급 회사들도 뛰어들 만큼 전동 어시스트는 다양
한 분야에 적용되어 시장이 확대될 것으로 예상된다.

③ 공공자전거의 도입

1965년 암스테르담에서 시작된 공공자전거는 2007년 파리의 '벨리브'가
성공 사례로 주목받으며 전 세계로 퍼져나갔다. IT와 전동 어시스트 기능
이 탑재된 공공자전거는 도심의 단거리 이동 수단으로 인기를 끌고 있다.
특히 중국의 대형 셰어 사이클 업체 모바이크(mobike)도 이미 일본에 상륙
했고, 일본 업체들도 적극적으로 참여하는 중이다.

④ 사이클 여행 관광명소의 활성화

'사이클의 성지'로 불리는 시마나미 해도는 자전거 동호인들을 위한 각종 이벤트로 지역 활성화의 모범 사례가 되고 있다. 자전거 여행객을 겨냥한 자전거 테마 관광명소들이 늘어나고 있는 추세다.

일본 자전거 시장의 미래

세계적인 자전거 시장의 하락세와 함께 일본도 역시 하락세를 보이고 있다. (사)자전거진흥회 등 단체에서는 매월 시장조사를 통해 체계적인 분석을 진행하며 새로운 활로를 찾고 있다. 시마노를 비롯한 핵심 부품 개발 기업들, 특히 전기자전거 업체들은 국내 시장뿐만 아니라 해외 수출에도 주력하고 있다.

자전거 전문학교에서는 젊은 학생들이 프레임 제작과 조립 기술을 배우며 일본 자전거의 미래를 준비하고 있다. 근면한 일본인들이 여전히 자전거를 생활의 주요 수단으로 사용하는 것을 볼 때, 일본 자전거 시장의 미래는 여전히 밝다.

자전거 보험 가입 의무화

일본의 자전거 보유 대수는 약 8,000만 대로 추산된다. 인구 2명당 자전거 1대를 보유하고 있는 셈이다. 교통수단 분담률도 10%에 이를 정도로 일본은 자전거 이용 천국이라 할 수 있다. 그러나 천국에도 고민은 있다. 기존 차도는 좁아 자전거가 진입하기 어려운 반면, 보행자 도로에서 자전거가 다니다 보니 사고가 빈번히 발생한다. 자전거와 관련된 사고는 전체 교통사고의 20%를 차지하며, 이는 심각한 사회적 문제로 대두되었다.

2013년 고베 지방재판소의 판결은 자전거 보험 의무화의 단초가 되었다. 당시 한 초등학교 남학생이 하교 후 자전거를 타고 귀가하던 중, 길을 걷던 62세 여성을 정면으로 들이받는 사고가 발생했다. 이 사고로 피해 여성은 두개골이 골절되어 혼수상태에 빠졌고, 법원은 피해자에게 9,521만 엔(약 9억 원)을 배상하라는 판결을 학생의 부모에게 내렸다.

이 소식은 자전거 이용자들에게 큰 충격을 주었고, 국가와 지자체는 대책 마련에 나섰다. 이에 따라 2015년 효고현은 전국 최초로 '자전거 손해 보상책임 보험'을 의무화했다. 보험 가입 대상은 자전거 이용자, 미성년자의 보호자, 그리고 자전거를 업무에 이용하는 사업자들이다.

이후 자전거 보험 의무화는 전국적으로 확대되어, 2023년 4월 1일 기준으로 도쿄도, 교토부, 오사카부 등 32

자전거는 차도에서는 피해자이지만 보도에서는 가해자!(출처/일본손해보험협회)

개 도부현에서 의무 가입제가 시행 중이다. 또한 홋카이도를 비롯한 10개 도현은 보험 가입을 적극 권장하고 있다.

"자전거를 탈 때 가장 좋은 점은
내가 가장 나다워진다는 것이다.
혼자, 세상과 하나 되는 순간."

-마크 트웨인

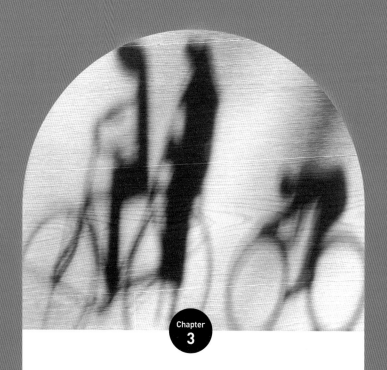

어느 날,
자전거가 내 인생에 들어왔다

뽈락의 인생 롤러코스터

자전거! 혼자거나, 함께거나!

'신랑 입장' 직전에 들려온 청천벽력

"행님, 회사 부도났대요!"

1987년 10월 18일, 부산역 근처 새마당 예식장. 시끌벅적했던 장내가 잠시 숨을 죽인 가운데 신랑 뽈락이 입장을 하려는 순간, 왜소한 체격에 햇볕에 검게 그을린 얼굴을 한 후배 장기도가 허겁지겁 옆에 와서 발꿈치를 들고는 귀에다 속삭인다. 들릴 듯 말 듯한 톤의 짧은 한마디로 머릿속의 피가 멈추고 온몸에 힘이 쭉 빠졌다. 날벼락도 이런 날벼락이 없다. 우르르 쾅쾅!

단상까지 어떻게 걸어갔는지, 신부와 팔짱을 언제 끼었는지 몽롱하다. 주례 손창구 교수님의 유난한 침 튀김도 방어하지 못하고, 축하해주는 얼굴들을 보고도 감흥이 없었다. 웨딩 축하송이 장송곡처럼 내려앉는다. 달리기도 전에 높은 벽이 가로막고 있어 포기하는 느낌이다.

빨리 이 축제의 장에서 벗어나고 싶었다. 온갖 벌레가 뇌리를 점령하여 오만 가지 잡념을 배설한다. 인생 최고의 행복녀 신부 금숙에게 맨발로 저 가시밭길을 가자고 해야 한다니. 으아악 ㅜㅜ

그때 그 선배가 콜했을 때 전화선을 잘라야 했다.

대학 선배 3명이 공동 창업한 조경회사는 과장 뽈락과 3명의 후배 대리, 여사원의 단출한 구성으로 5년 전 설립되었다. 젊음과 패기를 근육으로 한 조경 전문가 집단은 혜성이 되어 부산일보사

사옥, 망미 주공아파트 등의 굵직한 조경 공사를 맡으며 한때는 승승장구했다. 하지만 단종 면허의 한계를 넘지 못하고 결국 부도 처리되었다. 혜성처럼 등장하여 별똥별로 낙하한 것이다.

결혼 3일 전에 부도가 났지만 지방 현장에 있던 우리는 그 사실조차 몰랐고, 도망도 먼저라는 선배들은 고맙게도(?) 배신감과 허탈함을 안기고 사라졌다. 대학 때 나름 열공하여 조경기사 자격증을 따고 대학원까지 진학했던 자부심은 갈가리 찢긴 휴지처럼 느껴졌다. 영화의 한 장면처럼 사무실에서 숙식을 해결하고, 낮에는 현장에서 일하고 밤에는 설계도면과 씨름한 주경야독은 주인공에게 주어지는 화려한 서사에 불과했다. 뒤늦게 찾은 회사에는 전문 서적이나 개인 사물은 물론, 쓰던 칫솔마저 깔끔히 증발한 상태였다.

그래도 뽈락이 어떤 놈인가. 챙길 것이 없으면 땅이라도 파보고 하늘도 찔러봐야지. 결국 같이 근무하던 여사원과 부도 날 즈음에 결혼식을 올렸으니, 그녀를 퇴직금 대신 데려온 셈이다. 곰곰 생각해보니 인생 최대, 최고의 퇴직금이 아닐 수 없다. 이런 엄청난 퇴직금 챙긴 사람 있으면 나와보라 그래^^

위기의 순간, 잠깐의 만남은 운명이 되고

당시 뽈락이 맡고 있던 현장은 창원의 코렉스 자전거 신축 공

코렉스 공장 생산과
근무 시절

장이었다. 시공사인 현대산업개발의 도급으로 우리 회사가 조경
공사를 맡게 되었다. 전체 공정에 비해 작은 규모의 공사였지만,
코렉스 자전거의 오너이자 2인자인 전무이사가 첫 브리핑에 참석
했다. 뜨악! 몇십 년 만의 만남이지만 서로를 알아봤다. 같은 집안
으로 선친끼리는 5촌 사이였고, 젊은 시절에는 사업도 같이했다.
그 후 김 전무는 서울로 이사를 갔고, 더구나 나이가 8살 위라 만
날 기회는 없었다. 하지만 피는 물보다 진하지 않은가. 10월 30일
이 준공 예정일이었고, 10월 15일 회사가 부도가 난 상황인데, 김
전무는 뽈락을 믿고 공사를 맡겼고, 다행히 잘 마무리되었다.

공사가 끝나자 김 전무는 막 결혼한 신랑이 백수로 지내는 건
최악이라며 뽈락에게 입사를 제안했다. 하긴 현장 곳곳을 누벼야
하는 집시 같은 떠돌이 생활을 신부와 함께할 수 없지 않은가. 하
여 인생의 방향타를 큰 각도로 꺾을 수밖에 없었다.

이렇게 하여 전공과 아무런 연관이 없는 자전거 공장에 첫걸

음을 디디게 되었고, 이런 우연한 결정이 뽈락 일생일대의 운명으로 굳어질 줄 몰랐다. 조경 노가다에서 자전거 공돌이로… 인생은 이렇게 한 치 앞도 모르는 길에 나를 데려다놓았다. 운명은 누구도 알 수 없다. 부도는 사람을 힘들게 하지만, 새로운 문을 여는 열쇠가 되기도 한다.

코렉스 직원으로 현장을 섭렵하다

1987년 입사 당시, 코렉스는 동양 최대의 자전거 공장으로 발돋움하고 있었다. 미국의 머레이 오하이오 자전거 회사가 투자해 연간 120만 대를 생산하여 전량 미국으로 수출하기 위해 만들어진 한미 합작공장이었다. 당시 미국의 자전거 시장이 연간 900만 대임을 감안할 때, 미국 거리를 달리는 자전거 7~8대 중 1대가 우리가 만든 자전거였다. 참고로, 2024년 현재 우리나라 연간 자전거 시장은 70만 대 정도이니 그 규모를 짐작할 수 있을 것이다.

아무튼 합작이 성사되어 창원 제2공업단지 내 1만 평의 대지에 건평 4,000여 평의 생산설비를 갖춘 공장이 그해 10월 30일 완공되었다. 이로써 당시 신흥 자전거 대국으로 떠오르는 대만을 본격적으로 견제할 수 있었다. 또한 인근 1만 평의 부지에는 부품 생산 협력업체를 유치하여 본사 직원이 수시로 관리·지도함으로써 품질관리, 원가절감, 원활하고 신속한 물류의 흐름을 이룰 수 있었다.

연간 120만 대를 생산해 미국에
수출하던 시절의 코렉스 공장 통
근버스. 벌써 30년 전 일이다.

　당시 공장의 전 사원은 800여 명이었다. 파이프 가공반, 프레임 용접반, 전처리 세척반, 도장반, 휠 조립반, 완성 준비반, 완성반, 출하 상차반 등의 현장 라인이 전문화되어 생산 효율성을 극대화했다. 지원 부서로는 구매부, 물류과, 품질관리과, 생산관리부, 경리부, 연구실, 전산팀, 기획실, 설비관리팀 등이 있었다. 뽈락은 생산관리부에 소속되어 생산 현장에서 작업자의 땀 냄새와 설비의 칙칙한 오일과 뒤엉켜 일과를 보내곤 했다. 화전민이 강남에 온 듯 처음에는 모든 게 생소하고 어리둥절했지만, 나름의 빠른 적응력과 친화력으로 현장 분위기에 익숙해져갔다. 오히려 너무 잘 어울려서 각 반의 회식 때에는 감초처럼 초대되어 술 야근이 늘어나 신부 금숙이를 외롭게 하기도 했다.

　시대는 바뀌어 로봇이 현장의 주인공이 되었지만, 자전거 생산 공정은 자동화에 실패했다. 저가의 생산원가, 부품 표준화의 어려움, 섬세한 작업 난이도 등으로 여전히 노동집약적 산업으로 정체되어 있었다. 1987년 6.29 민주화선언 이후 노동 현장에는 민주화의 깃발이 들불처럼 번져나갔다. 1988년 5월 노동조합이 설립되고, 회사에서는 노무과를 신설했다. 노무팀장으로 뽈락이 발탁되었다. 노동법은커녕 법이라곤 국민교육헌장밖에 모르는 무지랭이가 노동조합과의 소통 창구가 된 것이다. 순전히 현장 노동자의 술친구라는 이유로. 덕분에 팔자에도 없는 공부를 원없이 했다. 서당에 억지로 끌려온 학동처럼 노동법, 인간관계론, 심리학, 재무제표, 심지어 사주명리학과 관상학까지 공부했다.

날로 번져가는 노조의 의식화 운동에 대응하여 일반 사원을 대상으로 '근로정신 함양교육 Workmanship Training Course'을 하기로 하여 강사역을 맡았다. 외부 기관에서 교수 수업도 받았다. 암탉처럼 졸고 있는 교육생을 깨우기 위해 호기심 천국과 웃음 폭탄도 준비해야 했다. 신문을 스크랩하고, 뉴스를 메모하고, 위트와 유머, 아재 개그집에 코를 박았다. 판문점 협상 같은 살벌한 임·단 협상 테이블에서 정치도 배웠다.

회사 경영진의 고충과 가정 방문에서 보았던 노동자의 어려운 살림살이는 동전의 양면이었다. 2년여의 노무과 근무는 일반 회사 생활이 아니라, 말하자면 백마고지의 종군기자였다. 덕분에 폭넓은 대인관계, 독서, 그리고 나름의 배짱도 키웠다. 아울러 '1인 1취미 가지기' 운동으로 각종 취미활동에 참여하여 동아리를 활성화하는 것도 뽈락의 업무였다. 특히 낚시를 좋아하여 한여름 매물도에서 '뽈락'이란 닉네임도 낚아올렸다. 이렇듯 다양한 방면의 경험은 이후 자전거 사업에서 큰 자산이 되었다.

우물 안 개구리, 세상 밖으로 튀어나오다

　위기가 곧 기회라고 했던가. 공장과 관련 없는 전공자로서 처음엔 생소했지만, 오히려 비전공자라 여러 부서를 다님으로써 해당 부서의 특징과 애로점을 파악할 수 있었다. 25억의 부품 재고 관리와 공장의 부품 입출고를 담당하는 물류팀, 총무부, 품질경영팀 등의 팀장을 맡으면서 전체를 보는 눈을 키웠다. 특히 공장혁신팀장을 맡아 정리, 정돈, 청소, 청결, 마음가짐의 '5S운동'을 펼치며 공장 구석구석을 챙기고 다닌 기억이 아직도 생생하다.

　5S운동을 위해 혁신팀은 일본 출장도 다녀왔다. 1992년경 다이하츠라는 자동차 공장과 오사카 사카이시에 있는 시마노 본사를 방문했다. 정리정돈의 나라답게 5S는 그들의 일상에서 생활화되어 있었다. 역시 깨끗한 환경에서 고품질의 제품이 생산된다는 것을 실감했다. 공장에 자동화 시스템을 도입한 것은 당시로선 획기적인 일이었다. 시마노의 주 생산품은 자전거 부품과 낚시용 릴이다. 당시 낚시꾼이었던 뽈락은 자전거 분야보다는 로비에 전시된 청새치 박제와 장구통 릴에서 눈을 떼지 못하고 있었다. 그땐 그랬다!

　우물 안 개구리가 세상 밖으로 튀어나왔다. 1994년 초 정기

코렉스 대리점 앞에서(왼쪽). 아내와 한강 라이딩(오른쪽)

인사에서 뽈락은 서울 영업 본사로 발령이 났다. 생애 첫 우리 집
인 아파트에 입주한 지 1년 남짓, 제2의 신혼 기분에 젖어 있던
아내의 대략난감한 표정이 생생하다. 이사 비용을 아끼기 위해
회사의 11톤 트럭에 짐을 실어 보내고 프레스토 승용차에 어머
니, 아내, 아들과 딸을 태우고 밤늦게 서울로 출발했다. 대학 생활
을 서울에서 했으니 뽈락에겐 생소하지 않았지만, 식구들은 처음
이라 피난 가듯 불안한 표정들로 상경했다. 느긋한 후방부대에 있
다가 최일선 전장에 뛰어든 느낌이었다.

한가하게 낚싯대나 드리울 생각은 접어야 한다. 아니, 이제는
물가에 같이 갈 친구도 없다. 영업 본사로 왔으니 자전거를 팔아
야 내가 산다. 그것도 많이! 이럴 때 쓰는 용어가 '다다익선'이다.
자전거를 팔려면 자전거를 속속들이 알아야 한다. 자전거는 왜 필

요한가? 자전거가 좋은 점은 무엇인가? 우리 코렉스 자전거의 장점은 무엇인가? 된장은 찍어서 먹어봐야 맛을 알 수 있다. 자전거를 알려면 타봐야 한다. 그때 개발되어 출시되던 카본 최고급 자전거 콤포지트 9000이 탐이 났다. 하지만 언감생심 60만 원 월급쟁이가 거금 350만 원짜리 MTB를 어떻게 손에 넣는단 말인가.

궁하면 통하는 법! 연구소 팀에 있는 샘플 자전거를 팀장에게 한 달만 타고 돌려주기로 하고 집으로 몰고 왔다. 망우산, 아차산, 한강 둔치를 따라 달리고 또 달렸다. 석 달 열흘, 100일 정도 그렇게 하니 자전거가 살며시 나에게 기대온다. 자전거와 함께하는 게 재미있다. 잔차와 연애하는 기분이다. 쉼터에서 동호인들과의 대화에서 많은 정보가 모인다. 자전거 관련 책자도 읽을수록 흥미진진하고 귀에 쏙쏙 들어온다. 그렇게 자전거는 뽈락의 머릿속으로 들어와서 자는 중에도 지렁이처럼 뇌 속에서 꿈틀거렸다. 꿈속에 호랑이가 나타나도 걱정 없다. 왜냐면 잔차 타고 냅다 도망가면 되니까.

자전거 문화의 혁신, MTB와 프로 코렉스를 론칭하다

1980년부터 국내에서 생산하여 전량 수출만 하던 회사는 1989년 국내시장에도 진출했다. 그때 내세웠던 캐치프레이즈가 '새로운 자전거 문화의 창출'이었다. 기존의 통근·통학 개념에서

코렉스 MTB 대회 현장에서(1995년)

스포츠 레저로서의 자전거 문화를 선도하자는 것이었다. 그 전략
품목으로 MTB^{산악자전거}와 BMX^{묘기용 자전거}를 내세웠다.

1976년 미국에서 발명된 MTB는 산악에서 즐기는 새로운 스
포츠로, 험준한 오프로드에 적응하기 위한 전용 프레임과 부품 개
발에 전 세계 자전거 회사들이 뛰어들었다. 세계의 모든 이들이
열광하고 즐기는 레저 스포츠가 된 것이다.

1990년대 초반 회사에서 나온 MT 1000·1500·1800 시
리즈는 동네 꼬마들에게 선풍적인 인기를 끌었고, 코렉스 하면
MTB, MTB 하면 코렉스라는 공식이 생겼다. 또한 1991년 국내
최초의 MTB 대회를 개최해 MTB 붐을 일으켰고, 유명 선수들도
배출했다. 당시 자연농원^{현 에버랜드}에서 열린 대회의 우승 상품이 자

동차^{디자}였으니, 대회의 인기는 안 봐도 비디오다.

한편 BMX는 익스트림 스포츠임을 알리기 위해 점프대를 설치하여 '팀 코렉스'의 묘기를 거리에서 선보였다. 점프대를 트럭에 싣고 백화점 앞에서 펼치는 묘기에 탄성과 환호가 하늘을 갈랐다. 1995년 국내 최초로 고급 브랜드인 '프로 코렉스'를 론칭했고, 당시 팀장을 맡음으로써 본격적인 자전거 전문인으로의 자질을 갖추는 계기가 되었다. 전국에 고급 자전거 대리점을 선정하고 MTB 동호회와 교류하면서 각종 대회와 이벤트를 가진 경험은 후에 큰 자산이 되었다.

전국 코렉스 대리점 경영자 세미나 주최

1989년 국내 시장에 진출하면서 대리점 판매망을 구축한 회사는 기존 대리점주에 대한 인식과 대우를 개선코자 했다. 뿔락은 조립도의 향상, 적정 마진 구축, 매장 인테리어 개선 등을 추진하며 신임을 얻게 되었다. 특히 회사의 경영방침과 제품에 대한 설명을 발표하는 자리를 만들어 일관되고 정확한 상호 커뮤니케이션을 형성하고자 매년 전국의 대리점주들을 모아 대리점 경영자 세미나를 개최했다. 영업 기획팀장으로, 나아가 영업본부장으로서 매년 세미나를 기획하고 진행하는 중책을 수행한 경험이 이후에도 큰 도움이 되었다.

시간을 내서 전국에서 오신 많은 분들을 위해 유익하고 즐거운 프로그램을 짜느라 머리카락 빠지는 줄도 몰랐다. 아니, 좋은 아이디어가 나온다면 그깟 머리카락이 대수겠는가! 그중 하나가 '조립왕 선발 대회'라는 독창적인 프로그램이었다. 그전에는 저녁 시간의 유흥을 위해 유명 가수나 코미디언을 불러 흥을 돋는 시간을 보내는 것이 일반적이었다면, '자전거 업계에서는 자전거 조립 잘하는 사람이 장땡 아닌가' 하는 생각으로 6개 지역에서 사전 예선을 거친 대표들이 자전거를 분해하고 조립하는 대회를 연 것이다. 빠르고 정확하게! 대회장 주변에서는 다들 자기 지역 대표를 응원하느라 땀범벅이었다. WBC 챔피언전의 모습을 방불케 하는 뜨거운 응원 속에서 대한민국 자전거 조립 장인, 조립의 끝판왕이 탄생하는 순간이었다. 한국 최고의 자전거 조립왕은 첫해 선정된 창원의 'K2 자전거' 김선재 사장이다.

　　이외에도 세미나 참여율과 주문 로트를 늘리기 위해 고안한 행운권 발매, 사보를 통한 우수 대리점 홍보, 전국의 MTB 동호회 회장 모임 주최 등 다양한 행사들을 기획했다. 자전거의 관점에서 기획된 행사들은 대부분 성공적으로 진행되어 지금 생각해도 가슴 뿌듯한 기억이다. 안장에 오르면 자전거에 대한 온갖 기획과 구상에 자동적으로 빠져드는 습관은 지금도 ing이다. 자전거를 좋아한 아인슈타인도 자전거를 타다가 그 유명한 '상대성 이론'을 깨달았다고 하지 않는가. 믿거나 말거나^^

"니가 해라, 사장!"

1995년 이마트가 창동에 오픈한 것을 시작으로 판매유통 시장에 큰 변화가 생겼다. 당연히 자전거 시장에도 일대 혼란이 일어났다. 중국산 자전거가 들어오면서 대리점뿐만 아니라 마트에서도 자전거를 싸게 팔기 시작했다. 수출은 대만산과의 경쟁에서 밀리고, 내수는 중국산이 가격으로 브랜드를 위협했다. 급기야 IMF 위기를 넘기지 못하고 회사는 결국 1999년 3월 부도가 났다. 그즈음 삼천리자전거는 자구책으로 생산기지를 중국으로 옮겼다. 창원공단과 대구 성서공단에 있던 국내의 부품업체들은 살아남기 위해 자동차 부품업체로 전환했다.

그즈음 경북 상주시에서 러브콜이 왔다. 전국적인 '자전거 도시'로 확실한 위치를 구축하기 위해 자전거 공장을 유치한다는 것이다. 공장 건물을 불하받아 창원 공장의 설비를 옮기고 기숙사까지 마련했지만, 문제는 대표를 선출하는 일이었다. 부도난 회사의 오너는 경영에 직접 참여하지 못하니 중역이나 사원 중에서 선출해야 한다며 간부, 중역회의를 했지만 모두 손사래를 쳤다. 하긴 그동안 누더기가 된 패잔병 신세의 회사를 누가 책임지려 하겠는가. 적당히 해서 퇴직금이나 챙겼으면 하는 게 속마음들일 텐데.

중역회의에서 "김태진 니가 해라! 누가 하겠노?" 얼떨결에 떠밀리듯 대표로 선출되었다. 현 영업본부장에다 나름 사원들에게 인기가 있고 다들 원한다는 소리에 의병대장이 되어버렸다.

Bianchi 홍보 라이딩(2002년)

딱 1년만이라니, 거꾸로 매달려서도 버티지 않을까. 소식을 들은 집사람은 아연실색한 표정이었다. 애써 의연한 척 '피할 수 없다면 즐겨라'라는 말도 있지 않냐면서, 이번 기회에 사장 역할 제대로 해볼 테니 걱정 접으라 다독였지만 가슴에 돌덩이가 얹어진 기분이었다.

'Made in Korea'의 자부심은 1년 만에 박살이 났다. 이미 부품 협력업체들은 전업을 했고, 시골의 인력은 할머니들뿐이었다. 결국 생산기지를 중국으로 옮겨야 했다. 그 와중에 공장에 불이 나서 전소되는 바람에 경찰서, 소방서, 보험사, 은행을 전전해야 했지만, 하나씩 차근차근 문제를 해결해갔다. 또한 중국 천진의 자전거 공장들을 찾아 우리와 맞는 파트너를 골랐다. 다행히 운도

따랐고, 직원들도 열심히 하고, 대리점들도 믿고 따라주었다. 덕분에 생산과 판매가 원활히 이루어져 매년 흑자를 낼 수 있었고, 2009년에는 좋은 조건으로 M&A를 할 수 있었다.

돌이켜보니 사장은 외롭고 골치 아픈 자리였지만, 정상에 올라 멀리 볼 수 있는 여유도 있었다. 하지만 너무 오래 머물면 추워진다. 자리에 연연할수록 추해 보인다. 박수 칠 때 떠나라! 그래야 하산길에 꽃을 볼 수 있다. 올라갈 때 못 본 그 꽃 말이다^^

국내 최초 '문경 레일 바이크' 개발기

철도 하면 계란과 사이다, 자전거 하면 강촌 라이딩의 추억이 떠오른다. 이런 추억과 낭만을 한데 모은 레일 바이크가 불과 20여 년 만에 30여 개 지자체에서 운영할 정도로 전국 곳곳에서 성업 중이다. 폐철로를 활용하는 방식에서 이제는 경치 좋은 곳에 새 레일을 깔아 운행할 정도로 인기가 높다.

그런데 레일 바이크의 원조는 어디일까?

포털 검색에는 2005년 7월 정선에서 최초로 운행되었다고 나오지만, 실제로는 2004년 5월, 문경 진남역에서 코렉스 레일 바이크가 대한민국 최초로 출발했다. 이름도 '레일 위를 달리는 자전거'라는 의미에서 '레일 바이크'로 명명했다.

레일 바이크 탄생 배경

2002년, 사업가 출신 박인원 문경시장은 도시 발전을 위해 다양한 아이디어를 시도했다. 문경은 문경은 정선, 보령과 함께 국내 3대 탄광 지역이었으나, 탄광 사업의 쇠퇴로 정부 지원이 정선(카지노), 보령(머드 축제)에 집중되면서 소외된 상황이었다. 이에 박 시장은 정부 및 정선 측과 협상해 정선 카지노 사업 수익 일부를 문경에 지원하는 합의를 이끌어냈다.

레일 바이크 사업은 박 시장이 도입한 '시민 제안 제도'에서 출발했다. 미국 여행 중 철로 자전거를 본 한 시민이 이를 제안했고, 2002년 크리스마스, 문경시 공무원들이 이를 들고 코렉스를 찾아왔다. 마치 산타클로스 할배처럼 ^^

2003년 초, 코렉스는 레일 바이크 개발팀을 꾸렸다. 신입사원을 뽑을 여력도 없었기에 기존

현 코렉스 레일 바이크의 모티브가 된 미국의 초기 레일 바이크

개발팀이 업무를 추가로 맡았다. 하지만 도전이야말로 콜럼버스의 달걀! 업계 넘버 2였던 우리는 겸손하면서도 도전적이어야 했다. 자전거 관련 새로운 개발 아이템이 들어오면 연구하고 머리를 맞대는 문화가 있었기에, 레일 바이크 개발도 자연스럽게 시작됐다.

코렉스 레일 바이크 개발 과정

우선, 레일 바이크(Rail Bike)로 명칭을 정했다. 사실 두 개의 레일 위를 달리는 구조상 바퀴가 네 개이니 'Rail Vehicle'이 맞지만, 무동력 페달 구동이므로 'Bike'라는 단어를 사용했다.

우선 스틸로 자동차 프레임처럼 설계하고 바퀴와 페달을 장착하여 시제품을 제작했다. 이 시제품을 싣고 서울과 문경을 숱하게 오가며 테스트를 했다. 나중에는 문경을 오가는 시간과 거리를 단축시키고자 서울 주변의 폐철로에서 현장 실험을 하다가 철도청 직원에게 제지당하기도 했다.

개발 과정은 천신만고, 우여곡절 그 자체였다. 산업자원부 부품소재개발원의 지원도 받았고, 1년 5개월간의 시행착오 끝에 2004년 5월, 문경 진남역에서 10대의 레일 바이크가 출발했다.

- 열처리된 알루미늄 프레임으로 가볍고 튼튼하게 제작
- 노란색 도장으로 시인성을 높여 안전성 강화
- 엉덩이를 감싸는 시트로 승차감 개선
- 페달을 앞쪽으로 포지셔닝하여 파워 전달 최대화(누워 타는 자전거인 리컴번트 스타일)
- 시마노 3단 내장 기어 장착으로 오르막 주행 가능
- 유압 디스크 브레이크로 시속 50km의 내리막 구간 안전 확보
- 우레탄 타이어로 철로에서의 충격 완화
- 탈선 방지용 별도 안전 바퀴 추가 장착

레일 바이크를 만들면서 직원들은 4륜차(자동차) 구조까지 공부하게 되었고, 자동차 부품 공장에도 수시로 출장을 다녔다.

첫 시운전, 그 감격의 순간

2004년 봄, 박 시장과 문경시청 직원들과 함께 국내 최초의 철로 자전거, 그 설레는 첫 시운전의 기억을 잊지 못한다. 출발지는 진남역. 문경 최고의 절경 진남교반과 고모산성, 영강변을 따라 이어지는 철로 위를 천천히 달린다.

문경 레일 바이크의 시발점인 진남역

레일 바이크 위에서 철교를 지나며 강물을 내려다보니 어린 시절의 가슴 떨림이 되살아났다. 500m 터널을 지나며 암흑천지 속에서 으스스한 긴장감도 느꼈다. 왕복 12km의 짧은 시운

박인원 문경시장과 시운전하는 모습(2004년)

전이었지만, 우리가 만든 자전거가 레일 위를 달린다니! 감격스러운 순간이었다. 대한민국 최초의 레일 바이크! 태극기를 꽂고 전국을 달리고 싶을 만큼 자랑스러웠다.

오호통재라! 잃어버린 원조 타이틀

이렇게 탄생한 문경 레일 바이크가 현재도 운영 중이지만, 대한민국 레일 바이크의 원조가 정선이라고? 오호, 통재라!

문경 시민도, 담당 공무원도 이 역사를 모르고 있었다. 마치 집안의 보물을 다이아몬드인지도 모르고 남에게 빼앗긴 격이다. 전화기 특허를 벨에게 빼앗긴 독일의 요한 필립 라이스도 이런 기분이었을까?

하지만 현실적으로, 박인원 시장이 단임으로 끝나면서 사업이 빛을 바랬고, 그러는 사이에 정선은 코레일 관광과 협력해 대규모 투자를 진행했다. 코렉스 역시 자전거 사업에 집중하느라 레일 바이크의 기술에 대한 특허 및 실용신안 등록, 상표권 확보까지는 신경 쓰지 못했다. 아쉽지만, 지금도 많은 이들이 문경의 레일 바이크를 찾아 즐기고 있으니 그것만으로도 흐뭇하고 뿌듯하다.

레일 바이크를 타고 즐기는 연인과 가족들의 행복한 모습이 떠오른다. 쨍쨍한 날, 문경이나 한번 가볼까나?^^

"자전거 타는 단순한 즐거움과
비교할 수 있는 것은 아무것도 없다."

-존 F. 케네디

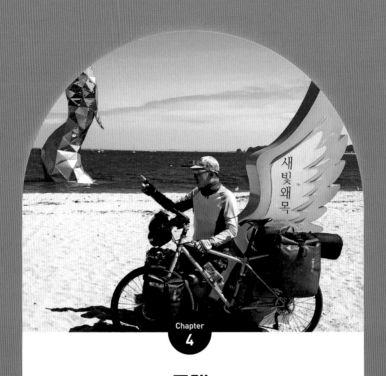

그래,
여행은 이 맛에 하지

바람처럼 구름처럼, 뽈락의 나 홀로 자전거 여행

서해 왜목마을에서 왜가리의 날개를 달고

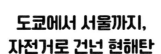

도쿄에서 서울까지,
자전거로 건넌 현해탄

도쿄여, 안녕! 후지산아, 굿바이!

3년간의 일본 유학을 마치고 귀국길에 올랐다.

내 손으로 만든 바다미를 타고 도쿄에서 서울까지

자전거로 가는 약 2,000km, 20일의 여정이다.

(2019. 3. 15 ~ 4. 6)

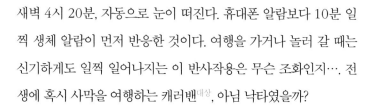

일본 탈출 시작, 아, 자유의 내음

새벽 4시 20분, 자동으로 눈이 떠진다. 휴대폰 알람보다 10분 일찍 생체 알람이 먼저 반응한 것이다. 여행을 가거나 놀러 갈 때는 신기하게도 일찍 일어나지는 이 반사작용은 무슨 조화인지…. 전생에 혹시 사막을 여행하는 캐러밴[대상], 아님 낙타였을까?

지난 3년간 어머니처럼 챙겨준 기숙사의 경옥 사모에게 감사의 손 편지를 남기고 신라면에 밥을 팍 말아 먹는다. 창밖이 훤해진 6시경, 바다미의 어깨를 두드리며 출발한다. 이제 가면 언제 또 올지 모른다는 생각에 신라면의 매운맛이 코끝을 찡하게 한다. 아침 공기는 아직 서늘해서 찬물을 들이켠 듯 순간 닭살이 돋지만 기분은 상쾌하기 그지없다. 일본 탈출의 시작을 알리는 자유의 내음이 콧구멍을 스치고 전신으로 퍼져나간다. 아! 흐!

벚꽃에 물든 고도, 가마쿠라

신주쿠를 지나 하츠다이, 고탄다에서 1번 국도와 만난다. 이른 아침이라 도로는 한산하다. 타마강을 건너니 가나가와현의 가와사키[川崎] 시가 반기면서 오토바이 시동 소리가 요란하다.

타마강, 쓰루미강 등 몇 개의 강을 건너 도쿄를 벗어난다. 굿바이 도쿄여!

예쁜 다리가 보이는 쓰루미강을 지나 달리다 보니 멀리 랜드마크 건물이 눈에 들어온다. 요코하마다. 이번이 벌써 네 번째라 낯익은 거리다. 삼거리에서 1번 국도를 떠나 왼쪽으로 턴하여 21번 지방도를 택했다. 조금 돌아가는 길이지만 가마쿠라도 다시 들르고 싶어서다. 배낭 차림에 손에 든 지도를 들여다보는 관광객이 점점 많아진다. 모두들 웃음 가득, 사뿐사뿐한 걸음에 유쾌함까지 장착이다. 역사적인 사찰과 건물들이 즐비하지만 오늘은 가마쿠라 막부를 지키는 수호신을 모신 쓰루가오카 하치만구 신사를 찾았다. 벌써 사람들로 북적인다. 단연 최고의 인기는 일찍 꽃망울

가마쿠라의 협궤전차 '에노덴'(왼쪽). 도로변에 별도로 마련된 자전거도로, 우리는 있어도 무용지물인데…(오른쪽).

을 터뜨린 벚나무다. 가람의 중심인 본전을 향해 동선이 일직선으로 쪽 이어져 있다. 차도의 한가운데 가슴 높이의 석축을 쌓아 보도를 만들고 벚나무가 호위무사처럼 도열해 있다.

그 길을 달리다 보니 어느덧 시야가 탁 트인다. 태평양이다. 저 멀리 잠자리 날개의 요트는 바다 수면에서 춤을 추고 있다. 모래사장에는 연인들이 사랑을 새기고, 일광욕을 즐기는 이들도 있다. 도로 난간에는 까마귀들이 그 모습을 보고 있다. 점점이 바다 위에 떠 있는 바위에는 아침 사냥을 마친 가마우지가 날개를 말리고 있고, 하늘에는 솔개가 눈을 번쩍인다.

318번 국도는 왼쪽의 해안선과 달리기하듯 길이 꾸불꾸불 이어진다. 바로 옆에는 에노덴이란 협궤전차가 느릿느릿 함께 달린다. 슬램덩크의 주 무대인 가마쿠라 고등학교 앞 건널목에는 만화 성지 여행자들이 진을 치고 있다. 3년 전 왔을 때도 도로 확장공사 중이었는데 아직도 끝나지 않았다. 공사를 하는 건지 놀이를 하는 건지 원. 저 멀리 둥그런 해안선 끝에 톡 튀어나온 에노시마가 보인다. 섬 중앙을 오르는 신사길에는 여전히 사람들로 빽빽하다. 꼭대기의 전망대는 해남의 땅끝마을과 유사하다.

뜻밖에 만난 자전거 학교 선생님

다시 318번 국도를 달린다. 도로는 해안을 따라 4차선으로 시원하게 뻗어 있고, 길 양쪽에는 해송이 무리로 심어져 방풍림을 이루고 있다. 바다와 맞닿은 곳에 태평양 해안산책길이 마련되어 있어 잠시 들어섰지만, 도로에는 바람을 타고 온 모래가 바다미의 바퀴를 움켜잡는다. 잘 닦인 4차선 도로를 달리는 차들이 바람을 일으키고, 나도 질세라 달리니 바다미도 첫 나들이에 덩달아 신이 났다.

히라즈카平塚시에 들어서니 도로가 2차선으로 좁아지며 1번 국도로 변한다. 100여km를 달렸는데도 피곤하지 않고 해도 많이 남았다. 도로 앞 저만치에 누군가가 웃으며 손짓을 한다. 바로 TCD의 사이토 선생이다. 이런 뜻밖의 만남이 있나! 이곳 오이소大磯에 사는 선생이 자동차로 지나가다 나를 발견한 것이다. 그러니까 놀라기는 선생이 먼저였던 것이다. 그리고는 선물도 건넨다. 졸업식 때 주려고 했는데 못 만나서 아쉬웠다며, 하코네 특산품인

가마쿠라의 중심 유적인 쓰루가오카 하치만구 신사는 언제나 인산인해다(왼쪽). 가마쿠라를 지나 오이소에서 뜻밖에 TCD의 사이토 선생을 만났다(오른쪽).

나무로 만든 비밀상자를 주셨다. 이렇게 세상에는 놀랄 일도 많고, 뜻밖의 기쁨도 길에서 줍는다. 그래서 인생이 살 만한가보다.

오다와라 시에 들어서서 눈에 띄는 호텔에 조금 일찍 여장을 풀었다.

─── 2일차 ▶ 오다와라~후지 ───
까마득한 하코네 고개를 넘다

새벽 4시 반, 오늘은 걱정으로 눈이 일찍 떠진 것 같다. 이번 여행의 최대 고비인 하코네 고개를 넘어야 하는데, 설상가상으로 비 예보까지 있다. 비옷을 꺼내고, 긴 타이즈에 반바지를 챙겨 입었다.

지도를 펴놓고 잠시 고민에 빠졌다. 아타미로 가는 135번 해안도로로 여유 있게 갈까? 일단 가면서 생각하기로 하고 6시경 호텔을 빠져나와 1번 국도에 올랐다. 약 30분 후 삼거리가 나온다. 다시 머뭇거리는데 바다미가 외친다. '못 먹어도 고! 남자는 직진이지!' 그려, 그 유명한 도카이도선 東海道線, 교토~도쿄를 잇는 옛길을 함께 올라보자고!

1번 국도를 따라 하코네로 향했다. 로만스카 열차의 종점인 하코네 본역에 도착했다. 이곳 하코네는 한국에서 가족, 친구가 오면 안내하는 단골 레퍼토리여서 눈에 익다. 특히 당일치기 여행도 가능하고 고속열차, 등산전차, 케이블카, 해적선, 버스를 패키지로 이용할 수 있어 편리하다.

잠시 후 돌로 만든 아치형 다리가 보인다. 저 아치는 다리에게 도움을 줄까? 아니면 무거워서 부담을 줄까? 나도 남들에게 저런 존재는 아닐까? 바로 여기부터 오르막이 시작된다. 하늘은 찌푸려 있지만 비는 뿌리지 않아 다행이다. 거리가 얼마인지, 경사도는 어떻게 되는지 사전 조사도 안 한 게으른 뽈락을 비웃듯 안내판도 없다. 그냥 계속 올라가란다. 그려, 태산도 하늘 아래 뫼일 뿐이지.

좁은 길은 구불구불 힘겹게 이어진다. 마인드 컨트롤로 딴 생각에 집중해도 서서히 숨이 차오르기 시작한다. 때맞춰 나타나는 순환버스는 큰 덩치로 압박한다. 같은 두 바퀴인데도 쌩하고 지나는 오토바이가 얄밉다. 마주 오는 동네 아저씨에게 억지웃음으로 인사를 해도 소 닭 보듯 한다. 위로 오를수록 기온은 떨어지는데 체온은 점점 상승하여 땀범벅이다. 고글도 김이 서려 뿌옇고, 날씨처럼 내 시야도 흐릿해진다. 배가 부르면 둔할 것 같아 먹지 않고 출발한 빈속이 식은땀으로 신호를 보낸다. 기어는 최고 저속모드지만, 체인은 이를 악물고 서로를 잡고 버티고 있다.

시속 6km가 되질 않는다. 바다미도 힘이 드는지 연신 앞다리를 들어올린다. 커브 길에 설치된 자동 제설제 살포기를 보며 앞에 서 있다간 순식간에 염장 처리되겠다는 웃긴 상상을 해도 헉헉 소리만 계속 나온다. 힘든 오르막 라이더를 위한 강풍 추동기는 없나?

결국 내려서 끌바를 한다. 온몸이 방망이 찜질을 당한 듯 여기저기서 아우성이다. 도로 갓길의 배수로에서 물 흐르는 소리가 울린다. 참나무통에서 흐르는 소린지, 밤중에 아낙네가 목간하는 소리인지 은은하게 들려온다. 내리막인 듯하여 올랐으나 페달링을 안 하면 나아가지 않는다. 제주의 도깨비 길을 여기까지 수출했나? 그래도 바다미가 먹구름을 후~ 하고 날려버렸는지 하늘은 파란 얼굴을 내밀고 있다.

흐느적거리다, 내려서 끌다, 잠깐 쉬다… 그래도 터널의 끝은 분명히 있기 마련, 드디어 정상에 올랐다. 국도 1호선 최고 지점으로 해발 874m란다. 일본에서 최고 높은 도쿄의 스카이트리도 634m밖에 안 되는데…. 12km를 오르는 데 2시간 50분이 걸렸다. 이 정도면 거의 걷는 수준이다. 이 길은 자전거길이 아니라 악마가 만든 고행의 가시덤불이다.

드디어 후지산이 눈앞에

얕은 내리막 뒤에 산정호수인 아시노호가 보이며 원코네항에는 해적선이 접안 중이다. 등에 붙어버린 뱃가죽을 움켜쥐고 아무 식당이나 들어가려는데, 미치노에키가 2km 남았단다. 복잡한 관광지 식당보다는 푹 쉴 수 있는 휴게소로 향한다. 그런데 아뿔싸, 휴게소가 리뉴얼 공사 중이다. 어린애처럼 울음이 터질 뻔했다. 비상식량도 뜨거운 물이 있어야 먹을 수 있는데 자판기만 멀뚱히 서 있다. 자판기에서 아이스크림 3개를 빼서

일본 1번 국도의 최고봉(874m). 대관령(832m)보다 더 힘이 든다.

껍질째 삼킬 듯 먹어치웠다. 그리고 뜨거운 카카오 캔을 꿀꺽꿀꺽 들이켰다. 아마 내 뱃속은 전쟁이 난 줄 알았을 것이다.

다시 1km가량 오르막을 올라가니 시야가 확 트이는 높이 846m의 하코네 고개가 나온다. 여기서부터 시즈오카현의 미시

NATIONAL PARK HAKONE

芦ノ湖

LAKE ASHI

箱根町

하코네 정상부에는 화구호인 아시노코가 있다.

마三島시가 시작된다. 하코다테처럼 멀리 바다 연안에 집들이 옹기종기 모여 있는 풍경이 눈에 들어온다. 아타미熱海의 온천에 못 간 것이 아쉬웠지만, 이즈반도의 북쪽을 가로지르는 지름길인 하코네 고개에서 흘린 땀은 오랫동안 내 몸과 가슴이 기억할 것이다.

맑은 날씨지만 긴 내리막 라이딩을 위해 우의를 단단히 걸쳤다. 내리막은 지루할 정도로 길게 이어져 바다를 향하고 있다. 핸들에 매달린 가방 때문에 앞 흔들림이 심하다. 역시 앞 포크에도 캐리어를 달아 무게중심을 낮추는 게 안정적일 듯하다.

미시마시에서는 1번 국도가 다시 4차선으로 넓어지며 평탄하게 달린다. 특히 누마즈沼津시는 국도 옆으로 산책로와 자전거도로가 따로 마련되어 안전하고 호젓하게 달릴 수 있다. 천연두를 앓았는지 군데군데 딤플 자국이 있긴 하지만….

후지富士시에 도착했다. 오른쪽에 꽉 찬 후지산3,776m이 보인다. 아니, 바로 옆에 성큼 서 있다. 하지만 이내 구름 속에 자취를 감춘다. 오늘은 신후 지역 앞 토요코 호텔에 여장을 푼다. 내일은 후지산을 볼 수 있을까?

뽈락, 자전거에 美치다

후지시 후지가와에서 바라본 후지산. 둥근 버섯구름을 머리에 이고 눈을 덮어쓴 모습이 경외스럽다.

3일차 ▶ 마이바라~교토
후지산을 뒤에 두고

어제 구름 속에 숨은 후지산 모습을 아쉬워하자, 다음날 비 예보
가 있다면서 호텔 프런트 아가씨가 엄청 미안해했다. 사실 자기
업무와 전혀 관계없는 영역인데 미안해하기까지 하다니…. 내일
후지산 보는 것은 포기하고 편한 마음으로 잠자리에 들었다.

푹 자고 일어나 커튼을 젖히니 이럴 수가! 파란 하늘에 햇볕이 쏟아지고 있었다. 호텔의 뷔페 조식으로 배를 든든히 채우느라 느지막이 8시가 되어서야 출발했다.

내내 가다 서다의 연속이다. 흰 목도리에 구름모자를 걸친 후지산이 계속 돌아서 가는 우리를 붙잡아서다. 여기쯤이 좋을 듯, 또 여기가…. 3년 전 후지산 정상에 올랐지만 이렇게 가까이에서 우람함을 느껴보진 못했다. 그땐 늦은 오후에 산 중간쯤에 도착해서 밤새 올라 새벽 일출을 보고 부랴부랴 내려와서는 도쿄 가는 버스에서 잠들어버렸으니, 숲은 보지 못하고 나무만 본 셈이다. 아니, 후지산엔 나무도 없으니 그냥 화산 모래만 보고 왔다고나 할까. 아무튼 길 떠나는 손주에게 손을 흔들듯 후지산은 등 뒤에서 한참을 길게 목을 빼고 있다.

교토 – 도쿄 간 자전거 여행 중인 고등학생들

해안 쪽에는 토메이 고속도로가, 내륙으로는 다시 신토메이 고속도로가 생겼지만, 1번 국도도 4차선으로 확장되어 대부분 자동차 전용도로로 변모했다. 도심을 벗어나면 자전거와 우마차는 진입을 금한다. 길은 원래 주인이 없어 가는 사람이 주인일진대, 어쩔 수 없이 자전거는 옛 국도 1호선을 보물찾기하듯 지그재그로 나아가고 있다. 어차피 빨리 가려고 선택한 여정이 아니기에

이 또한 즐길 만하다.

옛길은 여기저기 동네를 흐르며 호흡을 같이한다. 시미즈 마을에서는 사쿠라 새우와 시라스의 철이다. 보리가 필 때, 나는 우리네 보리새우처럼 벚꽃이 필 때 모습을 보이는 빨간 새우가 맛있단다. 시라스는 벌써 어제 점심때 먹어봤다. 멸치가 아닌 배도라치의 치어를 시라스라고 부른다. 조그만 미술관 앞에 잠시 멈췄더니 동네 아저씨가 말을 걸어온다. 나보고 일본어를 너무 잘한다고 추켜세운다. "고맙다. 넌 일본 최고의 미남이다"라고 했더니 "감사합니다"라는 어눌한 우리말로 응수한다.

바닷가 초등학교 교정의 놀이터는 페어선이다. 아이들은 멀리 후지산을 보면서 야망을 키우겠지.

졸업여행으로 교토에서 도쿄까지 자전거 여행 중인 고교생들

일본에는 외발자전거 인구가 꽤 많다.

3일 전 교토를 출발한 고등학생들은 졸업여행으로 도쿄까지 가는 중이란다. 펑크 수리하는 손놀림이 예사롭지 않다. 오늘은 일요일이라 강변 둔치에서는 야구 시합이 한판 벌어졌고, 방파제 겸 산책로에는 외발자전거 연습에 페달링이 현란하다. 단체 바이크족들이 우르릉 꿩음을 쏟아내며 몰려간다. 저기서 반가운 동족, 자전거 여행자가 마주 오며 손을 흔들며 미소를 날려준다.

캄캄해져 도착한 하마마쓰

통과하는 데 1시간이나 걸릴 정도로 큰 시즈오카 시를 지나고 있다. 도시는 청소기를 돌린 듯 깔끔하지만 가로수가 별로 없어 어쩌 삭막하다. 육거리 갈림길에서 엉거주춤이다. 이럴 땐 자전거 타고 가는 주민에게 물어보는 게 상책이다. 옛 국도 1호선은 이제 갈기갈기 찢겨 지방도로 몇 번으로 전락했다. 하지만 자세히 보면 조그만 팻말에 국도 1호선 표시가 되어 있고, 군데군데 1호선보다 더 옛길인 도카이도선의 흔적이 남아 있다.

점심을 먹고 달리는 중 먹구름이 몰려오며 후드득 비가 쏟아진다. 우의를 걸치니 갑옷을 두른 듯 든든하다. 불화살이 쏟아지는 것도 아니라서 천천히 비를 즐기는데, 아쉽게도 30여 분 만에 상황 종료다.

가케가와 다리를 건너 멀리 오르막이 보인다. "까짓것" 하고 오르기 시작하는데 산 뒤쪽을 돌아서도 계속 오르막이다. 빙산이 무서운 건 안 보이는 게 더 커서 그렇듯이 이제 "어쭈" 소리가 나온다. 그래도 한적하고 촉촉한 오르막길의 땀 흘림은 또 다른 개

운함이다. 아무튼 다음 단계인 "아이고"의 곡소리가 없는 적당한 오름이었다.

신나는 내리막 산길을 내려오니 이번엔 바람이 마주한다. 바다미가 왔다고 '맞바람'이란 친구가 마중 나왔나보다. 남쪽에서 불어오는 꽃소식 바람치고는 쌀쌀하고 강하다. 오르면서 열렸던 온몸의 땀구멍으로 바람이 숭숭 들어오는 걸 느낀다.

서쪽으로 지고 있는 해를 정면으로 보며 나고야를 향해 달린다. 오늘은 조금 무리해서라도 하마마쓰까지는 가야 한다. 121km를 달려 완전히 캄캄해진 7시경, 하마마쓰의 메이지야 호텔 706호실에 안착했다.

4일차 ▶ 하마마쓰~나고야

TCD 동기가 기다리는 나고야 입성

아침 6시 30분, 호텔 1층 식당에서 아침을 먹는다. 일본식 가정요리다. 와사비를 곁들인 낫또, 오메무시와 단무지, 그리고 오이절임, 생계란, 미역 된장국에 흰밥, 손가락 두 개 정도 넓이의 딱딱한 김 4조각, 연어구이 한 점이 딱 먹을 만큼 정갈하게 차려졌다. 자전거 캡을 쓴 여행자의 모습에 주방 아주머니는 야채 샐러드와 카

하마마쓰의 하마나호(浜名湖). 속초 영랑호와 같은 거대한 바닷가 석호다.

레도 가져다준다. 역시 옷차림이 콘셉트이자 전략이다. 몸에 좋을 것 같아 우유 한 잔, 시즈오카니까 전차(茶葉) 한 잔, 생선 냄새 제거 용으로 커피까지, 나고야까지 120km는 달려야 하니 연료를 만땅 으로 채웠다. 푹 쉬고 왕창 먹었는데 숙박료가 4,800엔, 착한 가 격이다.

도쿄에서 350km 벗어나다

호텔을 나오니 파란 하늘과 신선한 공기가 반긴다. 257번 국 도는 평탄하게 쭉 뻗어 있다. 모든 것들이 나를 위해 준비되어 있는 것 같은 기분이다. 아마 어젯밤에 보이스톡한 어머님의 기도와 바람 그대로인 듯.

다시 옛 국도 1호선이었던 317번 지방도를 따라가면서 바다처럼 넓고 큰 하마나 호수의 하류 다리를 건넌다. 긴 여정을 끝낸 강물이 바다로 들어가기 전에 숨 고르기를 하는 곳이다. 하지만 이미 녹아버려 불어난 뒷물이 앞물을 바다로 밀어내고 있다.

물결치는 기와를 머리에 인 일본식 옛 건물에 빨간 자동차들이 얼굴을 빼꼼 내밀고 있다. 고사이시의 소방서다. 우리네 경주에선가 본 풍경이다. 조그만 포구에 배들도 한가롭게 늦잠을 잔다. 평탄하던 길이 각을 세운다. 등을 비추는 해와 힘이 들어가는 오르막 페달링은 금방 땀을 송글송글 만들고 있다. 시즈오카현을 벗어나 아이치현의 초입 정상까지 숨이 차오른다. 하지만 고개 이름도, 현의 경계 표시도 없다. 힘겹게 오른 고개가 무명이라니! 도깨비와 씨름한 것 같다.

겨울은 벌써 아득한 전설이 된 듯 대지는 온통 파룻파룻하지만 몽둥이처럼 가지치기 당한 가로수는 많이 아파하고 있다. 제법 큰 도시 도요카와에서 오랜만에 노면 전차를 본다. 넓은 도로의 중앙을 오가는 전차는 언제 봐도 마음이 편안해지고 정겹다. 비슷한 서울의 버스 중앙차로는 왜 이런 정취가 퍽 하고 깨질까? 꼭두각시 인형처럼 지붕에 전선만 연결한 것인데….

'도쿄 니혼바시에서 300km'란 팻말이 눈에 들어온다. 자전거 미터기는 350여km를 나타내는데… 그럼 50여km만큼 지그재

그, 즉 갈지자로 살아왔단 것인가. 정신과 육체의 근육이 더 강해졌다는 의미^^

아이치현에 들어서고부터는 옛 국도 1호선이 4차선에 갓길도 있어 진도가 쑥쑥 나간다. 평지가 계속되어 어쩌다 만나는 완만한 오르막이 반가워지기까지 한다. 도카이도의 37번째 역참이었던 후지가와노 슈쿠^宿 휴게소는 도쿠가와가 태어난 오카자키^{岡崎}의 동쪽 현관이라고 홍보하고 있다.

점심을 먹으면서 들은 도카이도에 대한 할머니의 설명이 귀에 쏙 들어온다. 철길 건너 마을을 관통하는 도카이도 길을 찾아가보았다. 마차가 오갈 수 있는 정도로 당시로서는 교토와 도쿄를 연결하는 고속도로였던 셈이다. 아직도 그 길이 남아 있다지만 찾아가기가 쉽지 않다. 우리네 자전거길 표시처럼 페인트로 선이라도 주욱 그어놓으면 어떨까?

아들 같은 나고야 친구

일본의 3대 도시인 나고야에 입성했다. 일본 전국시대를 이끈 오다 노부나가, 도요토미 히데요시, 도쿠가와 이에야스 3대 명장이 모두 이곳 나고야 인근 아이치현에서 태어났다. 그리고 옛날부터 군수물자를 만드는 공업이 발달하여 도요타 자동차와 미쓰비씨 그룹도 여기에서 시작했단다.

TCD 3년 코스를 마치고 올해 졸업한 이곳 출신의 켄타 군을 만났다. 여행 전부터 만나기로 약속이 되어 있어 한걸음에 달려와 호텔도 예약해준다. 22살의 어린 나이지만 예의 바르고 성실한 친구다. 특히 밤에도 안전하게 탈 수 있는 콘셉트로 만든 그의 자전거는 졸업 최우수작으로 선정되기도 했다. 켄타 군과 함께 나고

TCD 동기 켄타 군과 만나 나고야의 명물이라는 테바사키를 먹었다.

야의 명물 테바사키라는 닭날개 튀김을 먹었다. 테바사키와 맥주는 우리의 치맥과 궁합이 비슷했다. 4월부터 교토에 있는 자전거 회사에서 사회생활을 시작하는 켄타 군을 위해 건배!

───── 5일차 ▸ 나고야~마이바라 ─────
나고야성, 세키가하라 그리고 비와호

사람 인 자가 서로를 의지하는 형상인 것처럼, 우리 인생도 사람들과의 관계로 이어진다. 특히 혼자만의 여행길에서 맛보는 즐거

움은 멋진 경치나 맛있는 음식에도 있지만, 미지의 세계에서 만나는 사람들과의 설레임에도 있다. 어제 켄타 군을 만나 오랜만에 실컷 웃고 떠들었더니 입 근육뿐만 아니라 온몸의 근육이 마사지를 받은 듯 부드럽게 풀렸다.

이곳 나고야의 카나야마 프라자 호텔 지배인은 내 여행길을 밝혀주는 등불이다. 어제 바다미를 밝은 로비에 정중하게 모시는 걸 보고 알아봤다. 오늘 일정에 대해 물어보더니 구글맵을 몇 장 프린트해서 컬러 펜으로 상세히 설명해준다. 얼굴을 맞대고 얘기하는 모습을 누군가 봤다면 같이 여행을 떠나는 사이인 줄 알았을 것이다. 향긋한 친절함이 오감을 통해 가슴으로 전달된다.

나고야성 입성

19번 8차선 넓은 대로를 따라 5km를 달려 나고야성에 도착했다. 갈 길이 바쁜 나그네와는 달리 500여 년의 역사를 지닌 성은 느긋하다. 8시 30분에 도착했지만, 성문은 9시에 열린단다. 휑하던 매표소 앞은 9시가 되니 관광버스에서 쏟아져 나온 사람들로 붐빈다. 가이드가 있으니 편리하기도 하다. 나도 내 손 안에 비서가 있지만 별로 친하지 않다. 그래도 이런 아날로그 성향 덕분에 효고에서 2시간 반 새벽 운전을 한 엄마를 둔 타로짱과 친해지지 않았는가. 올해 초등학교에 입학하는 타로짱은 무척 밝고 명랑하다. 둘이서 시간 때우기 겸해 흥내내기 게임을 한참 하다 보니 제법 친해졌다. 내가 조금 망가지니 모두가 즐거워한다. 그래, 세상이 망가지면 진짜 큰일이지.

나고야성은 1612년 도쿠가와 이에야스가 가토 기요마사 등 12명의 다이묘를 동원해 지은 평지형 성이다. 1945년 2차 세계대전 때 공습으로 파괴된 것을 1959년에 재건했다고 한다. 흐린 날씨에 회색 하늘은 나고야성의 모습을 더욱 고즈넉하게 만들어준다.

일본의 3대 명성에 드는 나고야성

세키가하라를 넘어

나고야를 벗어나니 도로는 22번 국도로 바뀌고, 기요스와 이치노미야 등의 작은 도시를 지나간다. 시골 도시의 도로지만 넓게 잘 정비되어 있다. 보도와 차도 사이에도 자전거 전용도로가 마련되어 있다. 1990년대 일본의 버블 경제기에 이른바 일본판 뉴딜 정책으로 건설된 도로들이다. 덕분에 나와 바다미도 활기차게 달

처음 보면 바다로 착각할 정도로 광활한 비와호, 둘레가 200km나 된다.

릴 수 있다.

하지만 강이나 철로가 나오면 사정이 달라진다. 오버브릿지를 만나면 꼼짝없이 우리는 찬밥 신세가 된다. 별도의 길로 가라고 한다. 나고야성을 100여 리나 벗어났는데도 바다미와 나는 성벽을 기어오르고 있다. 덕분에 허벅지 근육은 더 탄탄해지고, 동네 영감님들의 쉼터도 엿볼 수 있다. 거친 파도가 강한 사공을 만든다고 했나? 그러다 불귀의 객이 된 사공도 여럿이리라.

큰 강을 지나니 이름도 생소한 기후현의 카사마쓰초가 반긴다. 가끔 언덕을 오르지만, 오늘의 라이딩은 쾌속 질주다. 거기다 행여나 봄볕에 얼굴이라도 그을릴까 하늘은 잿빛 커튼을 둘러준다. 바다미가 손을 쓴 것인지 바람도 등을 밀어준다.

라멘집에 들어가서 상의를 벗고 신발도 벗어 내 집인 양 편안하게 앉는다. 흑돈 돈코츠라멘과 밥을 주문했다. 테이블, 그릇, 국물까지 모두 시커멓다. 시골 장터의 뚝배기 국밥 맛이다. 무제한 김치 서비스에 주인장이 천사처럼 보인다.

삼거리에서 21번 국도를 만났다. 오늘의 목적지 비와호로 가려면 무조건 자기만 따라오란다. 그래, 나도 무작정 가기로 한다. 도쿠가와 이에야스에게 천하를 안겨준 그 유명한 세키가하라 전투지는 언덕을 한참 오르고서야 볼 수 있다. 이곳저곳에 격전지 표지판이 보인다. 자전거로 둘러볼 수도 있다는데 손사래를 친다. 지들끼리의 싸움박질에 더 이상 관심 둘 시간이 없다.

둘레 200km의 비와호

세키가하라 언덕을 기분 좋게 내려오니 시가현의 표지판이 반긴다. 이쯤 되면 슬슬 호수가 있는 평지나 습지가 보여야 하는데, 여전히 오르막과 내리막 산길이 이어진다. 21번 국도 몰래 주유소에 가서 길을 묻는다. 그냥 21번이 시키는 대로 하란다.

드디어 비와호에 도착했다. 우리네 발음으로는 비파 호수. 둘레가 200km라니! 모르고 왔으면 바다로 착각했을 것이다. 제주도 환상 자전거길이 230여km니까 이 정도면 바다라 하는 것이 더 어울린다. 호수의 물을 찍어 맛보려다 그만뒀다. 그래도 깊은

용궁에서 유혹의 비파소리가 들려오는 것 같다.

마이바라木原시에 여장을 풀고 역 주변의 렌탈 사이클 센터를 찾았다. 4월 초 벚꽃이 필 때 전국의 사이클리스트들이 가장 많이 모인다고 한다. 도치기현에서 신칸센을 타고 와서 막 라이딩을 마친 일본 학생들에게 시마나미카이도島波海道를 알려주고 자전거 예찬론을 펼쳤다. 그 즐겁고 재미있는 분위기를 사진에 담았다. 한국인이 일본의 자전거 성지에 대해 일본인에게 설명하다니….

비와호 호반의 마이바라 렌탈 사이클 센터. 4월 초 벚꽃이 필 때 많은 라이더가 찾는다고 한다.

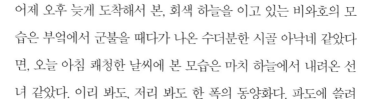

6일차 ▶ 비와호 ~ 교토

비와호에 홀리다

어제 오후 늦게 도착해서 본, 회색 하늘을 이고 있는 비와호의 모습은 부엌에서 군불을 때다가 나온 수더분한 시골 아낙네 같았다면, 오늘 아침 쾌청한 날씨에 본 모습은 마치 하늘에서 내려온 선녀 같았다. 이리 봐도, 저리 봐도 한 폭의 동양화다. 파도에 쓸려 뒹구는 나뭇등걸조차 예쁘게 보인다. 어젯밤부터 비와호 라이딩

뿔락, 자전거에 美치다

생각에 제정신이 아니니 눈인들 멀지 않겠는가! 하긴 출발 전부터 가슴에 꼭 품고 있지 않았던가! 그 이름도 전설의 악기인 비파이니 말이다. 역시 네이밍은 첫인상이다.

비와호 호반의 닻 모양 구조물 앞에서

2번 지방도를 따라가다가 히코네시부터 25번 지방도를 타니 본격적인 호반 라이딩이 시작된다. 길은 호수의 연안을 따라 잔잔한 수면을 쥘 듯 말 듯 이어진다. 때론 차도를 벗어나 좁은 동네 길을 지나기도 하고, 고약한 주인의 담벼락을 만나면 다시 차도로 나와 자전거는 달린다. 호수에 더 가까이 가고 싶어 오른쪽 길을 선택했다. 누군가 뒤에서 밀어주듯이 살랑살랑한 페달링이지만 가다 서기를 반복한다. 호기심 많은 어린 학생 때문에 수업 진도가 나가지 않는 것처럼, 모든 풍경과 분위기를 휴대폰과 마음에 담고 싶은 욕심, 늦장꾼이 여기 또 한 명 있다. 찰칵찰칵!

비와호 사람들

대동강 물이 봉이 김선달 한 사람만 먹여살리지 않듯이, 비와호는 많은 사람들에게 삶 그 자체이다. 우선 풍부한 물과 비옥한 토지 덕분에 항상 풍년이다. 호수 여기저기에 정치망 등 그물이 쳐져 있는 걸 보면 이곳에서 어부사시사를 부르는 이들도 많을 듯하다. 비와호에서 발원해 오사카 앞바다로 흘러가는 요도가와淀川 강을 거슬러 태평양의 숭어 떼까지 올라온단다.

점점이 떠 있는 섬 중에 사람이 살고 있는 큰 섬도 있다. 섬섬억수? 섬나라 속의 섬에서 억수로 수고하며 살아가는 사람들이겠지. 비 맞은 중처럼 혼자서 주섬주섬 읊어대고 있다. 지명에 '나루진津' 자가 많이 보인다. 크루즈선은 중국 단체 관광객을 태우고 항해 중이다.

평일인데도 시장이 열린다. 일본 땅에 미국 성조기가 휘날리는 '마이애미'라는 이름의 오토캠핑장에 사람들이 몰려 있다. 한국의 '부곡 하와이' 같은 곳인가? 안타깝게도 '부곡 하와이'는 문을 닫았다던데….

25번 지방도는 해수욕장이 있는 리조트를 지나 호젓한 산길로 이어진다. 좁고 한적한 길이라 중앙차선조차 없다. 선이 없으니 이곳에선 탈선할 염려가 없는 자유자재의 융통성이 발휘되리라.

처음 상상한 호반길은 절벽 아래에 교각을 심어 데크를 설치한, 그래서 너무나 친절한 우리네 강변의 자전거길이었다. 하지만 여기는 있는 그대로의 지형을 최대한 살린다. 한마디로 쓸데없는 데 돈을 쓰지 않겠다는 것이다. 짠돌이 일본인들! 대나무가 쓰러지면 쓰러진 대로, 방풍림의 죽은 해송 등걸도 나뒹굴고, 자전거

도로 바닥의 코스 안내용 청색 화살표도 띄엄띄엄이다. 분위기 있는 레스토랑도, 추억 만들기 러브호텔도 없고, 편의점조차 사막의 오아시스다. 이것이 호수에 대한 인간이 지키는 최소한의 예의인가?

성조기가 휘날리는 '마이애미' 캠핑장. 일본인의 미국 동경은 일상이다.

또 다른 묘미는 소박한 옛 모습을 간직한 시골 동네 풍경이다. 사람들은 나무로 지은 집과 풀로 엮은 다다미에서 자고, 정원에는 나무들이 가득하다. 삐걱거리는 나무 대문이 열리면서 한 여인이 강아지와 함께 나온다. 교토까지의 거리가 얼마인지 물어보니 "30km?" 하며 고개를 갸웃하더니 "50km? 60km?" 자꾸 멀어진다. 얼른 손을 흔들고 다시 페달을 밟는다. 우문우답이다.

최대한 자연스러운 길

그렇게 55km를 달려 비와호 라이딩의 출발점인 모리야마시에 도착했다. 유명한 여성 사이클리스트 상에서 포즈를 취했다. 동상의 자세를 따라하려고 했지만 도저히 불가능. 다리 대신 팔을 높이 치켜들었다. 역시 나이는 숫자에 불과한 것이 아님을 실감한다.

성 둘레 200km로 바다같이 넓은 비와호 일주 코스의 시발점인 모리야마 시에는 유명한 여성 사이클리스트의 동상이 서 있다. 다리가 덜 올라가도 포즈를 따라해봤다.

시마나미카이도와 더불어 이곳이 사이클 성지로 알려진 것은 오래되지 않았다. 2016년, 자이언트GIANT의 킹류유류호 회장이 이곳에 와서 많은 사이클리스트들과 라이딩을 한 후 제안을 했다. 그후 2017년 4월 16일, 미야모토 시장이 이 동상을 세우고 자전거 길을 조성했다고 한다. 역시 킹류 회장은 존경할 만한 인물이다. 고령임에도 불구하고 직접 자전거를 타면서 자전거의 매력을 몸소 보여주고 있다. 그리고 외국인의 제안을 과감히 받아들이고 그 내력을 그대로 기록한 일본인들도 대단하다.

이곳의 랜드마크는 비와호 대교일 것이다. 모리야마시와 오쓰시大津市를 연결하는 이 다리는 길이 1,400m로 1964년에 준공되었고, 1994년에 쌍둥이 다리가 추가로 건설되었다. 자동차는 통행료를 내야하는 유료 대교지만, 자전거는 무지개처럼 볼록한 5% 경사의 오르막을 올라야 한다. 땀으로 통행료를 대신하는 셈이다. 다리의 전망대에서 만난 70세 동네 형님과 함께 〈아리랑〉을 열창했다.

다리를 내려오면 오쓰에서 558번 지방도가 교토로 이어진다. 이 길 역시 자전거 도로의 일부지만, 호수 옆에는 건물들이 줄줄

비와호를 건너는 비와호 대교. 건너편으로 보이는 눈 덮인 고봉은 비와호 전망 케이블카가 있는 호수라이 산(蓬萊山, 1,174m)이다.

이 늘어서 있어 간간이 호수를 볼 수 있을 뿐이다. 하지만 내륙 방면인 오른쪽에서 합류하는 길들은 모두 T자형으로 만나 좌측 통행인 나는 교차로에서도 자연스럽게 프리패스다.

하마오쓰항에서 비와호와 눈물의 이별을 하고, 161번 지방도를 따라 고개를 오른다. 교토 16km라는 표지판이 반갑다. 하지만 제법 가파른 고개가 나를 씩씩거리게 만든다. 하기야 이 길이 어떤 길인가. 교토. 비록 옛날 얘기지만 수도가 아닌가! 수도는 항상 '상경上京'이라 하여 올라가는 길이다.

고개를 내려오니 1번 국도가 환하게 나를 맞는다. 편의점 휴게실에서 발을 의자에 걸치고는 비와호 사진을 카톡에 한참 동안 자

랑질을 한다. 하지만 이게 끝이 아니었다. 다시 고개를 올라 터널을 지나서야 교토의 진면목이 드러난다. 교토 관문에는 큰 솟을대문도, '반갑습니다, 천년고도 교토입니다' 같은 간판도 없다. 뭐야, 이건? 오든지 가든지 상관없다는 무관심에 괜히 불청객이 된 기분이다.

비와호 일주 자전거 코스 안내도. 일주 거리는 192km이며, 중요 포인트가 표시되어 있다.

천황은 장기 출장 중

즐거운 여행에는 다양한 조건이 있겠지만, 그중에서 숙소는 매우 중요하다. 처음에는 무슨 로맨티스트라도 되는 것처럼 노숙도 해봤지만, 지금 휴대하고 있는 텐트와 침낭, 매트리스는 이제 비상용일 뿐이다. 어제 묵은 교토역 근처의 일본식 료칸은 가격도 착하고 쾌적해서 기분도 좋았다. 숙박비 4,000엔, 관광진흥비 200엔, 아침밥 500엔까지 총 4,700엔이다. 화장실, 욕탕, 세면대가 공용이지만 바로 옆에 있고 너무 깔끔해서 오히려 거시기하다.

객실명이 '오동나무 동자'인 내 방에 들어서니 특유의 다다미 바닥 위에 폭신한 침구와 금방 다림질한 유카타가 놓여 있다. 앉은뱅이 탁자에는 과자 2점과 따뜻한 물이 담긴 보온병, 다기가 준비되어 있다.

목욕 후 외출하려고 현관으로 가자 기모노를 입은 여인이 신발을 대령한다. 근처 식당가에서 5종류의 꼬치와 우롱차 한 잔으로 저녁을 해결하고, 료칸에 돌아와 캔맥주 자판기를 찾으니 그 여인이 쟁반에 캔맥주와 유리컵을 올려 건네준다. 나한테만 이러는 건가? 착각의 뽈락이다.

푹 자고 일어난 오늘 아침, 식사가 준비되었다는 내선전화가 왔다. 김과 계란말이, 두부무찌개, 짠지 등의 밥상이 차려져 있다. 자리에 앉으니 된장국을 떠와 무릎을 꿇고 다소곳이 올린다. 또 착각! 휴… 잠시 금숙이를 잊을 뻔했다. 정신 챙겨!

흐린 날이 더 좋은 교토

밤부터 시작된 비가 여전히 가늘게 뿌리고 있다. 가라는 가랑비인지, 있으라는 이슬비인지…. 아무튼 오늘도 날씨가 딱이다. 빛바랜 도시의 산책은 흐리거나 비가 오면 한층 더 운치가 난다. 료칸에서 교토의 메인 거리 중 하나인 토리가와 대로를 따라 북쪽으로 쭉 가다 왼쪽으로 꺾으면 10km 거리에 유명한 '금각사

교토의 대표적인 건물인 금각사 사리전. 물에 비친 환상적인 풍경이 아름답다.

가구지'가 나온다. 이른 아침인데도 관광객이 넘쳐난다. 입장권이 개운초복開運招福, 가내 안전의 부적이다. 400엔에 이 모든 것을 이룰 수 있다면 이거야말로 로또다. 굿 아이디어!

한눈에 봐도 알 수 있는 금각 사리전이 물 위에 반짝인다. 바위와 소나무, 연못으로 무릉도원을 꿈꾸는 중국식 축산산수築山山水 정원 양식이다. 부처님의 극락정토를 상징하는 이 정원은 화려한 금박 외관보다는 안에 모셔진 사리가 진짜 보물일 것이다. 개 목줄 같은 금목걸이에 수갑 같은 금팔찌로 치장한 겉모습보다는 가슴속 인품이 중요한 것처럼 말이다.

살짝 장난기가 동한다. 왜 1층에는 금박을 하지 않았을까? 이 건물을 짓던 쇼군이 급사해서 후원금이 모자랐던 건 아닐까?

금각사 vs 은각사

올림픽에 금메달이 있으면 은메달도 당연히 있다. 이번에는 동쪽을 향해 '은각사銀閣寺, 긴가쿠지'로 달린다. 교토의 큰 도로는 바둑판처럼 잘 정리되어 있어 길 찾기가 편하다. 길거리에는 기모노를 곱게 차려입은 여인들이 많이 보인다. 아장아장 걷는 전통 일본 아지매, 졸업을 맞아 신나는 학생, 성큼성큼 걷는 외국인 등, 일본의 대표 관광지를 찾는 외국인은 옷 색깔만큼이나 다양하다. 그중엔 게이샤 미치코를 만나러 온 이도 있을 것이다.

은각사로 오르는 오른쪽에 교토대학이 보인다. 일본의 최고 명문 도쿄대와 쌍벽을 이루는, 그래서 간사이關西의 수재들이 모이는 곳이다. 은각사 가는 좁은 도로 옆에는 상점들이 늘어서 있다. 부처님은 이렇게 다양한 사람들을 먹여 살리신다. 실제로 일본은 절 안에서 술도 팔고 고기도 굽는다. 향불 향기와 돈 냄새가 섞여 야리꾸리하지만 이게 바로 속세이리라.

냄비뚜껑만 한 둥근 자갈이 박힌 도로는 빗물에 씻겨 더욱 반

금각사에 비해 질박한 느낌을 주는 은각사 보살전. 은근한 운치는 더 뛰어나다는 평도 있다.

질반질하다. 금각사를 보고 만든 은각사라 그런지 크기만 조금 작을 뿐, 부적 입장권에 소원을 빌어주는 문구도 똑같다. 자전거 바퀴처럼 반짝일 줄 알았던 은각 보살전은 짙은 갈색의 우중충한 모습이다. 연못에 비친 달빛이 은빛이라니… 경포호 술잔도 모두 실버라이트인가?

갈퀴를 이용해 은모래를 부드러운 물결무늬로 표현한 일본 전통의 고산수枯山水 정원이 인상적이다. 정원 전체를 덮은 파란 이끼와 좁은 도랑에서 들리는 물소리는 절의 고색창연함에 덧칠을 한다.

모처럼 개방된 교토 고쇼. 건물의 웅장미가 느껴진다.

특별 공개된 왕궁

교토의 상징이자 중심에 있는 '교토 고쇼御所'가 마침 오늘까지 특별 공개되고 있었다. 가마쿠라 막부에서 시작된 550여 년 동안 천황의 즉위식이 열렸던 이곳은 천황이 거주하던 장소다. 총 3만 5,000여 평의 부지에 고래등 같은 건물들이 용도별로 배치되어 있고, 역사적 사진과 물품들이 전시되어 있다. 정원의 나무들은 이 역사의 산증인들이다. 특히 이 해2019년 5월, 아키히토 천황이 퇴임해 일본인들의 관심이 쏠려 있다.

비록 에도시대를 연 도쿠가와에 의해 일본의 수도가 도쿄로

정해졌지만, 교토 사람들은 그렇게 인정하지 않는단다. 그동안 공식 천도령이 내려진 바가 없기 때문에, 도쿄 고쇼는 지방의 행궁에 불과하고 이곳이 본궁이라는 주장이다. 즉, 천황은 메이지유신으로 150여 년 전에 도쿄로 출장 가서 아직 돌아오지 않았단다. 세상에 이렇게 긴 출장은 없을 것이다. 도대체 출장비는 얼마냐? 에구, 지금 돈을 따질 때냐? 속물 뽈락!

8일차 ▶ 교토~오사카
나만을 위해 문을 열어준 자전거 박물관

교토에서 오사카까지는 50여km로 짧은 거리다. 왕복 4차선의 1번 국도는 보도가 있고 갓길도 잘 확보되어 있다. 자를 대고 쓱 긋고 바리캉으로 쭈욱 밀어놓은 듯 똑바로 난 평탄한 길이다. 어쩌다 만나는 얕은 오르막은 허리를 굽히고 상체를 당겨 몇 번 영차 하면 어느새 페달이 가벼워지며 긴 내리막이 시원하게 이어진다.

바다미는 물기를 살짝 머금은 코발트빛 아스팔트 위를 차르르 하며 신나게 달린다. 교토와 오사카의 경계인 키즈강을 건너 나가오 고개를 내려오는데, 왼쪽 저 멀리 일본의 국회의사당 같은

건물이 보인다. 오사카에 국회의사당
이라니… 궁금해서 경로를 벗어나 건
물을 찾아가보니, 테트리스처럼 꾸불
꾸불한 지붕의 건물은 오사카공업대
학이다.

오사카에 진입하면서 먼저 오사
카성을 찾았다. 약 28년 전인 코렉스
시절 업무 출장으로 벚꽃이 날리던 4
월에 이곳에서 처음으로 일본의 향기
를 느꼈었지…. 역시 그때의 느낌처
럼 넓은 해자를 방석으로 깔고 우뚝
솟은 모습이란! 깎아지른 화강암 석

오사카성 천수각을 배경으로

축은 접근 엄금이요, 황금색 동판으로 장식된 흑백 성채는 샤넬백
같다. 황금 잉어가 춤추는 쪽빛 지붕은 봉황의 날갯짓을 떠올리게
한다. 천하의 도쿠가와도 몇 달을 공격했지만 성공하지 못해 이간
계로 해자를 메워 점령했다는 난공불락의 성이다. 물론 이 사건으
로 도쿠가와는 주군이던 도요토미 가문을 멸망시켜 두고두고 '배
신의 정치가'라는 비난을 받고 있지만….

혼자서 관람한 자전거 박물관

역사는 흘러가듯이 오사카성의 추억은 뒤로하고 자전거 박물관으로 향한다. 역시 뽈락의 오매불망 관심사는 자전거이기에 일본에서 제일 가고 싶었던 곳이다. 오사카성 앞에 있는 호텔에 짐을 맡기니 바다미도 오랜만에 홀가분한 하이킹이다.

사카이[*]시로 가는 26번 도로를 따라 10여 km를 달리다 야마토강을 건너면 사카이시에 들어선다. 다시 10여km를 더 가야 박물관이 나오는데 급한 마음에 오히려 더 헤맨다. 드디어 다이센[*] 공원에 있는 박물관을 발견했지만 두 번, 아니 세 번 놀랐다. 첫째는 오늘이 휴관일이라는 것, 어제가 일본의 휴일이라 그다음 날이 정기휴관일이었던 것이다. 둘째는 건물 외관이 예상보다 작고 초라했다는 것, 마지막은, 난감해하고 있는 순간 귀인이 나타난 것이다. 잠깐 들렀다는 하세배 사무국장에게 사정 얘기를 하니 뜻밖에도 문을 활짝 열어 주었다. 규정에 철저한 일본인이 이렇게 융통성을 발휘해 특별 관람까지 시켜주다니, 하세배 상의 조상은 배달민족이 아니었을까? 진주 하[*]씨?

3층짜리 박물관은 먼저 외부 계단을 올라가 2층에서부터 관람이 시작된다. 접수와 안내 사무실을 지나, 최초의 자전거인 드라이지네가 입구에서 반기고 있다. 미쇼형 자전거, 맥밀런, 세이프티 등의 클래식 자전거와 MTB, 로드바이크까지 다양한 실물들이 전시되어 있다. '보다 멀리, 보다 빨리, 보다 즐겁게'가 박물관의 모

시마노가 운영하는 자전거 박물관 '사이클 센터.' 희귀한 진품 자전거 수백 대를 소장하고 있다.

토다.

이곳 사카이시는 오랜 옛날부터 철 가공지였고, 철을 이용해 칼과 총을 만드는 명소로 발달하면서 자연스레 자전거 산업도 번성했다. 1921년 설립된 시마노 본사가 근처에 있고, 이 박물관도 시마노가 1992년에 설립해 운영하고 있다.

3층은 자전거 문화공간으로서, 자전거의 필요성과 효용성에 대한 설명이 있고, 한켠에는 '프랑스 자전거 특별전'도 열리고 있다. 무엇보다 압권은 1층 수장고에 250여 대의 세계 자전거가 빽빽하게 늘어서 있는 모습이었다. 벽면에는 자전거 그림 콘테스트의 입상작들이 도배되어 있어 마치 꿈속의 자전거 천국에 있는 기분이었다. 이외에도 클래식 자전거 타기 체험, 자전거 투어링 등 다양한 프로그램도 운영되고 있었다.

휴관일이라 눈물을 삼키며 되돌아가야 했을 날이었지만, 사무국장의 호위를 받으며 황제처럼 박물관을 감상할 수 있었다니, 이게 누구의 덕인지…. 자전거 신의 은총이 아니었을까? 자렐루야!

9일차 ▶ 오사카~가코가와
참사를 극복한 고베! 건배! 축배!

세계적인 장사꾼 하면 단연 유대인이 떠오른다. 일본에서는 오사카의 상술을 으뜸으로 친다. 오사카 사람들은 머리 회전이 빠르고, 아이디어가 풍부하며, 말솜씨 또한 현란하다. 그래서 일본의 유명 연예인들 대부분이 오사카 출신이라는 이야기도 있다.

오사카 거리의 자전거 대리점 간판들은 크고 원색적이라 눈에 확 띈다. 성질 급한 오사카 사람들의 취향에 맞춘 '스피드 수리'라는 문구도 크게 적혀 있다. 도심을 제외한 오사카 거리의 풍경은 일본답지 않게 조금 흐트러지고 지저분한 느낌도 든다. 가로수 목련은 흐드러지게 피어 있고, 자전거들은 여기저기 아무렇게나 뒤죽박죽 세워놓은 느낌이다. 빨간 신호등에도 자전거가 우르르 지나간다. 나도 슬쩍 그 뒤를 따라간다. 강남의 귤이 강북에선 탱자가 되는 것처럼, 지역에 따라 풍경도 달라지는 건 자연의 이치다.

일본 자전거 시장도 불황이라 대리점마다 비상이다.

그래도 사람 사는 냄새가 나니 정답게 느껴진다.

오사카역 근처에서 2번 국도에 올랐다. 한강처럼 넓은 요도가와를 건너고 얼마 지나지 않아 효고현兵庫縣 간판이 보인다. 오늘 달리는 2번 국도는 서쪽으로 향하는 길로, 왼쪽에는 바다가 펼쳐져 있고, 이 길은 시모노세키까지 이어진다. 날씨는 흐리고, 10도 내외의 꽃샘추위가 몰려오며 마파람까지 얼굴을 때리지만 마음을 달리 먹으면 괜찮다. 마파람이 부니 천천히 구경하며 달리고, 쌀쌀하니 땀도 나지 않아 오히려 좋다고 말이다.

낯익은 간판이 눈에 들어온다. '고시엔 입구'라고 적혀 있다. 1924년 갑자년에 지어져서 갑자원甲子園, 즉 고시엔으로 불리는 유명한 야구장이 왜 여기에? 보통은 '오사카 고시엔'이라 해서 동대문야구장처럼 오사카 시내에 있는 줄 알았는데…. 아무튼 일본 대학 야구의 도쿄 메이지진구 야구장과 더불어 고교 야구의 고시엔이 효고현 니시노미야시西宮市에 있다는 것도 바다미 덕분에 알게 되었다. 이제 막 일본 춘계 야구대회가 열리고 있었다. 대회가 끝나면 선수들은 고시엔의 모래를 자루에 담아 고향으로 돌아가겠지. 이기든 지든 상관없이!

24년 전의 상혼

동서문화 교류의 도시라는 고베神戶에 들어섰다. 고베 하면 1995년 TV를 통해 본, 다리가 두 동강 나고 도로가 솟구쳐 있는 그야말로 영화보다 더 리얼하고 처참했던 한신대지진의 현장이 떠오른다. 하지만 20여 년이 지난 지금, 고베는 현대적이고 깔끔한 도시로 변모해 요코하마를 떠올리게 한다. 오사카와의 거리가 30여km밖에 되지 않아 공동생활권으로 여겨지기도 한다. 그래서 오사카와 고베의 한자를 따서 만든 한신阪神 타이거스 팀도 오랜 전통을 자랑한다.

고베는 항만, 철도, 공항, 도로 등의 인프라가 완벽하게 갖춰져 있어, 이제는 지진의 고베가 아니라 세계의 고베로 재탄생했다. 이제는 과거의 고베를 넘어 건배하고, 나아가 축배를 든다. 'BE KOBE'라는 문구가 걸린, 사람 키보다 큰 고베의 랜드마크 앞에서 흔적을 남기려 바다미의 허리가 휘는 줄도 모르고 스탠딩이다. 이곳이 한신대지진의 희생자 6,300명을 기리는 메모리얼 공원인

1995년 한신대지진 희생자를 기리는 메모리얼 공원과 'BE KOBE' 문구(위). 고베를 벗어나면 만나게 되는 세계 최장 현수교(전장 3,911m)인 아카이시해협 대교(아래)

줄도 모르고 눈치 없이 희희낙락했으니… 부끄러울 땐 36계 줄행랑이 최고다. 그래도 도망치기 전 묵념은 기본 도리다.

　멀리서 무지개처럼 곡선을 그리며 파란 바다 위에 떠 있는 아카이시해협明石海峽 대교가 보인다. 시코쿠로 가는 길목의 효고현 아와지淡路 섬과 고베를 연결하는 이 다리는 세계 최장 현수교로 길이가 3,911m에 달한다. 당장 달리고 싶었지만, 고속도로라 자전거는 출입 금지다.

꿈꾸는 히메지성

어젯밤엔 친구 평수가 전화를 했다. 자전거로 여행을 다니면서 힘들지 않느냐, 혼자라 심심하지 않느냐고. 솔직히 힘들고 피곤하기도 하지만, 쓸쓸하거나 심심할 틈이 없다. 편안히 앉아서 하는 자동차 여행도 몇 시간만 지나면 허리가 아프고 다리가 당기는데, 자가 동력으로 매일 100여km를 이동하는 건 결코 쉬운 일이 아니지 않은가.

몇 년 전에는 끝없는 오르막 중턱에 앉아 '내가 왜 이런 고생을 하나?' 하는 본질적인 고민과 후회도 했지만, 이제는 즐기는 여유까지 생겼다. 자신에 대한 믿음과 자기관리만이 꾸준히 멀리 갈 수 있게 해준다. 하루 주행 거리는 100km로 정하고, 오후 5시 이전에 라이딩을 마치며, 점심은 육류 등으로 든든히 먹고 저녁은 간단하게, 술은 딱 한 잔만 한다. 밤 9시에 잠자리에 들어 4시 30분이면 자동으로 눈이 떠진다.

새벽에 일어나자마자 전날의 일기를 기록한다. 먼저 지도와 팸플릿으로 지나온 코스를 확인하고, 휴대폰의 사진과 간단한 메모를 정리해 가족 블로그에 일기와 사진을 올린다. 그다음에는 오늘의 코스와 주요 포인트를 정한다. 호텔의 아침 식사 시간인 7시까지 모든 걸 마치려면 정말 바쁘다. 그래도 너무 서두르면 자칫

자료가 한꺼번에 연기처럼 사라질 수 있다. 뿅! 하고 말이다.

멈추면 비로소 보인다

초보 라이더는 불안하니까 앞사람의 엉덩이만 보다가 여행이 끝난다고 한다. 하지만 경험이 쌓이면 주변이 보이기 시작하고 나름의 여유도 생긴다. 흔한 표지판이나 간판도 자세히 보면 나름대로 의미가 있어 그냥 스쳐가는 풍경이 아니다. 특히 흥미로운 것이 보이면 자전거는 그냥 멈추면 된다. 멈추면 보이고, 보다 보면 느낌이 온다. 길바닥의 동그란 하수구 뚜껑도 지역마다 디자인이 다르다.

신호등 앞의 무표정한 아주머니에게 인사를 던지니 우물에 기름 한 방울 떨어진 것처럼 얼굴에 환한 미소가 번진다. 옆의 꼬마는 손만 흔들어줘도 빙그레 웃는다. 편의점에서 야끼소바를 먹고 있는 내 또래 남자는 자전거로 동네를 돌고 있다고 한다. 그에게 자전거 일본 일주의 꿈도 심어준다. 아르키메데스는 목욕탕 안에서 생각하지만, 뽈락은 안장 위에서 생각하고, 특히 오르막에서 더욱 몰입한다.

재미있는 포즈의 사진에 딸 갱이 대체 아빠 사진은 누가 찍어주냐고 궁금해한다. 모르는 사람 앞에서 이런저런 폼을 잡으려면 내공이 필요하다. 순간의 쪽팔림이 영원을 기록한다.

히메지성을 둘러싼 해자에는 에도시대 풍의 작은 조각배가 유람선으로 운행된다.

오늘은 가코가와시加古川市에서 출발이다. 전날 묵은 호텔은 최악이었다. 방에 들어서자 호텔 이름인 아제리아 꽃향기 대신 아제리아를 키우는 퇴비 냄새가 났다. 덩그런 침대에 욕탕 하나 있는, 서부 영화에서 장고가 묵었던 싸구려 호텔이 떠올랐다. 그래도 잘 자고, 아침도 일부러 든든히 먹고, 나올 때도 공손히 인사하고 나왔다. 잘 먹고 잘살라고!

자동차 전용도로인 2번 국도를 벗어나 해안을 따라가는 250번 국도를 택했다. 조금 돌아가는 길이지만 경치가 좋아 마음에 든다. 오늘의 최대 관심사인 히메지성姫路城은 항구 근처에서 7km

히메지성 입구의 사쿠라몬 목재 다리 앞에서 바라본 성채

를 거슬러 히메지 시가를 지나니 보이기 시작한다. 도쿄 황궁 다음으로 넓은 부지에, 주변에 높은 건물이 없어 멀리서도 아스라하다. 흐린 하늘이 배경이 되어 성이 마치 꿈꾸는 듯 아련하게 보인다.

성벽을 둘러싸고 있는 푸른 해자에는 나룻배가 한가롭고, 사쿠라몬 목재 다리 옆에는 수양버들 파릇한 잎사귀가 하늘거린다. 어딘지 어설픈 엑스트라 수문장과 사진을 찍고 성으로 들어선다. 흰 회벽과 살짝 치켜든 회색 지붕선이 백로처럼 날아오를 듯한 모습이다. 중앙에 우뚝한 천수각을 중심으로 늘어선 누각들의 스카이라인이 절묘하다. 송이송이 맺혀 있는 벗나무는 꽃을 피울 날을 손꼽고 있다. 내일일까, 모레일까? 아무렴 어떤가! 언제 피어도 바로 그날이 축제일인걸!

히메지성 수문장과 함께. 어딘가 어리숙한 모습이 동네 아저씨가 잠깐 알바를 하는 모양이다.

11일차 | 아코~후쿠야마
숨겨진 보석들

여행은 내가 모르는 낯선 곳, 즉 미지의 세계로 들어가는 것이다. 그래서 두렵기도 하고 흥미롭기도 하다. 또한 재미있는 영화의 장면을 붙잡고 싶어도 흘러가버리는 것처럼, 여행도 잠시 머물다가 떠나야 한다. 이 나이에 여기를 언제 다시 오겠나 생각하면, 더 절실하게 새겨두고 싶어진다. 그래서 항상 자세히 보고 느끼며 머리와 가슴에 콕콕 새겨두려 한다. 이런 마음 덕분인지 멋진 풍경, 좋은 사람들, 적절한 날씨와 자주 만난다. 그리고 생각지도 못한, 그야말로 숨어 있다가 짠 하고 나타나는 보석들은 보약처럼 나의 영혼을 풍부하게 해준다.

히메지에서 시작된 250번 국도는 해안선을 따라 구불구불 이어진다. 혼슈와 시코쿠 사이에 있는 세토 내해는 리아스식 지형과 섬들이 어우러져 국립해상공원으로 지정될 정도로 아름답다. 손바닥처럼 들쭉날쭉한 지형을 따라 난 길도 물처럼 흐르고 있다. 왼쪽으로 툭 트인 바다를 바라보니 싱그러운 바람이 볼을 스친다. 그래서 'seaside road'란다. 온몸의 세포가 춤을 추듯 반응한다. 길도 S자를 수없이 그리며 춤을 춘다. 문득 TCD에서 자전거 휠을 조립하던 생각이 난다. 휠 밸런스를 위해 스포크 텐션을 조정해야 하는데, 좌우 조정은 비교적 쉬운 데 비해 상하 조정은 맞추기 어렵다. 길 또한 좌우로 굽이치면 커브요, 상하로 오르내리면 고개라 할 수 있을 것이다. 지금 가는 이 길은 좌우로 굽이치는 커브가 많은 기분 좋은 길이다.

어제 머물렀던 효고현兵庫縣 아코시赤穗市는 예정에 없던 곳이었다. 3일 동안 계속된 쌀쌀한 날씨와 피로에 지쳐 있던 차에 포스가 남다른 한 자전거 여행자를 만났다. 앞뒤로 패니어를 달고 뒤에는 스페어타이어를 걸쳤다. 자전거 프레임에는 케르빔이란 반가운 데칼이 붙어 있다. 바로 TCD 곤노 선생의 회사 브랜드다. 이 친구도 곤노상을 잘 안단다. 공통분모가 생기자 급 친해졌다. 아이치현愛知縣 출신의 30대 챈 마루라는 이 젊은이는 현재 일본 종단여행 중이라고 했다. 2월 21일 홋카이도를 출발해 규슈, 오키나와를 거쳐 4월 20일에 여행을 마칠 예정이란다. 한국에 오라고 했더니 10월 아프리카 여행을 마치고 생각해보겠단다. 핸들바에 액션캠을 장착하여 인터넷 방송도 진행하고 있었다. 어쩌면 뽈락도 방송

효고현 아코시 호텔을 새벽에 나서자 산뜻한 공기와 적막감이 반긴다(왼쪽). 아코시에 있는 아코성은 웅장하지는 않지만 소박한 분위기로 잘 보존되어 있다(오른쪽).

을 탈 수 있을지….

　바다를 바라보고 있는 아코시에는 옛 아코성의 흔적이 그대로 보존되어 있다. 깨끗한 도로와 빛나는 해송 가로수, 2층 상점들이 늘어선 길을 지나면 소박한 흰 회벽과 잿빛 기와가 이어져 있는 성이 보인다. 풍경이나 내음이 흡사 해미읍성에 온 기분이다. 성 안에 들어서면 건물이 있던 자리에 주춧돌이나 나무판을 깔아 표시를 했고, 잔디와 모래로 산책로를 만들었다. 하얀 목련이 환하게 반긴다. 주변에는 장군들이 살던 집도 있고, 창고를 개조한 민속자료관도 있다. 이른 아침 바다미와의 호젓한 산책은 뜻밖의 즐거움이고 행복이었다. 다음에 꼭 다시 오려고 팸플릿을 챙겼다. 가방은 자꾸만 무거워진다.

　오늘은 효고현의 언덕을 넘어 오카야마현岡山縣에 들어와 덴뿌라 소바를 먹고, 아찔한 고가도로, 고마운 터널, 쭉 뻗은 2번 국도를 달려 히로시마현廣島縣의 후쿠야마福山까지 달려왔다. 3일 동안 80km 내외의 부진을 딛고 장장 125km를 쾌속질주한 것은 이 여정의 숨겨진 보석들 덕분이었다.

───── 12일차 ▸ 오카야마~히로시마 ─────

아, 히로시마!

후쿠야마 호텔에서 간단히 토스트, 우유, 소시지를 먹고 서둘러 출발했다. 히로시마까지 110km나 남았고 오르막도 있다고 들었기 때문이다. 어제와 같이 2번 국도를 계속 따라간다.

오늘은 맑고 푸른 하늘이 반겨준다. 상쾌한 아침 공기처럼 깨끗하게 포장된 도로를 달리자, 바다미도 즐거워한다. 어느덧 바다가 보이기 시작한다. 작은 포구 앞 역에 있는 사람들의 모습이 한가롭다. 여기는 사이클의 성지 시마나미해도의 혼슈 출발점인 오노미치尾道이다. 자전거 여행자들도 많이 보이고, 렌탈 자전거 숍도 기지개를 켜고 있다. 작년 이맘때, 시코쿠 여행 중 이마바리今治에서 출발해 이곳 오노미치 코앞에서 돌아갔던 기억이 난다. 이곳이 히로시마현이기는 하지만, 히로시마시까지는 여전히 100km

세계적인 자전거 코스 '시마나미해도'가 시작되는 오노미치. 도로 바닥의 자전거 표시가 반갑다.

정도 남아 있다.

시마나미해도에 매료되어 3일간 머물렀던 기억을 떠올리자 바다미가 당장 가자고 성화다. 관광도시로 변해가고 있지만, 동네 뒷골목에는 아직도 할머니의 손때가 묻은 옛 모습이 남아 있다. 계단식 철길 건널목의 신호기는 군데군데 녹슬어 세월의 흔적이 고스란히 남아 있고, 철길 옹벽을 파내 만든 정류장 쉼터가 정겹다. 시골 초등학교는 아이들의 꿈을 만드는 공장이다.

2번 국도에 이어 잠시 75번 지방도로 옮겼다. 지방도라고 하지만 곧 다시 합류하는 2번 국도의 연결선이었다. 미하라에서는 다시 정상 궤도인 2번 국도를 달린다. 미하라, 다케하라 등의 지명처럼 해안을 벗어나 산속으로 들어왔지만 아담한 평원의 연속이다.

세상에 완벽하게 좋은 것은 없다. 화창한 날씨에 기온도 17도까지 오르자 콧노래가 나올 뻔했다. 완만한 오르막은 문제가 아니었지만 남서풍이 강하게 불어오는 바람에 전신이 저항을 받는다. 핸들을 꺾으면 순식간에 도쿄로 날아갈 것만 같은 느낌이다. 바람에 맞서며 힘겹게 오르막을 오르고 있는데, 저 멀리 아주머니가 길을 건너고 있다. 힘든 표정을 감추고 명랑하게 인사를 건네자,

아주머니가 환하게 웃으며 힘내라고 외쳐주었다. 순간 누군가가 등을 힘껏 밀어주는 듯한 기분이 들었다. 화이또!

주변이 깨끗해서 더욱 처참해 보이는 원폭돔

히로시마시에 대한 첫인상은 만점이었다. 히가시 히로시마의 지루한 고개를 넘자 바닷가에 있는 히로시마까지는 기분 좋은 내리막길이었기 때문이다. 도시가 산 정상에 있었다면 반대의 느낌이었겠지만, 어쨌든 지금은 기분이 좋다. 푸른 바다가 보이고, 강 하구에 정박된 선박들, 넓은 도로와 가로수, 달팽이처럼 귀엽게 기어가는 노면 전차가 파란 하늘을 배경으로 펼쳐진 히로시마는 아름다웠다.

먼저 원폭돔을 찾았다. 멀리서도 한눈에 알아볼 수 있었다. 빨간색 낡은 스웨터에 찌그러진 모자를 쓴 듯, 붉게 녹슨 구조물은 그 자체로 처참함을 드러냈다. '평화의 거리'로 지정된 거리는 대리석으로 치장하고 다리도 한층 멋을 냈다. 푸른빛이 도는 강물과 깔끔하게 조성된 공원이 원폭돔을 더욱 아프고 잔인하게 연출하고 있다. 마치 추악한 주인공을 돋보이게 하기 위해 천사들이 엑스트라로 배치된 것처럼. 전쟁은 결코 일어나서는 안 된다. 전쟁의 피해를 본 후에 후회하지 말고, 겸손과 상생의 지혜를 미리 깨달았다면 좋았을 텐데…. 삼가 희생자들의 명복을 빈다.

히로시마 원폭돔 옆으로 모토야스 강이 조용히 흐른다. 앙상한 골조만 남은 원폭돔 외에는 주변이 세련되고 깔끔한 공원으로 정비되어 있다.

─── 13일차 ▸ 히로시마~슈난 ───
일본 3대 절경, 미야지마에서 나래를 펴다

히로시마시의 평화공원 근처 호텔을 나와 원폭돔 주변을 돌아 시내를 달린다. 제법 쌀쌀하지만 상쾌한 새벽 공기 속에서 기분 좋게 달리다 보니 금방 2번 국도에 올랐다. 어제 긴 내리막을 즐겼으니 오늘은 당연히 오르막이다. 땀이 촉촉이 나기 시작할 즈음,

저 앞 표지만으로 자동차 전용도로에 올라섰다는 것을 알았다. 돌아가란 표시도 없고 그냥 자전거와 손수레 금지 표시만 보인다. 그럼 올라가기 전 입구에 안내를 해놔야지. 허당 공무원 때문에 애꿎은 서민만 헛발질이다.

조깅하던 아저씨에게 길을 물어보니 바닷가로 내려가면 옛 2번 국도가 나올 거란다. 다행히 내리막길이 이어지고 평탄한 길이 시작되었다. 이 착한 2번 국도는 사카에강을 건너 야마구치현山口縣에 들어설 때까지 평탄하여 밤새 달려도 지치지 않을 것 같은 상쾌한 길이다. 바다의 잔잔한 모습을 보여주기도 하고, 참았던 눈물처럼 넘실거리는 강물 소리도 들려주며 한적한 동네 앞마당으로 안내해준다.

바다 위에 뜬 도리이

방파제에서 산책 중이던 어르신과 잠시 대화를 나누며 히로시마의 역사와 미야지마宮島 이야기를 들었다. 미야지마는 일본 3대 절경 중 하나로, 꼭 들러야 한다고 하셨다. 이곳은 오늘의 메인 이벤트였다.

히로시마시에서 약 20km 떨어진 미야지마는 모르는 이가 없을 정도로 유명한 관광지다. 평일 이른 아침이지만, 미야지마 행 선착장에는 많은 사람들이 줄을 서 있다. 다행히 배는 여러 척이

일본 3대 절경 중 하나로 꼽히는 히로시마현 미야지마의 해상 도리이 앞에서

있었고, 15분 간격으로 운행되고 있다. 바다미 왕복 승선료는 200엔, 뽈락은 360엔이다. 짧은 거리지만 처음 배를 타고 바다 한가운데로 나온 바다미는 신이 나서 눈을 휘둥그레 뜨고 코를 벌렁거린다.

사진에서 익히 봤던 바다 위에 떠 있는 빨간 도리이가 다가온다. 배에서 내려 바다미의 손을 잡고 도리이로 걸어간다. 짐을 내려놓은 바다미도 즐거운지 신발을 통통 튀긴다. 밤을 기다리는 석등이 어서 오라고 반기듯이 쭉 늘어서 있고, 오랜만에 밟아보는 마사토 흙길의 쿠션이 기분 좋게 전해진다. 시슴들은 자기가 사람인 줄 아는지 능숙한 관광안내원 역할을 하며, 레이싱걸의 포즈로 관광객의 추억을 만들어주고 있다.

역시 도리이 앞은 문전성시다. 바다에 떠 있는 도리이를 더 자세히 보려고 보트를 타고 접근하는 열성 관광객도 있다. 뽈락도 오랜만에 날개를 활짝 펴봤다. 사진을 찍어준 일본 소녀들도 나를 따라 포즈를 취하며 즐거워했다. 봉황만이 할 수 있는 것을 감히 뱁새들이 하려 들다니….

갯벌에 다리발을 세워 지어서 바다에 떠 있는 배처럼 보이는

과연 일본의 3대 절경답다. 미야지마는 관광객들이 늘 인산인해다.

이츠쿠시마 신사에도 많은 사람들의 발길이 끊이지 않는다. 어느
덧 상가가 즐비한 골목에 들어선다. 넓지 않은 골목의 양쪽으로
깔끔하고 아담한 상점들이 줄지어 있다. 천장에는 넓은 천을 드리
워 마치 굴속처럼 아늑하고 환상적인 분위기로 관광객들을 유혹
한다. 하지만 내 지갑의 지퍼는 입을 앙다물고 있다, 후후.

내가 왔다, 시모노세키야!

이제 목적지 시모노세키까지 100여km가 남았다. 슈난시 도쿠야마역 근처의 아오야기 호텔에서 출발해 어제 이용했던 2번 국도를 다시 탄다. 시모노세키로 향하는 뽈락의 마음을 하늘도 아는지, 날씨도 화창하고 4차선 도로도 넓게 뻗어 있다. 갓길 인심도 넉넉하고 보도에는 아스팔트가 깔려 있어 주행감도 그만이다. 완연한 봄인지 아침 햇살이 따갑게 느껴진다. 바람막이 점퍼를 벗으니 더할 나위 없이 상쾌하다.

2번 국도는 좌우, 상하로 완만한 굴곡을 그리며 유유히 이어진다. 터널에 들어서면 40cm 높이의 단층에 폭 1.5m의 보도가 마련되어 있어 안전하게 지날 수 있다. 그러나 보도는 한쪽만 있다. 다행히 대부분 내가 가는 바닷가 쪽에 보도가 있지만, 규칙에는 언제나 예외가 있는 법. 이번 터널은 반대쪽에 보도가 있다. 차량 통행이 많아 건너기가 어려워 그냥 달려본다. 들어갈수록 '어쭈?'가 '아아!'로 변한다. 가래 끓는 소리가 웅웅거리고, 포탄처럼 슝슝 지나가는 쇠붙이들의 위협에 긴장하여 핸들 잡은 손바닥에 쥐가 날 정도로 긴장했다. 희열은 순간이고 고통은 길게 느껴지게 마련인가. 터널의 길이를 확인해보니 고작 1km도 안 되는 길이었다.

길은 평온을 되찾고, 야마구치시 초입에서 자동차전용도로가

드디어 시모노세키에 도착! 혼슈와 규슈를 잇는 칸몬대교가 멀지 않다.

되어 직선으로 나아간다. 우리는 212번 지방도를 타고 시내를 통과해, 한적한 2차선 도로를 따라 시골 풍경을 감상한다. 역시 겨울은 북쪽으로부터 내려오고 봄은 남에서 올라오나보다. 노란 개나리와 유채꽃이 화창함을 자랑하듯 활짝 피어 라이더의 마음을 따뜻하게 물들인다.

켓세키가 안 되려고 개근했다?

넓게 시야가 트이며 바다가 보인다. 다시 합류한 2번 국도의 긴 내리막을 신나게 달린다. 입을 크게 벌리니 상쾌한 봄바람이 식도를 지나 오장육부를 세척하는 기분이다. 얏호! 드디어 시모노세키에 도착했다.

"이노무세키. 시모노세키야, 내가 왔다!" 일본어에는 가끔 우리말 욕처럼 들리는 발음이 있어 재밌다. 예전 일본어학교를 다닐 때 이세키라는 선생이 있었다. 예쁘장하고 친절해서 이세키 선생이라고 부를 때마다 양심의 가책을 느꼈다. 그녀의 부모가 조금만 국제감각이 있었다면 이런 내수용 이름을 짓진 않았을 텐데… 선생이 출석을 부를 때마다 '켓세키'라고 하면 마치 욕처럼 들렸다. 결석한 학생이 있을 때마다 "바쿠상, 켓세키데스네"라고 했다. 일본어로 결석을 '켓세키'라고 하니 결석하면 무조건 켓세키가 되는 것이다. 뽈락은 외국까지 와서 켓세키가 안 되려고 기를 쓰고 출석했다.

시내 초입부터는 보도를 따라 산책하듯이 느린 페달링이다. 파란 이끼가 덕지덕지한 큰 둥치의 벚나무에는 초롱초롱 꽃들이 막 피기 시작한다. 멀리 칸몬대교가 구름처럼 높이 떠 있다. 문득 샌프란시스코의 금문교, 아니 안 가본 금문교 말고 남해의 노량대교가 떠오른다. 다리 밑을 지나는 멋진 여객선의 풍경을 기대했는데 벽돌 같은 컨테이너를 잔뜩 실은 화물선만 오가고 있다. 역시 영화와 현실은 일치하지 않는다.

국제여객선 부두 근처 호텔에 여장을 풀었다. 오늘이 일본에서의 마지막 밤이다. 바다미와 함께 조촐한 치맥파티를 할까 하고 모처럼 KFC에 들어갔더니 마침 오늘이 니와토리의 날 행사여서 할인까지 받았다. 정말 부담스럽게 운이란 놈이 따라다 닌다. 참고로 우리의 3월 3일이 삼겹살데이인 것처럼 일본도 날짜와 비슷한 발음으로 마케팅을 한다. 28일은 '니와'로도 읽힌다. 15일은 이치고, 즉 딸기의 날이고, 29일은 니꾸, 즉 정육점에서 고기 세일 데이다.

호텔 직원에게 양해를 구해 바다미를 객실로 데려와 치킨에 맥주를 곁들여 우리만의 파티를 했다. 마침 침대도 트윈이다. 수고했어, 바다미! 욕봤다, 뽈락. 건배!

15일차 ▸ 시모노세키
귀국선은 밤에 떠난다

오늘은 오랜만에 늦잠을 잤다. 휴대폰의 알람도 꺼두고, 온몸의 촉수도 내려놓고 푹 잠들었다. 7시 30분, 커튼 사이를 비집고 들어온 햇살이 나를 깨운다.

　원래 오늘의 계획은 바다미를 쉬게 하고 50여km 떨어진 츠노
시마角島를 열차로 다녀올까 했다. 일본 자동차 광고 1번지로 꼽힐
만큼 절경이라며 야마구치 출신 에미짱이 적극 추천해준 곳이다.
하지만 오늘은 그냥 유유자적 하루를 보내기로 했다. 어젯밤 코인
세탁기로 때 묻은 옷가지를 세탁한 것처럼, 오늘은 3년 동안의 일
본 생활을 되돌아보며 천천히 묵은 감정들을 정리해본다. 물론 이
기간 동안 99%가 즐거운 시간이었고, 후회 없이 보람찬 시간이었
으니 아쉽고 서운한 감정보다는 추억을 되새기는 행복한 시간이
다. 늘그막에 철이 드는 것인지, 돌아보니 매순간이 즐겁고 감사
한 시간이었다.

앞바퀴는 규슈, 뒷바퀴는 혼슈에 걸치고

　10시가 다 되어 체크아웃을 하고 시내를 돌아본다. 뽈락과 바
다미는 당연한 듯 번화가보다는 뒷골목을 기웃거린다. 서민들이
사는 가파른 산동네를 올라가며 층층 계단에 가득한 화분을 감상
한다. 콘크리트를 비집고 고사리가 머리를 내밀고, 노란 애기똥풀
위에는 나비가 한가롭게 졸고 있다. 복어 캐릭터가 그려진 놀이터
의 안내판을 보니 이곳이 복어의 고장임을 실감한다.
　시모노세키 시내는 자전거도로와 안내판, 대여 시스템 등 자

화초로 단장한 시모노세키 뒷골목의 어느 집. 건물은 초라하지만 차분한 격조가 묻어난다(왼쪽). 초밥으로 유명한 가라토 시장에서 산 초밥을 야외 데크에서 맛나게 먹었다(오른쪽).

전거 인프라가 잘 갖춰져 있다. 하지만 자동차만 씽씽 달리는 칸몬대교는 자전거 라이더들에겐 그림의 떡이지만 우리에겐 겸손한 해저터널이 기다리고 있다. 어제의 살벌했던 터널보다 짧은 780m의 이 터널은 사람은 무료지만 자전거는 20엔의 통행료를 내야 한다. 어째 나보다 바다미의 몸값이 더 비싸다. 지하탄광으로 가듯 화물 승강기로 내려가니 일직선의 사각형 동굴이 나온다. 무서워하는 바다미의 손을 잡고 내리막을 간다. 중간쯤에 혼슈의 야마구치현과 규슈의 후쿠오카현의 경계가 나온다. 칸몬대교가 혼슈와 규슈에 걸쳐 있는 것처럼 바다미의 앞바퀴는 규슈에, 뒷바퀴는 혼슈에 걸쳐 있다.

　규슈의 바람을 맛보고 다시 돌아온다. 초등학교 수학여행 때 갔던 통영 해저터널이 생각난다. 한·일 간 터널을 건설하기 위해 실험으로 뚫었다고 들었다. 언젠가 한·일 해저터널이 만들어져 자전거로 오갈 수 있는 날이 오길 바란다.

근처의 가라토[唐戶] 시장에서 초밥을 2,400엔어치나 사서 칸몬 해협이 보이는 야외 데크에 앉아 먹는다. 역시 생선살이 두툼하고 신선해서 폭풍 흡입이다. 참치, 방어, 연어, 전갱이, 돔 등이 들어간 뱃속이 순식간에 바다 수족관으로 변했다. 배가 부르니 자연스레 잠이 쏟아진다. 따스한 햇볕이 스물스물 온몸을 감싸니 급기야 비스듬히 앉아 꾸벅꾸벅 존다. 순간 정신 차리라는 듯 화물선이 긴 뱃고동을 울리며 나를 깨운다. 부우~웅!

이미 한국에 온 듯한 부관페리

오후 5시경 도착한 국제여객선터미널에는 8시에 출발하는 부관페리가 이미 대기해 있다. 대합실에는 시끌시끌한 단체 관광객과 젊은 커플들, 초미니 무역상으로 보이는 할머니들이 모여 앉아 있다. 벌써 한국에 온 듯 낯익은 남도 사투리가 귀에 익숙하게 들린다. 하긴 이곳의 각종 안내판에는 중국어보다 한국어가 우선으로 표기되어 있다. 할 수 있다면, 글씨체를 좀 더 예쁘게 바꿔주고 싶다. 부산거리로 명명된 도로도 있고, 실제로 한국인이 많이 오다 보니 상점에서 일하는 한국인 알바도 자주 만날 수 있다.

예약한 대로 1등석 표를 끊고, 1,000엔의 별도 승선료를 지불한 바다미는 패니어 등을 무장해제한 후 승무원이 모셔간다. 배에

이제 끝이다! 시모노세키에서 3년간의 일본 여정을 마무리하며 지난 시간을 되돌아본다. 99%는 즐거운 시간이었다.

타서 방 안에 들어오니 일본을 떠나는 게 실감난다. 원래 1등석은 2인 1실인데 혼자만 배정되어 특실 같은 느낌이었다. 기숙사 이사장, 학교의 선생들, 여기저기 전화를 해서 육성으로나마 고마운 마음을 전한다. 다만 어설픈 일본어 실력으로 다 전하지 못한 마음이 아쉬울 뿐이다. 항상 느끼는 것이지만, 주변 사람들의 수많은 도움으로 살아가면서도 저 혼자 잘나서 그런 줄 착각하기도 한다. 이렇게 혼자 남아 돌아보니 잊고 있던 고마운 순간들과, 나를 스친 수많은 인연들 덕분에 내가 살고 있음이 선명히 보인다. 나홀로 여행의 선물이 바로 이런 것 아닐까.

부우웅~ 드디어 출항이다. 귀국선은 밤에 떠난다. 눈물을 보이기 싫어서….

"우리는 저쪽으로 갑니다." 새재 길과 남한강 자전거길이 만나는 충주 탄금대에서. 이제 집까지는 약 160km 남았다.

이제 드디어 우리 땅에 들어섰다. 부산을 출발해 국도와 자전거길을 오가며 북상한다. 경주와 대구, 구미에서는 오랜만에 지인들을 만나 따뜻한 환대와 함께 옛 추억을 나누며 재충전의 힘을 얻었다. 젊은 부부 라이더와 의기투합해 밤에 이화령을 넘어 수안보까지 달리기도 했다. 이윽고 남한강 자전거길에 접어들자 집이 가까워짐을 느낀다. 저 앞에 마중 나온 금숙이 손수건을 흔들고 있다.

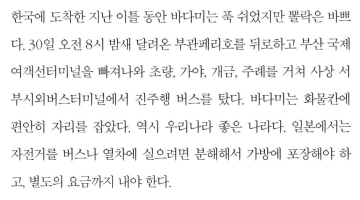

15일차 ▶ 부산~언양
다시 출발이다, 부산에서!

한국에 도착한 지난 이틀 동안 바다미는 푹 쉬었지만 뽈락은 바쁘다. 30일 오전 8시 밤새 달려온 부관페리호를 뒤로하고 부산 국제여객선터미널을 빠져나와 초량, 가야, 개금, 주례를 거쳐 사상 서부시외버스터미널에서 진주행 버스를 탔다. 바다미는 화물칸에 편안히 자리를 잡았다. 역시 우리나라 좋은 나라다. 일본에서는 자전거를 버스나 열차에 실으려면 분해해서 가방에 포장해야 하고, 별도의 요금까지 내야 한다.

구순의 어머님은 내 손을 꼭 잡으며 연신 고맙다고 하신다. 유학을 무사히 마치고 여기로 먼저 왔다고 오히려 고마워하신다. 건강하게 키워주고 보살펴주신 은혜를 표현하기도 전에 이러시니 그저 미안하고 감사할 뿐이다. 자줏빛 도는 사랑의 찰밥에 갈비탕을 차려주시며, 일본에서 보기 드문 참외도 내오신다. 막내에게 기념 촬영을 부탁하니 안방에서 새 옷을 입고 화장도 하시고 준비한다.

저녁에는 창원에서 죽림회 회원들이 귀국 환영회를 열어주었다. 9명 전원이 모인 가운데 꽃다발까지 준비해주었다. 남자에게 꽃을 받아보기는 평생 처음인 듯하다. 옛 코렉스 시절의 부서장 모임이 벌써 30년을 넘기니, 이젠 형제처럼 우애가 깊어졌다.

"반갑다, 부산항아!" 접안하는 부관페리호에서 바라본 부산항 국제여객터미널

    바다미를 승합차에 태우고 '엘파마' 김 사장 집에서 하룻밤 신세를 졌다. 다음 날 점심은 윗동서와 아랫동서, 처제와 함께 삼랑진에서 향어회를 먹으며 오랜만에 회포를 풀었다. 저녁에는 다시 부산으로 돌아와 태종대 자갈마당에서 친구들과 조개구이로 축하연을 열었다. 다들 이렇게 반갑게 맞이해주고 내 일처럼 기뻐해주니 몸둘 바를 모르겠다. 앞으로 정신 바짝 차리고 더욱 잘 살라는 의미로 마음에 새겨본다.

부산 영도에서 서울을 향해

4월의 첫날이다. 서울로 가는 출발지는 부산 태종대 근처다. 부산은 산복도로라 하여 가파른 언덕길이 많다. 영도는 작은 섬이지만 작은 고추처럼 매운 오르막투성이다. 배가 점점이 떠 있는 시원한 바다를 보며 가파른 오르막을 애써 외면한 채 페달을 밟는다. 용두산공원의 타워가 보이는 영도다리를 건너 오른쪽으로 방향을 잡고 부산역, 범내골, 서면, 거제리를 지나간다. 월요일 아침 출근 시간대라 도로는 복잡하고, 갓길에는 이물질이 많고 여기저기 팬 곳도 많다. 보도에 올라서니 보도블록들이 들쭉날쭉 살아 움직인다. 자전거로 이동하기에 부산의 도로 환경은 D학점이다. 게다가 빵빵거리며 정신을 번쩍 들게 하는 고마운(?) 차들도 적지 않다.

동래 사직구장 근처에 있는 'MTB랜드'를 찾았다. 김진홍 사장이 도로 앞까지 나와서 반겨준다. 새로 이전한 숍은 전문 자전거 숍답게 크고 깔끔하게 정돈된 모습이다. 자전거에 대한 남다른 애정으로 부산의 자전거 시장을 키워온 김 사장답게 숍도 섬세하고 센스 있게 꾸몄다. 그의 부인 또한 야무지고 열정적이다. 한국에서 두 번째로 큰 도시지만 지형상 오르막과 내리막이 많아 자전거 이용에 불편한 부산을 전국적인 자전거 메카로 만든 데 이들 부부의 헌신적인 노력이 큰 역할을 했다.

남녀 간의 밀어만 가슴이 뛰고 황홀하겠는가. 김 사장과의 만

코렉스 시절 부서장 모임인 죽림회 회원들이 환영해주었다.

남은 늘 설레고, 대화를 나눌수록 그 열정에 동화되어 나도 덩달
아 기분이 좋아진다. 함께 먹은 장어탕 덕분인지, 그에게 전염된
에너지 덕분인지, 7번 국도의 범어사 고갯길도 거뜬히 넘었다.

자전거길 대신 국도로

부산에서 서울로 가는 자전거길은 단연 낙동강 자전거길이 편
하고 빠를 것이다. 처음엔 당연히 그 길로 갈 생각이었지만, 계획
을 바꿔 이번에는 일반 도로를 따라가보기로 했다. 일본에서 출발
할 때 도쿄에서 오사카까지는 1번 국도를, 오사카에서 시모노세
키까지는 2번 국도를 따라왔던 것처럼, 한국에서는 1번 고속국도

인 경부고속도로를 연하는 국도로 가기로 했다. 문경 근처에서 3 번 국도와 만나 서울까지 이어갈 생각이다.

범어사 고갯길을 넘고, 동해안으로 향하는 7번 국도를 따라가다가 왼쪽으로 꺾이는 1077번 지방도로 바꿔 탄다. 이 지방도는 왕복 6차선으로 노면 상태도 좋고, 갓길도 잘 정비되어 있다. 양산시에 도착해 지방도는 물금 쪽으로 이어졌고, 나는 오른쪽으로 방향을 잡아 35번 국도로 들어섰다. 경주로 향하는 왕복 4차선의 도로는 평탄하고, 굴곡도 적고, 오르막과 내리막도 완만하여 라이딩에 안성맞춤이다. 다만 파랑주의보로 인한 바람이 갈 길을 방해하다가도 가끔 뒷등을 밀어주는 우군이 되기도 한다. 적인지, 아군인지….

통도사의 모습이 궁금해 입구에 들어서자 안내원이 가로막는다. 자전거는 통행 불가란다. 승용차는 씽씽 들락날락하는데 자전거는 안 된다니, 기가 찬다. 그럼 부처님은 돈 많아 보이는 자가용만 좋아하신단 말인가. 셔틀버스도 없고, 걸어서 다녀오려면 족히 1시간 이상 걸리니 해가 질 텐데… 바다미를 가로막는 야속한 안내원을 빨리 가서 쉬라는 보살님으로 여기고 돌아섰다. 바로 시작되는 울산광역시 경계의 낮은 오르막에서 세찬 바람이 불어온다. 첫 국토 종주에 나서는 바다미의 안전을 기원해주시는 통도사 부처님의 마음이 바람 되어 우리를 감싼다. 아미타불!

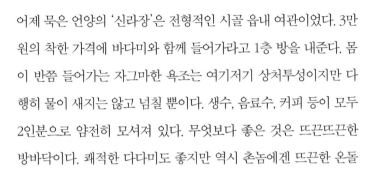

추억으로 가는 길

어제 묵은 언양의 '신라장'은 전형적인 시골 읍내 여관이었다. 3만 원의 착한 가격에 바다미와 함께 들어가라고 1층 방을 내준다. 몸이 반쯤 들어가는 자그마한 욕조는 여기저기 상처투성이지만 다행히 물이 새지는 않고 넘칠 뿐이다. 생수, 음료수, 커피 등이 모두 2인분으로 얌전히 모셔져 있다. 무엇보다 좋은 것은 뜨끈뜨끈한 방바닥이다. 쾌적한 다다미도 좋지만 역시 촌놈에겐 뜨끈한 온돌이 최고다. 오랜만에 등을 지지고 나니 피로가 멀리 도망갔다.

오늘 가는 35번 국도는 쭉 뻗어 있어 찾기 편한 길이다. 경주, 건천, 영천, 경산, 대구로 이어지는 지명은 벌써 머릿속에 세팅되었다. 일본에서는 간판의 지명을 한자의 의미까지 곱씹으며 외워도 다음 지명을 만나면 다시 싹 잊어버리기 일쑤였다. 역시 우리말 지명이라 머리에 쏙 들어온다. 길은 경부고속도로와 경주하듯 같이 달리다가 구름다리를 건너 고속도로 위를 가로지르기도 한다.

경주 시외버스터미널 사거리에서 4번 국도와 합류한다. 왕복 4차로의 산업도로라 동네와 멀리 떨어져 있어 마을 풍경을 살피지 못하는 게 아쉽다. 경주를 지나 경산시에 도착하자 35번 국도는 사라지고 4번 국도를 따라 대구광역시 동대구역을 향한다. 오

온통 벚꽃길로 화사한 경주 시내

늘도 일찍 핀 벚꽃을 시샘하는 꽃샘추위에 맞바람을 맞아야 했다. 소위 꽃샘바람이다. 그래도 그 바람을 뚫고 100km를 돌파했다. 금호강이 유유하다.

경주의 추억

점심 무렵이 되어 경주시 근처에 도착했다. 만만한 후배 재억이가 득달같이 달려나왔다. 함께 간단히 곰탕이나 먹을까 했는데, 그는 서라벌대학을 지나 한참을 더 달려 한적한 가든식당으로 안내했다. 여기가 거창도, 전주도 아닌데 거창하게 한 상 차려져 나온다. 소불고기를 먹으며 함께했던 35년 전 직장 생활 얘기로 이야기꽃을 피웠다.

이곳이 이렇게 발전하리라고는 생각도 못 했다. 1979년 대학 4학년 때 동국대 경주캠퍼스 마스터플랜 프로젝트팀에 소속되어 이곳에 처음 답사왔을 때는 잔솔만 무성한 구릉지였다. 그때는 전국적으로 야간통행 금지였으나 경주는 관광특구 자유지역이라 밤새 설치고 다닌 추억도 있다. 사람의 인연이 무엇인지… 바쁠 텐데 이렇게 시간 내 마음을 함께하며 타임머신에 동승해준 후배가 고맙다.

수제 프레임 제작의 전설을 만나다

경산을 지나 대구에 들어서며 떠오르는 이가 있다. 오래돼서 연락처를 몰랐지만 수소문 끝에 연락을 해보았다. 반가운 목소리로 아양교 전철역에서 보자 한다. 그곳에서 만난 이는 수제 프레임의 장인, '가이야스'의 전종호 사장이었다. 자그마한 자전거 가게는 옛날 그대로였다. 전 사장은 '선경 스마트'에서 자전거를 시작해 자전거 개발부장으로 활동하던 베테랑이다. 특히 브레이징 용접 전문가로 크로몰리 파이프로 수려한 디자인의 사이클 프레임인 가이야스를 만든 장인이다. 지금은 은퇴했지만, 아직도 잊지 않고 여전히 제작을 의뢰하는 가이야스 마니아가 있을 정도로 그는 수제 프레임 제작의 살아 있는 전설로 불린다.

한국의 자전거 환경이 일본만큼 좋아서 TCD같이 한국 사이클디자인 전문학교가 생긴다면 교장으로 모셔야 할 분이다. 지금은 8개 자전거 동호회를 운영하면서 주말이면 라이딩하기에 바쁘단다. 전 사장은 나를 반겨주며, 자전거 여행에는 영양 보충이 필수라며 오리고깃집으로 내 손을 이끈다.

식사를 하며 그의 50여 년 자전거 인생 이야기가 펼쳐진다. 신원 자전거와 쓰노다 자전거의 합작과 부도, 선경그룹의 스마트자전거 이야기, 이어지는 영진스마트의 탄생 비화 등등. 쫄깃쫄깃한 오리고기처럼 그 옛날 자전거 산업에 대한 역사가 신기하고도 재미있다.

오늘은 추억의 바다에 빠져 기분 좋게 유영한 하루였다. 추억은 총천연색 시네마스코프다.

17일차 ▸ 대구~구미
강 따라 물 따라

바다미와 한 방에서 푹 잤다. 오늘은 전종호 사장이 추천해준 금호강 자전거길을 따라가기로 한다. 동촌유원지의 모텔에서 나오자마자 강변길이 펼쳐졌다. 유원지라 아침 먹을 곳이 마땅치 않아 금호강을 따라 무작정 달려보기로 한다. 시끄럽고 살벌한 국도를 달리다가 이렇게 내 세상처럼 달리는 자전거도로에 바다미가 좋아라 한다.

벚꽃 가로수, 개나리 군락, 푸른 수양버들이 반겨주는 봄을 만끽하고 싶어서일까. 평일 아침인데도 자전거를 타거나 산책하는 사람들이 많아 심심할 틈이 없다. 손을 잡고 걷는 두 남자를 눈여겨보니 부자지간인 듯하다. 어린 시절 아버지가 이끌어주던 아들의 손이 이제는 듬직한 지팡이가 되어 아버지를 이끄는 모습이다. 길가에 자전거를 나란히 세워놓고 하얀 갈대 덤불 속에서 쑥을 캐는 노부부도 있다. 쑥이 많이 나왔냐고 인사를 건네니 이미 너무 자라 쉴 지경이란다. 저 멀리 릴 낚싯대를 부채살처럼 펼쳐놓고 잉어를 기다리는 낚시꾼도 있다. 저 정도면 거의 그물을 촘촘히 친 듯하다. 저 그물을 피하느라 잉어는 한결 날씬한 몸매로 맞설 것이다.

대부분의 자전거는 플랫바 MTB 스타일이지만, 유니폼을 빼입은 젊은 라이더들은 날렵한 로드바이크로 바람처럼 씽 하고 지나간다. 자전거 이용자뿐 아니라 산책하는 사람들도 마스크로 얼굴을 복면처럼 가리고 있다. 피부 관리도 중요하지만, 얼굴에 추한 칼자국이 있는 진짜 나쁜 놈들과 구분이 안 될까 염려된다.

강정고령보를 지나면 강변 언덕을 따라 매혹적인 데크 길이 나온다.

일반 돈가스가 왕돈가스로

30여m를 달려 금호강 하류에 접어들었다. 하천 둔치를 따라 평탄하게 가던 길이 강둑으로 올라서며 세천교를 지난다. 강변 공사로 길을 헤매던 중 달성군 매곡마을의 한 식당에서 수제 돈가스를 시켰다. 그곳에서 만난 젊은 부부에게 일본 유학 얘기도 들려줬다. 장거리 여행 중이란 얘기에 일반 돈가스가 왕돈가스로 바뀌고 반찬 가짓수가 자꾸만 늘어난다.

강정고령보의 유쾌한 조형물

문득 섬마을을 한 바퀴 돌게끔 되어 있는 일본의 사이클 성지 시마나미해도가 떠올랐다. 우리네 자전거 길도 이렇게 마을로 연결해 조성하면 좋은 인연도 맺고 좋을 텐데…. 그러면 여행자는 재미있는 여행담을 선사하고, 주인은 맛있는 음식 솜씨를 보여주는 상생의 분위기를 만들 수 있을 텐데….

조금 더 달려 우주선 모양의 랜드마크가 있는 강정고령보에 도착했다. 역시 낙동강은 스케일부터 다르다. 넓디넓은 강폭에 가슴이 확 트인다. 강 너머로 산들의 스카이라인이 아스라하게 일렁인다. 기온도 포근하고 꽃샘바람도 한눈을 팔고 있다. 벼랑 옆으로 난 데크 길은 곡선을 그리며 물 위를 달린다. 정수장을 피해 산속으로 갔다가 다시 강 옆으로 복귀한다. 좁은 도로의 벚나무 가로수는 서로 손을 맞잡고 꽃을 활짝 피웠다. 가까이 들여다보니 벌들은 꽃잎이 활주로인 양 열심히 이착륙 중이다.

여행의 철칙이 무너지다

구미시 초입 동락공원에 펼쳐진 봄의 꽃잔치에 홀려 길을 놓쳤다. 다시 길을 찾아가려다 이것도 운명이려니 생각한다. 여기서도 보고 싶은 얼굴이 있다. 전화를 해보니 결번이란다. 그만큼 무심의 세월이 한참을 흘렀다는 것이다. 기억을 더듬어 구미시 봉곡동을 무작정 찾아가기로 한다. 그러려면 여기 구미 남쪽 끝에서 김천 방향 북쪽 끝으로 가면 될 것이다.

공단로를 지나면 산업탑이 나오고, 다시 구미역을 거쳐 한참을 묻고 물어 드디어 가게를 찾았다. 이정화 사장은 코렉스 근무 시절, 과장이 되어 처음 맡은 물류과에서 만나 함께 일하며 남다른 추억을 많이 쌓았던 친구다. 당시 300여 평의 크고 높은 창고에 쌓인 20억 원어치의 재고 입출고 관리를 하느라 고생도 많이 했다.

일찌감치 가게 문을 닫고 삼겹살집으로 향했다. 그는 가게 간판이 '삼천리'로 바뀐 것에 머쓱해한다. 아들에게 자전거 업을 물려주려고 3년간이나 공을 들였는데, 시장 상황이 좋지 않아 결국 베트남으로 취직해 떠났단다.

여행의 철칙이 무너졌다. 딱 1병이 3병이 되고, 얘기는 꼬리에 꼬리를 문다. 간은 상할지라도 우정은 상하면 안 되지 않겠는가. 건배!

이화령의 야간 라이딩

역시 세상엔 공짜가 없다. 어제의 즐거운 술자리는 아침의 괴로움을 떠안아야 한다. 출발부터 힘든 언덕을 겨우 오르니 선산행 33번 국도가 보인다. 10여km를 달리니 선산읍의 수문장처럼 누각이 서 있다. 떨어질 낙(落) 자에 남녘 남(南) 자의 '낙남루' 현판을 걸고 있다. 낙동강이란 이름이 상주를 중심으로 만들어진 것처럼 이것도 그 영향인가 어림잡는다.

구미 선산읍의 시외버스터미널의 한 식당에서 뷔페를 먹었다. 가격도 착하디착한 6,000원이다. 내 뱃속 상태를 훤히 들여다본 것처럼 생태탕은 무, 두부와 대파의 기를 살려 펄펄 끓고 있다. 토실토실한 꼬막, 바삭바삭한 튀김과 큼직한 깍두기로 숙취가 싹 사라졌다. 수정과로 입가심을 하고 본격적인 라이딩에 돌입한다.

그동안 참새 방앗간 들르듯 여러 사람을 만나다 보니 계획보다 일정이 늦어졌다. 그래서 오늘은 낙동강 자전거길이 아닌 일반 국도를 이용하기로 한다. 선산의 끝자락에서 만난 25번 국도는 전에 봤던 대로 중앙분리대가 있는 4차로로, 고속도로같이 뻥 뚫린 길이다. 하지만 바로 옆의 중부내륙고속도로를 이용하는 차량이 많아 조금은 한가한 편이다.

선산대교 밑으로는 낙동강이 흐르고, 옆으로는 자전거길이 이어져 있다. 질주하는 차량을 피해 왼편 강둑의 자전거길로 가려 해도 이제는 빠져나갈 수가 없다. '대형 차량이 지날 때는 오히려 맞바람을 막아주기도 하지.' 그동안의 여행 경험과 습관으로 차와 함께 달리는 것을 즐기는 건지도 모르겠다.

이동식 자전거 카페

상주시를 지날 무렵 기다리던 3번 국도와 조우했다. 일본의 1번, 2번 국도와 우리의 3번 국도를 이어보려는 뽈락 식 억지 스토리텔링이 실현됐다. 3번 국도도 이미 현대화되어 4차로로 변한 지 오래고, 문경시 입구부터는 자동차전용도로로 바뀌어 바다미는 옛 국도를 찾아야 한다.

포항서 온 부부 라이더

보도블록 교체 공사가 한창인 옛 점촌읍인 문경시를 빠져나와 다시 3번 국도를 달린다. 씩씩거리며 달리는 차들에 굴하지 않고 바다미도 씽씽거리며 달린다. 차량들의 협박도 거세지고, 육교에 오르면 갓길도 사라진다. 진남휴게소에서 오랜만에 짜장면의 면발 식감을 음미한다.

이제부터는 새재 자전거길에 올라 유유한 페달링이다. 이곳의

새재길이 지나는 문경에는 2015년 세계군인 체육대회를 기념하는 조형물이 서 있다.

벚꽃은 아직 손님 맞을 준비 중이다. 나보다 짐을 더 실은 자전거가 옆을 스치며 인사를 한다. 살랑살랑한 사이클과 함께. 포항에서 버스로 상주까지 와서 출발했는데 갈 데까지 가본단다. 아마 시간 날 때마다 국토 종주를 이어가는 직장인 부부 라이더인 모양이다. 무거운 짐을 죄다 남편에게 맡긴 그녀가 좀 야속해 보이지만, 같이 해주는 것만으로도 황송한 일인지 모르겠다.

전날의 과음으로 구미에서 출발할 때는 쓰린 배를 움켜쥐고 어쨌든 문경까지만 가면 다행이라 여겼다. 문경읍에서 진흙 온천을 즐기려던 계획은 이 젊은이들과 한판 승부를 하고픈 오기로 바뀌었다. 다같이 문경새재 관문에서 인증샷을 찍고 이화령을 오른다. 국토 종주에서 가장 힘들다는 고갯길을 힘은 빠지고 서산에 해가 저무는 6시 10분에 출발한 것이다. 그동안 겪었던 일본의 고개들과 이참에 한번 비교해보자는 나름대로의 기대와 함께 오르막을 올랐다.

휘휘 감고 올라가는 오르막은 바람도 잠들어 주위가 조용하다. 가끔 짝 잃은 산새 소리만 처량하다. 저 멀리 희미하게 보이던

어둠 속에 도착한 이화령 정상(카메라의 노출로 밝게 찍혔지만 실제로는 별이 보이는 어둠 속이었다)

이화령 정상의 구름다리가 점점 가까워지더니 이윽고 정상에 도착했다. 7km를 45분 만에 오른 셈이다. 그렇게 넓었던 초등학교 운동장이 지금은 손바닥만 하게 보이듯, 전설의 이화령이 이제는 그냥 보통의 고개 정도로 여겨진다. 바다미가 오히려 뽈락의 허벅지를 어루만지며 아직은 쓸 만하다고 칭찬해준다. 너무 쉽게 올라와버리니 왠지 허무한 마음도 든다. 잠시 후 포항 부부도 도착했다. 사방은 이미 깜깜하여 별들의 잔치가 시작되었다. 이화령에 처음 올랐다는 두 사람은 어둠 속에서 담아야 할 인증샷을 아쉬워한다.

부부의 야간 데이트를 눈치 없이 방해하는 것 같아 두 사람을 먼저 보내고, 별이 빛나는 어둠 속에서 달려 내려가 소조령을 훌쩍 넘어 수안보까지 왔다. 숙취로 고생한 아침까지만 해도 적당히 문경읍까지 가서 쉬려고 했는데, 오늘은 포항의 귀인 커플이 이화령으로 이끌어준 덕분에 123km를 무난히 달려 월악산 막걸리를 들이켜고 있다. 꿀~꺽!

19일차 ▸ 수안보~여주

구름에 달 가듯이

수안보에서 느긋한 아침을 맞는다. 지난밤 이화령을 넘은 일이 꿈같이 느껴진다. 그동안 몇 차례 이화령을 넘었지만 이렇게 밤길에 넘기는 처음이었다. 이번엔 바다미도 제법 무게가 나가고 짐도 많은데 샤방샤방 오른 것이 대견하고 기쁘다. 처음 오를 때는 주변도 살필 수 있었는데, 정상에 올랐을 때는 완전히 캄캄해져 라이트를 켜고 혼자 내려와야 했다. 내리막길은 도로 사정을 잘 모르니 낮처럼 신나게 질주할 수도 없다. 아무것도 보이지 않은 덕에 소조령은 있는지도 모르게 지나쳤다. 중간중간 갈래길이 있었지만, 안내판과 바닥에 그려진 자전거 마크 덕분에 그나마 큰 어려

출렁다리가 놓이고 주변에는 새 교량이 건설 중인, 새재길의 명소 수주팔봉

움 없이 이곳까지 오게 된 것이다.

식당들 앞에는 큼직하고 화려한 꿩 조각상이 자태를 뽐내고 있지만, 올갱이 해장국으로 배를 채우고 하루를 시작한다.

쌈밥집 할머니의 친절

소조령을 넘어 한참을 내려왔지만, 이곳 수안보에서 충주로 가는 길은 아직도 완만한 내리막이라 마음 편한 길이다. 도로 옆 한적한 식당의 처마에는 사이클 레이스의 현판이 붙어 있다. 다음엔 그 식당에 들러 주인에게 그 그림의 역사를 들어봐야겠다.

길을 따라 충주 탄금대에 도착하니 드디어 새재길이 끝나고 남한강 자전거길이 시작된다. 강변길을 한참 달렸는데도 남한강을 되짚어 오느라 바로 건너편에서 탄금대가 손을 흔들고 있다. 점심때가 지나 자전거 호텔·휴게소의 안내판을 보고 열심히 달려갔지만 입구에는 우편물이 쌓여 있고 화장실도 드럼통으로 막아놨다. 뭍으로 반쯤 올라온 배는 이미 넝쿨로 덮여 있고, 그 넝쿨마저 세월에 바랬다.

시간은 어느새 오후 2시 반. 한적한 일반도로를 달리다 우연히 쌈밥집 식당을 발견했다. 쌈밥 정식을 시켰더니 2인분 이상이라 곤란하단다. 이런, 내가 손오공이라면 털 한 오라기로 친구라도 한 명 뚝딱 만들 텐데…. 잠시 후 주방 할머니가 나와서는 나를 보더니 특별히 해주겠단다. 역시 오늘의 귀인은 주방에 살고 있었다. 제육볶음이 너무 많아 상추를 두 번이나 추가했다. 행복 쌈집이었다. 주인장에게 배도 부르고 후한 인심에 바퀴가 안 움직일 것 같다고 엄살을 떨었다.

앙성 온천 근처 옛날 슈퍼의 좁은 상점에는 연탄난로가 자리를 차지하고 있어 시원한 콜라를 사기가 민망하다. 길지 않은 남한강대교를 건너면 강원도가 어서 오라고 손짓한다. 강둑을 따라 휘돌아 가면 홍원창이 나온다. 한강 마포나루에서 이곳까지 배가 오갔다는 옛이야기에 고개가 끄떡여질 정도로 강폭이 넓고 수량도 풍부하다. 바로 옆의 섬강을 거슬러 가다가 가파르게 오르면 옛날의 영동고속도로가 나온다. 다시 다리를 건너면 경기도 여주 땅이다. 처음 학생들과 이 코스를 지날 때 하루에 경기도, 강원도, 충청도를 달렸다고 재미있어했었다.

신륵사 근처에 도착하니 하루를 마감하는 석양이 찬란하다. 오늘도 100여km를 달려왔다. 우리 집이 점점 더 가까이 다가오고 있다. 오늘 밤만 자고 나면 드디어 금숙이를 만날 수 있겠지. 빨리 자자.

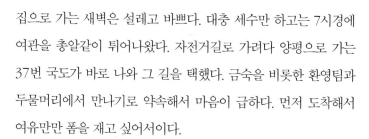

20일차 ▸ 여주~서울

역시 우리 집이 최고!

집으로 가는 새벽은 설레고 바쁘다. 대충 세수만 하고는 7시경에 여관을 총알같이 튀어나왔다. 자전거길로 가려다 양평으로 가는 37번 국도가 바로 나와 그 길을 택했다. 금숙을 비롯한 환영팀과 두물머리에서 만나기로 약속해서 마음이 급하다. 먼저 도착해서 여유만만 폼을 재고 싶어서이다.

토요일 아침이라 차량도 적을 것 같아 국도를 택했는데, 얼마 가지 않아 자동차 전용도로로 바뀌면서 길이 사라진다. 굴다리를

양평에 오니 집에 다 온 것만 같다.

지나고 보니 오래된 시멘트 포장의 시골길이 나온다. 그것도 공사 중이란 안내판과 함께 주변이 어수선하다. 그래도 방향을 보니 강 옆으로 가는 것 같아 따라가보기로 했다.

가볍게 산책하는 기분과 새로운 길에 대한 호기심에 바다미도 즐거운 눈치지만, 길은 오른쪽으로 꺾어지면서 강과 점점 멀어지는 느낌이다. 이젠 돌아갈 수도 없고, 드문드문 집들은 있지만 인기척도 없어 물어볼 엄두도 나지 않는다. 그냥 계속 달리고 있는데 마침 저 멀리 사람들이 웅성웅성 모여 있다. 마을 사람들이 모여 부산으로 봄놀이를 간단다. 그들이 일러준 대로 비포장도로를 거쳐 모퉁이를 돌아 나오니 여주보가 짠 하고 나타난다. 그동안 이 자전거길을 수없이 다니면서도 바로 옆 야산 너머에 있는 시골 마을을 몰랐던 것이다.

서울에 가까워질수록 쭉쭉 뻗은 자전거도로는 깔끔하게 단장되어 우리를 반긴다. 오토캠핑장의 텐트 주변에는 아침 준비에 사람들이 분주하다. 키 큰 나무에는 태극기가 연처럼 걸려 펄럭이고 있다. 이포보와 파사산성 사이를 지나 양평군에 들어선다. 바람이 늦잠을 자는 틈을 타 바다미는 앞으로 쭉쭉 나아가 노란 산수유꽃이 활짝 핀 개군에 들어선다.

뽈락, 자전거에 美치다

옆길로 빠져서 개군우체국 앞 할머니 순댓국집 앞에 바다미를 세우고 가방을 여는 순간, 아차! 지갑이 보이지 않는다. 아무리 뒤져도 없다. 급히 어제 묵었던 모텔에 연락을 하니 다행히 지갑이 있다고 한다. 우리 딸 갱이 언제나 지갑 잘 챙기라고 해서 내내 신경을 쓰다가 마지막에 아차 했다. 마침 여권 속에 있던 일본 1,000엔짜리를 들고 식당 할머니께 사정 얘기를 했더니 얼마짜린지 몰라도 아무튼 특순대국밥을 내줄 테니 맛있게 들고 가란다. 든든한 배를 두드리면서 아무 걱정 없이 다시 달린다. 단체팀이 빠르게 지나가면서 생기를 불어넣어준다. 간간이 나타나는 200m 내외의 터널을 지날 때면 형형색색의 조명이 깜박거려 동화 속의 피터팬이 된 기분이다.

도쿄에서 서울까지 1,965km 무사 완주

금숙과 만나기로 한 양수역에 도착하니 12시 5분 전이다. 올림픽공원에서 출발한 환영팀은 미사리 근처에서부터 차가 거북이로 변했단다. 급히 약속 장소를 바꿔 팔당에서 만나기로 했다. 양수대교 입구에서 인증샷을 한 컷 찍고 다리를 건넌다. 주말이라 트레킹하는 등산팀, 평상복 차림의 하이킹 가족, 속도감을 즐기는 사이클팀, 트로트 음악에 맞춰 페달링하는 슬슬 시니어 등, 많은

팔당까지 마중 나와준 금숙과 지인분들

사람들이 나름의 방식으로 이 봄을 즐기고 있다. 잔잔한 호수의 물결 끝에 팔당댐의 아치가 무지개처럼 걸려 있다.

옛 철길이 끝나는 팔당 입구에서 손수건을 흔드는 모습이 보이고 함성도 들린다. 이때는 감격의 눈물이라도 좀 흘려야 하는데… 이렇게 뽈락은 무심하고 무드 없는 갱상도 사나이일 뿐이다. 꽃다발까지 준비한 환영팀은 사랑하는 금숙과 자전거가 맺어준 선배들이다. 올해 8학년이신 김문배 선배와 박양자 회장 부부는 우리에겐 자전거 멘토 커플이다. 라금봉 이사와 장순희 이사는 누나같이 잘 챙겨주는 든든한 후원자이다. 몸보신해야 한다며 민물장어와 매운탕을 시켜 막걸리 한 잔으로 축배를 든다. 형, 누나들 앞에서 재롱떨듯이 바다미와의 여행담을 한껏 풀어놓는다.

환영식을 마친 뒤 금숙과 일행은 지갑을 찾으러 여주로 향하고, 뽈락과 바다미는 집을 향해 다시 길을 재촉한다. 팔당대교 밑을 지날 때쯤부터 뽈락의 감동 눈물을 대신하는 듯 비가 내린다. 오랜만에 오는 비도 나를 환영하는 세리머니로 느껴졌다. 헬멧과 비옷에 드럼을 두드리듯 따닥따닥 빗방울이 춤을 춘다.

가족의 환영식

뚝섬유원지를 지나 오른쪽으로 돌아 중랑천을 거슬러오른다. 장안교 다음 겸재교에서 강둑을 타고 오르니 우리 집이 보인다. 오후 6시. 문을 여니 기동이가 반갑게 꼬리를 흔든다. 2차 환영식은 아들과 예비 며느리와 함께 4명이서 동네 고바우식당에서 가졌다. 가족과 함께 건배를 하는 순간, 도쿄에서 서울까지 내가 만든 자전거 바다미와 무사히 도착했다는 것이 그제야 실감이 났다.

도쿄에서 시모노세키까지 14일간 1,374km, 그리고 부산에서 서울까지 6일간 591km, 총 1,965km를 달렸다. 금숙을 비롯한 많은 이들의 사랑과 응원이 든든한 엔진 역할을 해주었기에 이 모든 길이 가능했다. 도쿄에서 서울까지 좌충우돌 모험 같은 여정을 돌아보니 아날로그적 여행이라서 민망하고 불편한 사건도 있었지만, 그마저도 뽈락에게는 모두 잊을 수 없는 소중한 인생의 한 페이지다.

"고맙다. 이 세상 모든 것이!"

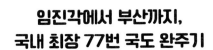

임진각에서 부산까지,
국내 최장 77번 국도 완주기

파주 임진각에서 서해안과 남해안을 따라 부산까지,
국내 최장의 77번 국도를 17일간
1,600km를 완주한 바닷길 대장정이다.

(2021. 9. 14 ~ 10. 1)

임진각 – 부산 77번 국도 라이딩 궤적

임진각

인천

당진/왜목

평택/아산만

태안/안면도

서천/서천읍

창원/반송

부안/모항

부산/사직

영광/홍농

남해/남해읍

신안/압해

여수/학동

사천/삼천포

완도/군외

해남/문내

여수/신기

고흥/녹동

여행을 준비하며
– 칠칠(77)한 바닷길 대장정 The Beginning!

오늘은 남양주 작업장 왕복, 어제는 선배 부부와 광릉수목원, 그제는? 바다미와 매일 함께한 것은 맞는데 어딜 다녀왔는지 가물가물하다. 초원에서 한가롭게 풀을 뜯다가 해가 지면 포근한 건초더미에 몸을 뉘는 젖소의 뇌가 어제를 저장할 필요가 있을까?

뽈락은 낮이면 한강 주변을 어슬렁거리다가 어둠과 함께 컴백한다. 잘 길든 물벼룩이 될까 두렵다. 자기 몸 길이의 100배를 점프할 수 있는 물벼룩이지만 어항 위에 설치해둔 유리천장에 부딪히다가 나중엔 습관이 되어 천장이 없어져도 그 높이 이상의 점프는 하지 않는다고 한다. 그런 환경에 주저앉기 전에 탈출하자. 들이박다가 혹처럼 뿔이 생기면 그 뿔로 뺑 뚫으리라!

미지의 세계를 탐험하는 장거리 라이딩 작전은 얼렁뚱땅 해서는 십 리도 못 가서 발병 난다. 자전거 여행의 3요소는 자전거, 사람, 그리고 미캐닉이다. 그동안 사람 뽈락은 매일 70km 이상 라이딩으로 체중을 6kg 감량하고 근력운동을 병행해왔다. 잔차 바다미도 새롭게 몸을 만들었다. 뒤 패니어 랙을 보강하고 앞 포크에 랙도 새로 달았다. 시마노 최고의 투어링 컴포넌트인 데오레 XT 풀세트를 신품으로 장착했다. 태권도 9단만 해도 무적 최강인데 바다미는 잔차 30단이다.

새 신발도 장만했다. 여분의 튜브와 펑크 패치, 휴대용 공구도

여행 일발 장전 준비 끝!

챙긴다. 텐트, 침낭, 매트리스, 코펠, 버너, 의약품, 종이지도 등 휴대용 의식주를 꼼꼼히 체크한다. 지갑 속 현금과 카드의 총탄도 넉넉히 장전한다. 이제 언제라도 열쇠만 들어오면 열릴 준비가 되어 있는 자물쇠 상태다. 철커덕!

4대강 자전거길? 제주도 환상길? 편안하고 무던한 길들이다. 몇 번씩 가봤던 길들이라 스릴도, 서스펜스와 텐션도 없다. 한계효용의 법칙이다. 꼬리뼈까지 오싹해서 펄쩍 뛸 것 같은 청양고추를 베어 물고 싶다.

BL Kim께서 강추한다. 77번 국도! 우선 넘버가 맘에 든다. 행운! 그것도 곱빼기란다. 부산에서 출발해 개성까지 가려다가 철조망에 걸렸다. 임진각까지 약 1,300km란다. 서울-부산 간 국도나 고속도로가 500km가 채 되지 않는데 1,300km라니! 가슴이 두근거리고 설렌다. 남해와 서해 해안과 섬들을 말 그대로 리아스 식으로 요리조리 돌다 보니 제일 긴 길이 되었다. 곱배가 긴 열차가 승객을 많이 태우고 쭈그렁 주모가 사연이 많듯이, 최장 거리인 77번 국도가 보여주고 들려줄 새롭고 기묘한 스토리와 뷰에 흠씬 빠져들고 싶다.

많은 친구들과 가로등 아래에서 즐겁게 놀던 개똥벌레는 어느 날 문득 이런 생각이 든다. '내 꽁무니는 제대로 발광하고 있나?' 그러곤 깨닫는다. 그걸 확인하려면 저 깜깜하고 무서운 어둠 속으로 혼자 몸을 던져봐야 한다고. 오직 역경 속에서만 가치와 미덕을 찾을 수 있다는 걸 믿는다. 자, 이제 출발이다!

1일차
77하게 달려봐! 출발!

바다미를 티볼리 지붕에 매달고 집을 나선다. 아들이 운전하는 차를 타고 임진각으로 달린다. "수요일에 자전거를 싣고 임진각 가는 사람은 우리밖에 없을 거야." 아들의 말대로 오전 9시에 도착한 임진각에는 공사하는 사람들의 목소리만 들린다.

77번 국도는 엎어지면 코앞인 종착지 개성을 앞두고 철조망

티볼리에 올라탄 바다미(왼쪽). 임진각에서 출발!(오른쪽)

에 뒤엉켜 멈춰 섰다. 마라톤 결승선을 앞두고 심장마비로 쓰러진 비운의 챔피언이다. 무뚝뚝함을 물려받은 아들은 그래도 아빠의 역사적 순간(?)을 찍어주고 같이 인증샷도 남긴다. 건네는 물 한 병에 안전, 건강이 미네랄처럼 담겨 있다.

'자유로'라 명명된 77번 국도는 자동차만 자유로운 도로다. 하여 우리만의 자유로를 찾는다. 임진각을 뒤로하고 나서자마자 오른쪽에 "어서 와, 네가 바다미구나" 하고 좁고 앙증맞은 평화누리길이 우리를 반긴다. 호젓한 길이다.

황희 선생의 반구정 입구를 스쳐 지난다. 두모포 건너 한명회의 압구정과 비교된다. 갑갑한 구중궁궐에서 탈출한 황희 정승처럼 뿔락과 바다미는 자유의 내음에 코를 벌렁거리며 달린다. 길바닥에 새겨진 '농기계 우선'이란 단어처럼 창릉천 벌판은 저 멀리

평화누리길을 따라

도봉산을 병풍으로 삼고 곡식들이 자라고 있다.

모텔촌으로 유명한 오두산 통일전망대 근처에서 잠시 쉬는데 서너 명의 라이더가 말을 건넨다. 바다미의 행색에 호기심과 관심이 집중한다. 통역은 뽈락의 역할이다. 고양시 능곡의 자전거 의류매장에 불이 난 모양이다. 한바탕 소란이 끝나고 빨간색 소방차는 흰색 호스를 접고 있다. 빨간 불길에 주인은 혼이 났을 텐데 또 빨간색을 봐야 한다니… 물빛의 파란색 소방차는 없을까?

57km를 달려 행주산성에 도착했다. 원조 국숫집에는 손님들이 국숫발처럼 꼬리를 길게 늘어뜨리고 있다. 비빔국수 파트너인 뜨거운 육수를 두 그릇 비운다. 아, 시원하다! 늦더위 고속질주 후의 육수가 왜 이리 시원한 걸까.

가양대교를 건넌 77이제부터는 공무원 존칭을 생략하고 이렇게 부르기로 한다 은 김포공항, 부천, 인천을 피곤하게 지나갈 것이다. 그런 번잡함에 몸을 섞기 싫어 우리의 길을 개척한다. 가양대교 남단에서 아라뱃길로 향한다. 다리 밑 길거리 이발사의 살림이 늘었다. 문짝만 한 거울도 있고 동그란 벽장시계도 보인다. 거울도, 벽장시계도 기댈 데가 없어 모두가 비스듬히 누웠다.

아라뱃길! 배를 띄울 수 있다 하여 물밀듯 들어온 바닷물은 실망의 세월 속에 시퍼렇게 멍이 들었다. 언어터진 복싱선수의 눈두덩처럼.

정서진에 도착했다. 임진각에서 90km 넘게 달려왔으니 멋진 황혼쯤은 보여줘야 하는데 햇님은 아직도 중천에서 열변을 토하고 있다. 인천 공항고속도로 밑을 통과하니 인천 청라지구가 나온다. 77을 다시 만날 수 있는 숭의역을 검색해 자전거 안내를 눌렀다. 구불구불 돌아가는 길이지만 이게 우리의 길이다.

한가한 청라지구를 지나니 북항이 보인다. 이제부터 공룡이 뛰노는 정글에 들어왔다. 세상의 소음이 우리를 향해 윽박지른다. 현대제철, GM자동차 공장 입구에서 트럭이 튀어나온다. 갑툭튀다. 자동적으로 오감이 열리고 아드레날린이 분출된다. 엉덩이로 만들었는지 울퉁불퉁한 자전거길이지만, 쟤네들의 손아귀에서 벗어날 수 있는 유일한 길이다.

구시가지인 배다리에 접어드니 자전거도로는 슬그머니 사라지고, 보도는 물뱀처럼 갈수록 가늘고 좁아진다. 상점의 물품들이 반쯤 밖으로 튀어나와 있고, 주인의 맨발도 바리케이드처럼 삐죽하다. 그래도 이 모든 것이 사랑스럽다. 왜? 지금 우리는 여행 중이니까. 내가 선택한 여정이니까!

숭의역 근처 모텔로 성큼 들어섰다. 35,000원, 가격도 착하고 주인장도 친절하다. 112km를 뒷바람 덕분에, 아니 바다미 덕분에, 아니 모든 이들 덕분에 잘 달려왔다. 피곤이 엄습하여 막걸리 잔을 들 힘도 없다. 하지만 첫 단추는 제자리에 잘 끼운 것 같다.

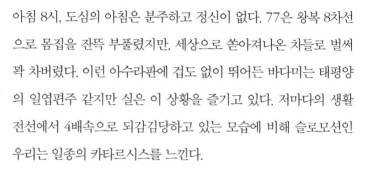

2일차
갯벌의 추억

아침 8시, 도심의 아침은 분주하고 정신이 없다. 77은 왕복 8차선
으로 몸집을 잔뜩 부풀렸지만, 세상으로 쏟아져나온 차들로 벌써
꽉 차버렸다. 이런 아수라판에 겁도 없이 뛰어든 바다미는 태평양
의 일엽편주 같지만 실은 이 상황을 즐기고 있다. 저마다의 생활
전선에서 4배속으로 되감김당하고 있는 모습에 비해 슬로모션인
우리는 일종의 카타르시스를 느낀다.

남동공단으로 향하는 차들도 있고, 송도 신도시에서 쏟아져나
오는 차들을 '지니의 램프' 주둥이처럼 생긴 제3경인고속도로 톨
게이트가 빨아들인다고 목이 멘다. 덕분에 77은 4차선으로 다이
어트를 했는데도 한가하다. 그렇게 인천 시내의 번잡함을 벗어나
소래포구에 닿았다. 이곳의 러시타임은 술이 당기는 오후의 술시
戌時일 것이다. 하여 우리는 그저 투명물체이고 포기당한 신세다.

썰물에 찰진 몸뚱이를 드러낸 갯벌은 일광욕 삼매에 빠졌다.
이곳 주변의 소래, 월곶, 배곶 주민들은 태고 때부터 꽃게 신을 섬
겨왔고, 지금도 꽃게 덕분에 살고 있다. 동네 초입 꽃게 신상(?) 에
바다미와 머리 조아려 우리의 안전을 기원한다.

이른 시각에 문을 연 식당이 있다. 하얀 쌀밥에 계란찜, 두부
전, 햄, 김, 조기, 가지나물, 김치류, 꽃게장, 그리고 쇠고깃국으로

소래포구의 갯벌

뷔페식이다. L호텔 38층 고급 레스토랑보다 푸짐하고 맛나다.

내비 속의 그녀에게 오이도 안내를 주문한다. 메뉴에 자전거 길을 부탁하면 돌고 도는 물레방아이고, 자동차 모양을 누르면 지름길로 쌩 달린다. 그래서 터득한 진리! 적당한 목표를 정하면 그녀와 합의를 볼 수 있다. 완만한 곡선을 그리려면 연결하는 점을 많이 찍는 게 답이더라. 7번 아이언으로 끊어서 가는 게 현명하다.

오이도의 빨간 등대가 반긴다. 오래전, 여름방학을 맞은 학생들과 함께 제주도 자전거 여행을 가기 위해 들렀던 추억이 살아난다. 올림픽공원을 출발해 과천역까지 자전거로 와서 우리는 전철로, 자전거는 트럭으로 이곳 오이도역에 도착했지. 다시 자전거를 타고 인천여객터미널로 가서 제주행 오하마나 호에 올랐었지. 가

봤던 장소를 다시 들러 오래전 기억을 떠올리는 재미도 여행이 주는 선물이리라.

왼쪽 안산공단, 오른쪽 시화호의 가운데를 77은 거침없이 달린다. 안산은 창원과 같은 계획도시라 도로가 쭉쭉빵빵이다. 소실점이 보이는 도로는 러닝머신 위에 앉은 것처럼 페달을 밟아도 정지된 느낌이다. 내비의 그녀 몰래 자전거도로로 살짝 옮겼다. 그녀는 아는지 모르는지 "500m 전방에 박스형 단속 카메라가 있습니다" 하고 멘트를 날린다. 조금 푼수끼 있는 그녀가 좋아진다.

나무에 가려 시화호와 바다는 보이지 않지만, 바다가 있다는 사실만으로도 페달링이 가볍고 경쾌해진다. 자전거도로는 사라지고 82번 국도와 합류한 77은 왕복 4차선으로 쭉 뻗어 있다. 순간 자동차 전용도로 아닐까 걱정했는데 '자전거 우선도로'란 파란 글귀와 화살표가 반갑게 우리를 맞이한다. 그러나 딱 거기까지다. 문제는 그걸 자동차 운전자들이 알아야 하는데 우리 눈에만 보인다는 것이다. 속도와 굉음에 떠밀려 갓길로 나왔지만, 그곳도 우리를 반기지 않는 눈치다. 졸음 방지턱 아이디어가 탱크 자국처럼 울퉁불퉁하고, 족제비싸리는 우리를 향해 반갑지 않은 인사를 하고 있다.

54km를 달려 화성시청을 지나치다 편의점에 들렀다. 점심때였는데 허기가 느껴지지 않는다. 소래포구의 착한 백반집 덕분인가. 그래도 지금은 의무 영양보충 시간이다. 샌드위치와 사과, 우유를 사서 벤치에서 런치를 즐긴다. 우리나라는 정말 좋은 나라

매향리의 녹슨 과거

다. 정수라의 '아! 대한민국'이 저절로 흥얼거려진다. 가다 보면 나
만을 위한 편의점이 항상 열려 있다. 시원한 음료부터 신선한 과
일, 그것도 친절하게 씻어서 봉지에 담아놓았다. 나는 신분증도
필요 없이 카드만 내밀면 고맙다는 인사까지 듣는다. 루이 14세
인들 이런 호강을 누릴까.

　매향리 이정표가 눈에 들어오자 호기심을 이기지 못하고 77을
벗어나 오른쪽으로 핸들을 꺾는다. 좁았던 지방도는 기아자동차
화성공장이 들어섬에 따라 8차선 확장공사가 한창이다. 도로명도
'기아로'다. 다른 상점을 압도하는 커다란 부동산 간판은 이곳의
열기가 부동산으로 끓어오르고 있음을 알려주고 있다.
　그동안의 지식을 총동원하여 달려갔는데 매향리 사격장은 아픈 과거를 딛고 생태공원으로 새 단장을 한 모습이다. 언덕에 자리 잡은 건물과 전위예술 같은 녹슨 포탄이 어지럽다. 1951년부터 54년간 주한 미 공군 사격장으로 사용되다가 폐쇄한 지 16년이 지났다. 이념의 갈등이 또 다른 아픈 갈등으로 이어지는 안타까운 역사다. 이제 과거의 매듭을 짓고 미래로 나아가고 있어 다행이다. 고온리! 이름처럼 따뜻하고 살기 좋은 마을로 변하고 있다.

매향리 301번 지방도에서 다시 77로 복귀한다. 완만한 오르막은 바다미의 친구인 뒷바람이 밀어준다. 남양대교로 남양호를 건너서니 평택 땅이다. 공장 건물들이 즐비한 포승읍을 지난다. 그물을 어깨에 멘 거인 같은 서해대교가 멀리 보인다. 77은 그 대교 앞에서 왼쪽으로 꺾여 돌아간다. 바로 직진하면 깊숙한 평택만을 가로질러 충청도로 갈 수 있는데! 덩치가 그렇게 크면서도 우리 같은 쬐그만 잔차족을 거부하다니, 천하의 졸장부 같으니라고! 서해대교가 아니라 서해졸교라 명명하노라.

아산만 방조제 옆 관광단지의 모텔에 바다미와 함께 여장을 푼다. 오늘도 105km나 달려준 바다미가 고맙고 대견하다. 평택호가 바라보이는 5층을 내준 주인장도 고맙다. '아텍스' 조 사장이 잔차를 타고 이곳까지 왔다. 강촌횟집에서 회덮밥과 맥주를 마시며 세상 사는 얘기를 주고받는다. 같은 평택이지만 왕복 40km의 길을 달려와 격려와 응원을 아끼지 않는 조 사장의 마음 씀씀이에 피로가 확 가신다. 잔차는 이렇게 사람과 사람을 이어주는 아름다운 가교다. 서해졸교보다 훨 낫다!

쉬엄쉬엄 가게나!

여행은 유격훈련이다. 새벽이면 자동으로 눈꺼풀이 열리고 온몸의 세포가 춤을 춘다. 4시부터 사진을 정리한 뒤 눈을 지그시 감고 어제 지나온 길들을 회상한다. 그리곤 손가락 가는 대로 잡기를 써내려간다. 돋보기를 끼고 오늘 갈 코스를 종이지도와 카카오지도를 비교하며 확인한다. 일기예보 체크는 필수다. 삼류 정치인의 뻥만큼이나 할리우드 액션이 극에 달하는 일기예보지만 안 믿을 수도 없다.

태풍 '찬투'가 온단다. 딸 갱도 태풍 온다고 시어머니 같은 잔소리를 한다. 사랑의 가시에는 찔려도 아프지 않다. 대충 준비를 끝내니 6시. 평택호에는 새들이 낮게 날고 먹장구름이 하늘을 덮고 있다. 망설이다가 까무룩 잠이 들었다. 바다미를 깨워 모텔을 나서는데 한두 방울 비가 듣는다. 신의 어중간한 시험에 놀아날 뽈락이 아니지. 가자. 가보자!

오늘 코스는 내비 그녀의 도움 없이 갈 수 있는 단순한 길이다. 아산만 방조제의 동쪽에는 자전거도로가 있지만 건너기도 애매하고 다시 건너와야 해서 그냥 그대로 갓길을 달리기로 한다. 삽교호를 건너는 길은 38번, 39번 국도가 함께한다. 중앙분리대도 있는 4차선 산업도로다. 뒷바람 순풍에 돛을 달았다. 하늘은 점점 밝

바다미의 한가한 날

아지고 있다. 시속 26~27km로 질주한다. 갑자기 바다미가 도리
질을 한다. 앞타이어가 외할머니 젖무덤처럼 푹 하고 쪼그라들었
다. "차가 우리를 박으면 그 차 보험수가가 올라갈까 염려되어 갓
길을 달려줬는데…." 뽈락의 너스레에 바다미는 '못에 찔려 발바
닥이 아파 죽겠는데 농담할 때냐?'고 눈을 흘긴다. 숙달된 조교의
손놀림으로 긴급 사태를 해결한다. 야속하게 박혀 있던 철 조각이
귀에 대고 속삭인다. '자네, 좀 천천히 가게나!' 옆의 핑크빛 싸리
나무꽃도 동을 단다. '그려. 지금 너무 빨라. 뭔 급한 일이라도 있
는감?'

뽈락, 자전거에 美치다

잘 나가는 77에서 빠져나와 이홍희 〈자전거 생활〉 편집위원 진 해병대 사령관의 강력 추천지인 왜목 마을로 향한다. 바둑판처럼 구획 정리가 잘 된 황금 들판 사이로 난 아스팔트 도로를 달린다. 끝자락에 우뚝 솟은 당진화력발전소가 스카이라인을 망가뜨리고 있다. 오른쪽으로 꺾어 언덕을 살짝

아늑한 보금자리

올라서니 별천지가 펼쳐진다. 아담한 모래밭이 활처럼 휘어져 있다. 발이 푹푹 빠져 힘들어하는 바다미의 손을 잡고 백사장에 들어가 은빛 왜가리와 함께 추억을 남겼다. 1998년 이철환 당진시장이 '서해 일출'이라는 역발상으로 시작한 축제를 개최해 '해가 뜨고 지는 왜목마을'로 유명해져서 뽈락까지 오게 된 것이다.

일과를 마치기에는 터무니없이 이른 시간이고, 주행거리도 60km에 못 미쳐 탐탁지 않다. 그동안 이렇게 살아온 것이다. 아무 일도 하지 않고 가만히 있으면 죄를 짓는 것 같고, 늑장을 부리면 낙오자로 찍히는 '새벽종이 울렸네' 시대를 살아온 부작용이다. 그래, 눈 질끈 감고 좀 놀아보자! 바닷물에 발도 좀 담그고, 낚시꾼 옆에 가서 말도 걸어보고, 사진도 찍어달라 떼도 써보자. 가져온 책도 펴보고, 지겨우면 그냥 명도 때려보자.

이런 내 맘을 아는지 절벽 밑에 귀인이 자리를 다져놓았다. 3

서해의 일출

뿔락, 자전거에 美치다

년 만에 1인용 텐트와 침낭이 숨을 쉰다. 일몰을 보기 위해 파출소 뒤 경사진 야산을 오른다. 고압선이 앞을 가리지만 지는 해는 막을 수 없다. 어스름한 객지의 밤은 술친구를 부른다. 같이 온 계절 친구인 전어는 '면천 샘물 막걸리'에 몸을 담근다. 왜목마을엔 벌써 어둠이 내리고 있다. 뽈락의 뱃속에 들어간 막걸리는 여독을 삭히고 있다. 크으윽~

4일차

서해의 일출과 일몰

여명의 새벽은 천지창조다. 수평선에 아직 해는 보이지 않지만, 하늘에 떠 있는 구름들은 불그스름한 예복으로 차려입고 태양신 등장의 팡파르를 울리고 있다. 역시 일출은 장엄하다. 특히 서해에서 맞는 아침 해는 신기한 경험이라 동해 일출보다 더 가슴 벅차다. 망막을 통해 들어온 강력한 에너지가 온몸으로 쫘악 퍼지는 기분이다.

'태양이 떠오른다'고 하면 아직도 우리는 천동설에 근거한 얘기를 하고 있는 것인가. 이것을 코페르니쿠스적으로 표현하자면 '지구가 돌아서 해가 보이기 시작한다'일까. 맹탕이다. 과학은 때로는 시를 망가뜨리고 낭만에 찬물을 끼얹는 파렴치범이다.

아무튼 어제 궤도를 벗어나 농땡이 친 보람이 있다. 하지만 소문난 곳에서는 바가지 물가와 소란스러움을 감수해야 한다. 방파제에 진을 친 차박족들은 전쟁을 앞둔 병사들처럼 밤새 떠들어댔다. 텐트 속 매트리스 오른쪽 바닥의 자갈은 옴지락 꼼지락이다.

어서 오라고 해서 들어간 식당에서는 해물라면이 거금 1만 원이다. 조금 착한 바지락 칼국수를 시켰다. 핸드폰을 충전할 수 있는 시간을 벌기 위해 바지락을 세어보니 22개! 입을 꽉 다문 한 녀석까지 포함해서다. 묵언수행 중이신가? 아님 썩은 내가 창피해서 입을 꽉 다문 것인가?

텐트를 걷고 주변을 정리한 후 어제 왔던 길로 되돌아간다. 마을 끝자락 축사의 냄새에 바다미가 코를 막는다. 도살장으로 향하는 2층 트럭의 돼지들은 어디로 가는지도 모르고 그저 비좁다고 꽥꽥대고 있다. 우리도 좀 있으면 그 리무진을 탈 건데 서로 싸우고만 있다. 다시 77은 넓은 어깨에 우리를 태운다. 낯익은 출근 버스에 오르는 기분이다.

77은 오늘도 시원하게 달린다. 야트막한 언덕에 오르면 오른쪽에 바다가 보인다. 삼길포항의 바다 입구에 설치된 옛날식 수문이 이채롭다. 이번 여행에서 처음 만나는 터널이 보인다. 자전거 여행자에게 터널은 한여름 밤의 호러 영화이다. 공포를 느끼면서도 오르막을 생략했다는 짜릿함도 맛본다. 터널에서 제일 짜증 나는 대상은 딴엔 배려를 한답시고 크르르~ 가래 끓는 소리로 뒤따

라오는 트럭이다. 그냥 휙 하고 지나
가면 될 것을….

서산 13km 표지판을 보면서 문
득 생각나는 이가 있다. 서산 시내
에서 만나기로 연락해놓고 힘차게
페달을 밟는다. '자동차 전용도로
1.5km 전방'이란 표지판에 깜짝 놀
랐다. 77이 나 모르는 사이에 변심
이라도 했단 말인가. 불안한 마음으
로 달려가보니 왼쪽으로 빠지면 고
속도로가 나온다는 뜻이었다. 최근

안면도 산책길

에는 국도를 자동차 전용도로로 지정하는 해괴망측한 일들이 비
일비재해서 우리를 슬프게 한다.

서산 시내 맥도날드 사거리에 있는 식당에서 사촌동생과 친구
들을 만나 이른 점심을 했다. 이종 사촌인 홍윤은 젊고 키도 크고
잘생긴 데다 모든 게 나보다 나은 녀석이다. 딱 한 가지 내가 내세
울 게 있다면 집사람이다. 우리 금숙이가 훨 이쁘다. 미안해요, 제수씨! 나
도 살아야쥬-^^

어제부터 77과 같이 달려온 29번 국도는 서산에서 다른 길로
갔나보다. 여기서부터는 32번 국도와 함께다. 하지만 머지않아 태
안에서 32번 국도는 만리포로 향한다. 이제 77은 안면도를 지나
원산도 앞바다 끝까지 향할 것이다.

당진의 산업도로가 대형트럭 독무대였다면, 이곳 안면도 길은 하얀 캠핑카 전시장이다. 바다 풍경이 생각나서 77에서 벗어나 해안도로로 접어들었지만 바다는 보이지 않는다. 내친김에 산책로로 들어선다. 다행히 산책객이 없어 호젓한 길을 바다미에게 소개할 수 있었다. 덤으로 백사장도 보고 해송 사이로 불어오는 바람도 쐰다. 하지만 공짜 점심은 없다고 했던가? 다시 해안도로와 연결되는 교량 접합부를 오르는 길이 계단밖에 없다. 헤비급으로 체급을 올린 바다미와 한바탕 씨름을 한다. 끙!

오후 2시 반이 되어 오늘의 종착지인 꽃지 해수욕장에 도착했다. 적당한 거리 93km를 달렸다. 민박집에 여장을 풀고 샤워를 한 후 간단히 세탁도 한다. 오랜만에 달콤한 낮잠도 청한다.

6시가 되어 짐을 내려 가벼워진 바다미와 함께 꽃지 해변으로 향한다. 넓은 주차장은 서 있는 차를 세는 게 더 빠를 정도로 한산하고, 도로 주변은 공사로 어수선하다. 하지만 일몰을 보러 온 사람들이 순식간에 물 빠진 갯벌에 모여들기 시작한다. 꽃지 사람들을 먹여 살리는, 큰 바윗덩어리 형제의 틈새로 지는 해는 사람들의 카메라에 맞춰 시시각각 멋진 포즈를 취해준다. 오늘 아침 왜목마을에서 맞이했던 해를 저녁에는 꽃지에서 보내주고 있는 것이다. 같은 날에 일출과 일몰을 함께한 날이 있었던가? 하루를 우리와 함께 보낸 붉은 해는 가장 크게, 가장 편하게 바다에 몸을 담근다. 스르륵~

77번, 바다를 건너다

아침 8시 정각에 동보민박을 나선다. 주차장을 통과해 안면읍 쪽으로 나가니 77이 기다리고 있다. 태안에서부터 2차선으로 몸집을 줄인 77은 어느새 갓길마저 사라지고, 주변 숲으로 둘러싸여 시골 아낙처럼 소박해져간다. 이곳의 명물 안면송은 철갑을 두르고 장군처럼 우뚝 솟아 있다. 반면 길가에 늘어선 배롱나무는 죄인처럼 가지가 비틀어지고 실오라기 하나 없는 알몸이다. 화무십일홍이라 했지만 배롱나무의 또 다른 이름은 '백일홍'이다. 예전에 자동차로 왔을 때 평탄하게 기억되던 길은 연속되는 깔딱고개로 변해 아침에 먹은 라면 국물이 금세 땀으로 배출된다. 인간 정수기인가?

'백신 맞는 것이 고향으로 가는 가장 빠른 길'이란 현수막이 눈에 띈다. 비틀면 '고향으로 안 가도 되는 가장 현명한 방법은 백신 안 맞는 것.' 전국며느리협회에서 얘기할 것 같다. 코로나가 만들어낸 현상이다.

안면도의 끝자락 영목항이 보인다. 대천으로 가려면 이곳에서 배를 타면 된다. 하지만 계속 직진하는 77을 따르는 게 우리의 운명이다. 영목 사거리에서 길이 넓어지더니 곧바로 원산안면대교가 뻗어 있다. 2020년 1월 1일 개통한 대교다. 1,750m를 잇는 데

원산안면대교

장장 9년이란 세월이 걸렸단다. 재미있는 것은 도로 폭이 이쪽은 2차선, 반대쪽은 1차선, 총 3차선이다. 자전거 겸 보도는 3m로 넉넉하게 서쪽에만 설치되어 있다. 철선을 잡아주는 삼각뿔 디자인도 멋있다. 어째 일본 최북단 홋카이도 소야미사키에 있는 기념탑과 비슷하다. 삼각형은 힘의 균형이지만 긴장감도 고조시킨다.

대교를 건너면 행정구역이 보령시 오천면이다. 왕복 3차선과 자전거도로는 계속되다가 원산 사거리에서 77은 길이 막힌다. 내년쯤이면 보령으로 가는 해저터널이 완공된단다. 옆에 우리 길도 꼭 만들어주삼. 꼭이요, 꼭!보령해저터널은 2021년 12월 개통했다. 자전거는 통행 불가다.

2km 떨어진 선촌항에 가서 배편을 알아보니 하루에 세 번 있는데, 오후 2시 15분 출항한단다. 엥! 지금이 10시 반인데. 원산도 끝자락에 있는 저두항으로 가기 위해 오르막을 오른다. '손가락으로 인터넷 검색만 했어도 이런 고생은 안 할 텐데⋯' 바다미가 투덜댄다. "그랬다면 이곳 선촌항에 너나 나나 죽기 전에 와봤겠어? 이게 아날로그 신의 선물이야. 불편한 기억은 빛나는 추억이 된다

는 거 몰라?" '머리가 둔하면 팔다리 사지가 고생인 거는 몰라?' 바다미는 딴지의 여왕이다.

저두항까지 이어지는 5km 거리는 남아도는 시간을 죽이기에 너무 짧다. 저두항에 하나밖에 없는 슈퍼 겸 식당 할머니는 '뽈락의 고민'에 결코 고민하지 않는다. 식사는 무조건 두 명 이상이란다. 초코파이, 연양갱, 맛동산, 환타를 들고 카드를 내미니 현금으로만 1만 원

노인과 바다

을 내란다. 저두항의 상권을 독점하고는 계산도, 결제 방법도 독점이다.

낚시꾼들이 모여 있는 방파제로 향한다. 낚시하는 한 어르신은 분당에서 아들 내외와 오셨단다. 여행용 가방에 가득한 준비물을 보니 꾼의 포스가 느껴진다. 저 멀리 보이는 화력발전소 근처가 오천항이란다. 작년 이맘때 집사람과 오천항에 주꾸미 낚시를 온 기억이 떠오른다. 그때 저 건너가 안면도, 원산도라 했는데, 지금은 그쪽을 바라보고 있다.

배는 선촌항을 출발하여 효자도, 저두항을 거쳐 대천항으로 간다. 뽈락은 4,950원, 바다미는 2,000원만 내면 20분 만에 건너준단다. 거저다! 그 독점 할머니가 "돌아서 가" 할까봐 후딱 배에

오른다. 아듀!

　대천항에 내려 북동쪽 보령시 방향으로 가자는 77의 손을 뿌리치고 해안가로 나 있는 607번 지방도에 오른다. 선창가에서의 4시간을 벌충하기 위해서이기도 하다. 어림잡아 20km는 질러갈 것 같다. 자전거도로가 남포방조제까지 이어져 기대하지 않았던 죽도 상화원을 구경했다. '보령 2경'이라 불리는 죽도 상화원은 섬의 한켠을 전통정원으로 조성해놓았다. 특히 1.65km의 타원형 산책로는 데크를 깔고 지붕을 올린 긴 회랑이 인상적이다. 만약 무협영화 〈킬빌〉의 완결편을 찍는다면 이곳을 강추한다. 그믐밤의 복수혈전!

　방조제 위의 산책로를 따라 페달을 밟는다. 무창포 해수욕장을 거쳐 부사방조제를 지난다. 해거름에 달리는 방조제 옆길은 '삼성 다이렉트 보험'이다. 바람도 막아주고, 햇볕도 가려주고, 밟는 대로 나가는 실손 보장형이다. 햇볕이 앞에서 뒤에서, 그리고 오른쪽 왼쪽 뺨을 비추는 꼬불꼬불한 길이지만 러너스 하이, 아니 Rider's High를 만끽하는 환상의 코스다.

　비인 성내사거리에서 만난 77은 더없이 반갑다. 나란히 손잡고 서천 시내에 진입한다. 해는 서산에 걸쳐 있다. 오늘 이동 거리는 뱃길 6km 포함해서 87km이다. 절친 평수의 고향이라 마음이 푹 놓인다. 향을 감쌌던 종이가 홀로 향기를 간직하고 있듯이 그 친구의 살내음이 난다. 폴폴.

6일차
끝이 없는 길

서천 시내를 벗어나 77과 21번 국도에 닿으니 4번도 합류해 있다. 시원스런 4차선 갓길을 달린다. 장항 근처에서 성질 급한 4번은 동백대교로 향한다. 전북 장수에서 발원하여 천 리를 달려오면서 세를 불린 금강을 건너기 위해 우리는 금강 하구둑 길을 택했다. 충청도에서 전라도로 무사히 넘어온 것이다.

군산 역사문화거리에서

국도를 벗어나 금강의 마지막을 따라가는 자전거길을 택한다. 갈매기 울음소리가 바닷물에 들어선 신호다. 호남의 농산물이 총집결되어 일본으로 보내지던 기지인 군산은 일제 치하의 상처가 여전하다. 근대 역사거리의 빨간 벽돌 건물은 핏빛보다 진하고 아리다.

전날 의무적으로 먹은 삼겹살 2인분의 파워로 10시까지 버티고 왔다. 수산시장에 들러 서민 냄새가 찌든 아리랑식당을 찾아냈다. 백반을 시켰는데 갈치조림이 주 메뉴다. 갈치는 펄펄 끓는 냄비 속에서 계속 새끼를 치고, 뽈락은 두 번째 밥그릇의 바닥을 비우고 있다. 나그네는 기회가 왔을 때 배를 든든히 채워놔야 한다. 객지 나와서 배고픈 것만큼 서러운 것도 없지 않은가.

77과 함께 가는 21번 국도는 사관생도다. 쭉 가다가 직각으로 꺾어 다시 직진한다. 이런 게 창피한지 77은 뒤로 빠져 표지판에는 젊은(?) 21만 내세운다. 간척사업으로 더 이상 섬이 아닌 비응도에서 그 유명한 새만금 방조제가 시작된다. 이번 여행을 통해 서해에 이렇게 많은 방조제와 간척지가 있다는 걸 새삼 알았다. 리아스식 닭발에 물갈퀴를 다는 작업인가. 닭 잡아먹고 오리발 내밀려고 가다 보니 해넘이 휴게소가 있다. 근데 휴게소의 위치가 수상하다. "일몰을 제대로 감상케 하려면 바다 쪽에 있어야 하는 거 아니냐"는 뽈락의 조크에 주인장도 그랬으면 손님이 엄청 많았을 거라고 맞장구를 친다. 불과 몇 미터의 위치에 따라 사람의 팔자가 좌우된다. 순간의 선택이 10년을 좌우한다고 했지.

올해 6월에 다녀온 고군산군도가 어서 오라고 손짓한다. 예습한 학생은 복습은 생략해도 좋단다. 페달을 열심히 밟아도 멀리 보이는 변산반도의 풍경은 정지화면이다. 시멘트 옥상에서 선풍기를 켜놓고 롤러를 열심히 타고 있는 기분이다. 34km의 일직선 사막을 우리는 그렇게 낙타처럼 지나고 있다. 휴!

부안 변산반도에 들어서니 오아시스를 만난 듯하다. 77은 30번 국도와 만나 왕복 4차선으로 뻗어나간다. 너무 잘 나간다. 고사포 해수욕장 이정표에 변산해변도로가 보인다. 그렇다! 분명 예전의 77은 동네 어른들께 일일이 인사 잘하는 친절한 길이었으리라. 마치 성형수술 한 옛 애인을 만난 기분이다. 바다미도 고개를 끄덕이며 오른쪽 좁은 길로 향하기로 한다. 아뿔싸! 산의 굴곡을 따라 오르막 내리막의 연속이다. 오른쪽은 바다가 지켜보고 있고, 내가 택한 길이라 불평할 수도 없다.

사막 같은 긴 길의 끝에서

하지만 바다미의 신공으로 이내 적응하면서 달리다 보니 안면 있는 채석강과 격포항이 보인다. 멀리서 77이 손을 흔든다. 어느새 왕복 2차선 예전의 모습으로 돌아와 해변을 끼고 달린다. 좁고 힘든 길이지만 함께하니 얼마나 좋은가.

어느새 93km를 달려왔다. 오늘은 모항곶에서 머물기로 한다. 5만 원 숙박비를 깎자고 했더니 '좋은 날' 깎으면 안 된다고 할머니가 선수를 치신다. 그래서 '좋은 날' 안 깎을 테니 생수 2통, 막걸리 1통, 사이다 1캔, 그리고 라면을 끓여달라고 협상했다. 해성 슈퍼 민박집 할머니는 해방둥이 닭띠라 나하곤 띠동갑이다. 공통분모를 찾으니 실타래가 술술 풀린다. 라면에 밥을 마니 라면 정식이요, 산적과 고기전을 얹으니 일본식 라멘이요, 김치며 각종

나물이 자리 잡으니 진수성찬이라. 거기에 막걸리까지 한 순배 뱃속으로 직행하니 서해 바다가 내 것이로다.

슈퍼 한켠에 자리 잡은 바다미가 일기예보로 분위기를 망친다. '내일 비가 온다는데?' 그건 내일 일이고. 하루살이는 내일을 걱정하지 않는 법!

P.S. 좋은 날! 추석 전날이라고 '좋은 날'이라 하신 것 같은데, 우리 누님(?)은 1년 365일이 좋은 날인 것 같다. 이것이 해성민박 누님만의 마케팅 전략이다.

───── 7일차 ─────
곳곳에 귀인이라

객지에서 맞는 추석 아침, 추적추적 내리는 비는 나그네의 가슴까지 심란하게 한다. 9시가 지나니 바다 쪽이 점차 환해지고, 산 할아버지도 구름 모자를 팽개칠 자세를 취하고 있다. 하지만 그건 뽈락의 바람일 뿐, 비는 여전히 오락가락이다. 우의도 확인하고 바다미 체인에 오일도 뿌려준다. 인기척에 나오신 할머니, 아니 띠동갑 누님은 "밥은 먹고 가야제?" 묻는다. 갈 길이 멀다니까 부침개를 비닐봉지에 싸서 주신다. 묵직하다. 할머니의 아들은 엄마가 시집이라도 가는 양 좋아라 기념사진을 팍팍 눌러준다. 모자가 우리를 배웅하며 손을 흔든다. 모자의 마음을 심은 가슴에 촉촉하게 비가 내린다. 누님의 좋은 날, 딱 30년만 계속되소서!

부안의 천사 누님과 한 컷

도회지에 아이들을 빼앗긴 초등학교는 석포수련원으로 변신했으니 운동장의 잡풀은 누가 뽑을꼬?

633년 백제 무왕 때 창건되었다는 내소사는 고찰 중의 고찰이다. 바다미를 일주문 앞 상사화에게 맡겼다. 깔끔 호젓, 마사토 길 옆에 늘어선 아름드리 전나무는 피톤치드로 영혼을 씻어주고, 단풍나무들은 가지에 달린 손으로 정신을 코디해준다. 사천왕은 등 뒤에 붙은 액운을 떼어준다. 주섬주섬~

전경을 방해하던 봉래루 밑을 지나 계단에 올라서니 대웅전이 짠 하고 나타난다. 무릇 성소는 높은 곳에 있어야 우러러본다. 성경이나 불경은 가로쓰기가 아닌 세로쓰기다. 그래야 아래위로 고개를 끄덕이며 읽는다. 그래, 맞아. 옳지! 아멘! 하면서. 시주는 반 푼어치 소원은 밑 빠진 독처럼 계속이다. 저두항의 독점 할머니도 생각난다. 무병장수, 극락왕생을 빈다. 내소사來蘇寺! '이곳에 다녀가신 이들 모두 새롭게 소생하라!'라는 의미란다. '내가 바라는 소원을 들어주는 절', 뽈락표 해석이다. 당장 바라던 대로 가는 길이 조신하게 평지 길만 계속된다. 비도 그쳤다. 천지 만물이 부처님의 가피로 비롯된다. 관세음보살!

곰소항 근처의 갯벌은 바둑판이다. 어둠을 밝히는 빛과 동급인 '소금'이 탄생하는 염전이다. 시내에는 그 소금으로 맛을 낸 젓갈을 파는 가게가 즐비하다. 간판은 왜 하나같이 정육점의 빨간색인지 모르겠다. 젓갈 종류가 하도 많으니 고르기도 쉽지 않다. 낙지 젓갈, 아가미 젓갈, 각 2통씩 사서 우리 집과 사돈 집에 택배를 부탁했다. 택배를 받은 딸 갱이 가게에 전화를 해서 한바탕 소란이 일었다. 남녀 두 분이 오셔서 택배를 부탁했단다. 가정 파괴범이 따로 없다^^

반가운 파란 얼굴이 언뜻언뜻한데 빨치산 먹구름은 게릴라전을 펼친다. 수중전을 대비한 민방위 훈련 중이다. 갑자기 떨어지는 비를 피하려 줄포 버스터미널 처마로 피신한다. 가다 보면 또다시 후두둑! 우리는 후다닥! 그래도 미니스커트처럼 짧게 끝나서 땡큐다. 77과 같이한 23번은 정읍에서 달려온 22번과 흥덕 근처 치이 삼거리에서 바통 터치한다.

선운사 부처님의 파워인가? 선운사 담벼락 동백꽃의 눈물 덕인가? 소박하던 77이 선운사IC부터 선운사까지 14.5km 구간에서는 4차선 직선으로 산을 뚫고 지나간다. 우리는 734번 지방도로 향한다. 부안면 소재지의 몇 개 안 되는 식당은 전부 추석 휴가다. "웬 짐을 이렇게 많이 싣고 다닌다냐" 하면서 들어가는 슈퍼 할머니를 따라 들어갔다. 라면 좀 끓여달라고 떼를 쓰니 추석 명절에 무슨 라면이냐며 밥을 먹고 가란다. 마침 안방에서 식구들이 밥상 주변에 우그르르하다. 철판장군 뽈락은 염치 불고한 채 한 자리를 떡하니 차지하고 앉는다.

7남매에 딸이 많아 옛날에는 창피했다고 하니 할머니 자식들은 1남 6녀쯤 되는 듯하다. 마침 술이 고팠던 사위는 대마 막걸리를 딴다. 옆의 딸과 해병대 조카는 소주를 원샷으로 들이켜고 있다. 명절날 나타난 '듣보잡'의 들도 보도 못한 잔차 썰에 식구들은 넋이 빠졌다. 뽈락이 '책상다리 TV'가 된 것이다. 더 지체했다간 주지육림의 늪에 빠질 판이다. 코로나로 세상은 암울해도 부안 인심은 후하다. 이곳은 부안면인데 고장리 소속이다.

아담 사이즈 할머니 몸매에서 이렇게 초대용량 베풂이 뿜어져나올 줄이야. 지방도 좁은 길가에는 이렇게 보석 같은 귀인들이 숨어서 산다. 한번 확인해보시라.

감동이 물결치는 가슴을 안고 734번 지방도를 달린다. 인촌 김성수 선생의 생가 어귀에서 천진난만한 아이를 만났다. 건네준 사탕에 동

천진난만에 코로나도 울고 간다.

미당 서정주 문학관

심이 녹는다. 가는 길에 미당 서정주 문학관도 있다. 옛 학교로 보이는 문학관 운동장에는 잔디가 새파랗고, 정문과 건물 곳곳에는 담쟁이넝쿨이 감싸고 있다. 출입구가 잠겨 있어 아쉬워하는 사이에 대형 자전거의 모습이 신기한 바다미는 키재기에 도전이다.

734번과 10km 정도의 데이트가 끝날 즈음 인천강(주진천) 하구에서 다시 2차선으로 돌아온 77을 만난다. 용대 삼거리에서 22번 길은 법성포로 사라지고 77은 영광대교를 향한다.

오늘은 시작도 늦고 많은 사연들이 발길을 잡았지만, 부안평

야를 가로지르는 평지라 102km나 이동했다. 해는 어느새 모습을 감추고 사위가 어둑해질 때 도착한 곳은 홍농읍이다. 영광 한빛 원자력발전소가 있는 곳이란다. 외진 곳에 있는 천지모텔 주인장은 나그네에게 송편과 콜라를 내놓는다. 바구니에 담아 있는 가지도 챙겨준다. 객지에서 맞는 추석이 이렇게 풍성할 줄이야! 처처에 귀인만일人滿일하니 불역락호不亦樂乎라!

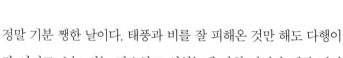

펑크가 맺어준 인연

정말 기분 쨍한 날이다. 태풍과 비를 잘 피해온 것만 해도 다행이라 여기고 오늘 비는 각오하고 있었는데 아침 날씨가 쨍한 것이다. 8시에 홍농읍을 나선 지 얼마 지나지 않아 백수읍으로 넘어가는 영광대교가 나온다. 왕복 2차선에 양옆에 보도가 있는 890m 길이의 사장교이다. 대교를 지나 오른쪽 법성포가 보이는 '백수해안도로'로 진입한다.

　비닐하우스에서 '싸장님 나빠요'가 나온다. 외국인 근로자에게 손을 들고 "하이" 했더니 능숙하게 "안녕하세요" 한다. 헐! 누가 토종인지….

백수해안도로

지명이 독특하고 정겹다. 나 같은 백수가 우대받는 곳인가, 백수에게 우선권을 주는 곳인가. 백수읍 소재지에는 백수를 위한 편의시설이 즐비하다. 혼자 가는 여행은 상상력이 흘러넘쳐 미쳐가는 수준 에 이른다. 불광불급不狂不及!

저 멀리 하얀 옷과 날개로 천사처럼 가장한 놈들이 서 있다. 실은 외눈박이 거인 키클롭스가 외눈에 삼발이를 달고 풍차놀이 중이다. 가까이 가니 '서그적 서그적' 이빨을 가는 건지 칼을 가는 건지 기묘한 소리를 낸다. 그것도 모르고 바다미는 로시난테처럼 달려들 기세다. 아서라!

이 시대에 돈 형이 설 자리는 아무 데도 없다. 교회 첨탑 마을이 코앞인데 77은 백바위 해수욕장에 사는 할머니한테 인사한다고 한 바퀴 빙 돌아간다. 바다미는 77을 벗어나 들녘을 망아지처럼 쏘다닌다. 전문용어로 크로스컨트리cross country란 것이다. 황톳길 구릉지, 좁은 고샅길, 저수지 둑방길, 염전길을 달리느라 신발이 엉망이 되는 줄도 모른다.

염산면 소재지에서 중국집을 물어 찾아간다. 지나오는 길에 '정통 중화요리 맛집'이란 간판에 입맛을 다셨지만 추석 연휴 휴업이다. 손님은 왕이라며 추켜세우더니 정작 주인은 신神인 양 제

마음대로다. 쉬는 것도 마음대로다. 다시 발견한 동네 구석에 있는 중국집은 불이 났다. 그래, 뽈락에겐 맛집보다는 '문 연 집'이 딱이지. 건방지게 "뭘 잘하냐"고 물었더니 역시 짜장면이다. 곱배기 콜! 고춧가루 팍팍 치고 대충 비비고는 입 속으로 한가득 직행이다. 짜지 않고 적당히 달달한 춘장의 풍미와 면발의 식감에 천국이 아른거린다. 노동(?) 뒤에 먹는 짜장면! 오늘 일 좀 한 것 같다. 착한 가격 6,000원을

칭구야, 건강하소!

건네니 땀 흘리는 박카스가 건너온다. 바다미를 보고 준 주인장의 특별 서비스란다.

밖으로 나오니 바다미가 사람들을 불러모았다. 연식이 비슷하여 금방 아재 개그가 통한다. 시커먼 얼굴이 "부럽소이!"를 연발한다. 부러우면 지는 건데^^ 통성명이 무슨 소용이랴, 이렇게 격의 없이 히히덕거리다 바람 불면 방귀처럼 사라지는 게 인생 아니것소. 반가웠소이, 칭구들!

함평만을 건너가는 칠산대교는 영광과 무안을 이어준다. 다리를 건넌 77은 왼쪽으로 방향을 잡아 무안국제공항 쪽으로 향한다. 예까지 와서 신안에 인사를 안 하면 되겠느냐고 한다. 나중에 갈

거라고 해도 바다미가 고집을 부린다. 805번 도로를 따라 신안군 지도읍 소재지를 찍고 국도 24번으로 한 바퀴 돌아와 77과 만나는 수암 교차로에 이르니 95km가 넘는다. 슬슬 누울 자리를 찾을 타임이다. 오른쪽 바닷가를 보니 모텔은 없고 온통 펜션뿐이다. 어쩌면 30km 이상 남은 압해도까지 가야 할지도 모르겠다. 이 구간은 자전거 여행자에게는 쉼터가 없는 녹색 사막으로 기록될 것이다. 다행히 77은 얌전하고 뒷바람도 살살이다. 이맘때면 피곤이 살짝 몰려오지만, 오히려 힘을 빼고 달리는 기분이 상쾌하다. 평속 27 정도로 순항이다.

갑자기 앞바퀴가 허전하다. 압해도를 9km 앞에 두고 벌어진 사건이다. 튜브를 빼고 타이어 안쪽을 살펴봐도 핀 조각은 보이질 않는다. 이건 분명 바다미의 자작극, 자해 공갈 꾀병이다. 대략 난감, 아니 엄청 난감이다. 주위는 어두워지는데 저번에 펑크 난 튜브는 그대로다. 비 오는 날 처리해야지 했는데….

바람을 넣어 귀에 대고 바람구멍을 찾으려 하니 차들이 씽씽이다. 바다미를 억지로 끌고 근처 축사로 들어갔다. 대야에 튜브를 넣어 물방울을 찾고 패치를 붙이기에는 조명이 너무 희미하다. 옆에서 지켜보던 주인장 내외가 못 미더웠는지 근처 모텔까지 태워주겠다고 나선다. 바다미를 트럭에 싣고 김대중대교를 건너 압해도에 진입하여 대교 밑의 불빛을 따라 들어간다. "어라, 모텔이 있는데 펜션으로 바뀌었네. 그러면 비쌀 텐데…" 하면서 본인이 더 걱정이다. 그 와중에 뽈락은 펜션비를 8만 원에서 5만 원으로 후려쳤다. 불쌍 모드가 통한 것이다.

사례를 위해 지갑을 꺼내는데 농장 주인장은 손사래를 치며 조심해서 여행 잘 마치라고 하고는 달아나듯 차를 돌렸다. 저분 내외는 분명히 푸른 별에 침투한 천사조가 틀림없다. 안드로메다에서 오려면 시간이 좀 걸렸을 건데.

라면을 끓여 펜션에서 얻은 밥을 말아 저녁 삼아 먹고 나오니 누군가 야외 탁자에서 나를 부른다. 대구에서 온 부부 3팀 중 한 분이 MTB 마니아라 바다미를 보고 나를 호출한 것이다. 탁자에는 전복회 등 먹거리가 푸짐하다. 올해 7학년 1반인 이대우 회장은 한마음 자전거동호회 회장을 7년째 맡고 있단다.

군대의 축구 얘기 같은 잔차 예찬에 여자분들은 자리를 뜬다. 자그마한 체구의 더스틴 호프만을 연상시키는 회장은 별명이 거인이란다. 유비 현덕과 같은 커다란 귀가 복을 부르는 상이다. 소주를 대접받아서 괜히 하는 소리가 절대 아니다. 오늘도 뜻하지 않은 펑크 사건으로 '엔젤과 자이언트'를 만났다. 김대중대교의 야경과 보름달은 특별 출연이다. 물론 출연료는 공짜다.

(오늘 이동 거리는 트럭 점프 10km 포함해서 135km!)

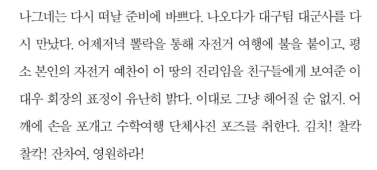

길은 점선이 아닌 실선을 소망한다

나그네는 다시 떠날 준비에 바쁘다. 나오다가 대구팀 대군사를 다시 만났다. 어제저녁 뽈락을 통해 자전거 여행에 불을 붙이고, 평소 본인의 자전거 예찬이 이 땅의 진리임을 친구들에게 보여준 이대우 회장의 표정이 유난히 밝다. 이대로 그냥 헤어질 순 없지. 어깨에 손을 포개고 수학여행 단체사진 포즈를 취한다. 김치! 찰칵 찰칵! 잔차여, 영원하라!

오늘은 끝을 보러 가는 날이라 더 설렌다. 〈지도 밖으로 행군하라〉는 책 제목처럼 지도에 점선으로 표기된 77을 향한다. 4차선 김대중대교를 건너온 77은 어느새 섬에 어울리게 다이어트를 했다. 압해읍사무소를 거쳐 선착장으로 가는 도중 왼편에 신안군청을 지나다가 멈췄다. 현장주의도 좋지만 생각하고 따져보고 행동하는 것도 나쁘지 않을 터. 특히나 이곳 군청은 1,004개 섬의 속살을 꿰뚫고 있는 지식in의 본거지 아닌가!

여차저차, 이러쿵저러쿵, 뽈락의 애기는 매뉴얼에 전혀 없는 내용이라 공무원은 '잔차를 탄 부시맨'을 만난 표정이다. "이게 국토정보지리원에서 발행한 최신판 종이 지도인데, 여기 분명히 나와 있잖아요." 공무원들은 군청 앞의 도로가 77인 것도 모른다.

하지만 지도에 표시된 그 점선은 아직 다리가 안 놓였고, 율도와 달리도를 이어주는 도선도 없단다. 결론은 목포 땅을 밟아야 77이 있는 해남으로 갈 수 있다는 말이다.

우리 앞에 있는 압해대교는 길이 3,563m로, 2008년에 개통되어 2011년 신안군청 이전 등 신안 발전의 일등공신이지만, 딱 한 가지 흠은 자전거를 거부한다는 것이다. '그럼 우리는 왔던 길을 되돌아 김대중대교를 넘어서 무안으로 가야 하는겨?' 바다미가 고개를 흔든다. 반복은 지옥이며 시시포스의 형벌이다. 상대가 망설일 때는 결정의 한 방을 먹여야 한다. 파란색 'BL카드^{(자전거 생활) 명함. 이 잡지에 자전거 여행기를 연재하던 시기였다.}'의 마법이 통했다. 트럭이 대령한다. 압해대교! 네가 나를 거부해도 나는 너를 넘는다! 담에 올 땐 자전거로 건널 테니 단단히 각오해라, 알았제?

궤도를 벗어나면 그리움이 보이나보다. 항구 목포다. 강산은 변해도 사람은 변치 않는다? 2009년 혼자 떠난 잔차 여행 때 만나고, 강산이 변한 12년 만에 고주환 사장을 만난 것이다. 코렉스 시절 지방 출장을 가면 가장 반겨주던 곳이 목포의 대리점 사장들이었다. 목포를 떠올리기만 해도 기분이 살살 좋아진다.

고 사장은 영암에서 17세에 목포로 와서 회갑을 넘긴 지금까지 오로지 잔차에 일생을 바친 풍운아라 더욱 존경스럽고 애정이 간다. 드디어 건물도 지어 아내는 위층에서 반찬을 만들고 본인은 1층에서 자전거를 만든다. 그 힘든 소용돌이 속에서도 2남 2녀

생산(生産)의 달인과 함께

를 두었다니, 그야말로 생산(生産)의 달인이다.

목포는 탕탕이다. 꿈틀꿈틀 탈출하려는 낙지 탕탕이를 쇠고기 육회가 성곽처럼 둘러싸고 있다. 간은 상해도 친구의 우정이 상하면 안 되는 법! 생막걸리가 그간의 세월을 메워주고 마음을 이어준다. 걱정스러워하는 바다미의 눈길을 모른 체한다. 깡달이, 황석어쩜 국물은 도둑처럼 흰 쌀밥에 스며들어 뽈락의 파워 에너지가 된다. 매월 11일 모임을 한다니 그날에 맞춰 목포행 완행열차, 아니 KTX를 타자. 목포는 항구다! 그 항구를 통째로 마음속에 넣었다!

영산강 하굿둑을 지나 영암 대불공단을 통과한다. 공단의 길이 모스크바 광장같이 넓어 우리는 바퀴벌레가 된 기분이다. 삼포대교를 건너 해남 땅에 들어선다. 바다에 막혀 멈춰선 77은 다시 의젓한 4차선으로 변해 달리고 있다.

구지 교차로에서 오른쪽 2차선 77을 탄다. 10여km를 달려 매월리 양화마을에 도착했다. 여기가 바로 앞의 달리도와 연결되는 77 연결점인 셈이다. 포구도 없고 이정표도 없어 허무하다. 희미하게 목포대교가 보인다. 돌아 나오는 삼거리 이정표에 '목포구

목포구등대의 세 여인에 홀려

등대'가 호기심을 자극한다. 동네 어르신 몇 분이 모여 있길래 길
이 어떠냐고 물었더니 가고 싶은 뽈락의 맘을 읽었는지 "좋아! 좋
지!" 하면서 가보라고 손짓까지 하신다. 충고 한 마디, 절대 현지
영감님께 길을 묻지 말라! 그리고 포기는 빠를수록 좋다!

　계속되는 깔딱고개 길은 달리는 내내 고민하게 만든다. 오르
막에서는 '돌아가자', 내리막에서는 '가보자' 하고 두 놈이 끝도
없이 싸운다. 등대에 사는 사이렌에 홀려서 가긴 갔지만 업힐을
즐기는 사이클 리스트라면 가보시든지! 15km짜리 '도돌이표'에

온몸의 땀샘 공장은 풀가동했지만, 우수영으로 달리는 77은 비단 길이다.

오늘 바다미가 달린 길은 93km. 누워서 온 압해대교 길 8km 까지 해서 100km를 넘겼다. 내일은 또 어떤 길을 달릴지, 누굴 만날지 설렌다. 꿈속에서도 페달질이다. 쉭쉭!

── 10일차 ──
땅끝에 이르다, 이제 남해로!

아침 7시가 되기 전에 호텔을 나왔다. 아침 공기가 제법 싸늘해져 반바지도 이제 장롱 신세가 될 때가 되었나 싶다. 77은 우수영 교 차로에서 동쪽으로 가겠다고 고집한다. 진도를 코앞에 두고 발길 을 돌릴 수는 없다. 18번 국도를 따라 제2진도대교에 올라 아래를 보니 울돌목 바다는 400여 년 전과 변함없이 펄펄 끓어오르고 있 다. 오른쪽 공원에 계시는 장군을 알현한다. 뭍의 장군보다 진도 에 계시는 장군이 섬처럼 외로워 보여서다.

"장군! 비록 미천한 몸이지만 장군의 12척에 힘을 보태고자 천릿길을 달려왔소이다. 안타깝게도 소인은 선박 울렁증이 있어 거북선은 물론 여인의 배에도 오를 수가 없습니다. 허나 저희는 바퀴가 있어 달리는 재주는 특출납니다. 장군, 천기누설입니다만, 저기 서 있는 파란색 쇠말은 전생에 '적토마'였답니다. 하니 저희를 육로 전령으로 삼아주시면 장군의 뜻을 빛의 속도로 전달하겠습니다. 참, 덕德이 아씨한테 줄 연서戀書도 주시면…"

진도대교

'뽈락과 바다미라 하였는가? 기특하고 맹랑하도다. 오늘 가는 완도는 200리가 넘는 장도이니 잘 준비하시게. 저기 길 옆 병영 식당에 한식뷔페로 거하게 차려놨을 테니 든든히 들고 가시게. 식대 8,000냥은 내 앞으로, 아니 균이, 원균이 앞으로 달아놓으면 될 걸세!'

우수영 교차로에서 다시 77을 만난다. 뱃속이 더부룩하고 뒤가 무겁다. 장군의 명을 너무 충실히 이행했나보다. 주유소로 들어갔다. 아메리카를 잔차로 횡단한 홍은택 기자는 주유소를 '적(?)들의 보급기지'라 했던가. 주유소는 넣는 곳만 아니고 빼는 곳이기도 한 것 같다. 그러고 보니 인생은 덧셈 뺄셈의 연속이다. 중생들은 더 많이 가지려고 하고 큰스님은 다 내려놓으라 하신다. 번

뇌는 물욕의 필수 부산물인 줄 알면서도 욕심을 낸다. 이제 뽈락도 올드 모델로 취급되는바 버리기를 습관화해야겠다. 그래서 빼기, 더하기라 하지 않고 더하기, 빼기라고 하는 모양이다. 주유소 뒷간에서 잡념이 많다. 이래서야 해우소에 들렀다고 할 수 있겠나. 끄응!

오늘 가는 길은 해남에서 지정한 '경치 좋은 해안도로'이다. 그동안 서해안을 따라오면서 익히 보아온 풍경이지만 짙어가는 산야의 가을색을 바다는 거울처럼 비추고 있다. 77은 영화감독이다. 푸른 바다를 보여주다가 어느새 황금색 들판으로 카메라를 비춘다. 무화과의 달콤한 향기도 담아낸다.

가을은 수확의 계절만은 아니다. 마늘을 심느라 농부들은 꿩처럼 모여 앉아 땅을 파고 있다. 트랜지스터도 옆에서 바쁘다. 국산 트로트가 아니고 재즈풍의 동남아 노래가 흘러나온다. 마늘 자루를 지고 나르는 청년은 '싸장님 나빠요 2'다. 삼거리 슈퍼 앞에 트럭이 섰다.

짐칸에는 물통과 약 치는 기계가 실려 있다. 그 좁은 틈에서 새까만 눈동자가 인사를 한다. "안녕하세요?" 웃고 있는 청년에게 사탕을 건네준다. "고맙습니다." 그래, 외국에 가면 '안녕하세요', '고맙습니다', '미안합니다' 이 세 단어만 잘 구사하면 된다. 뽈락도 5,000km 일본 열도를 세 단어로 버텼다. 거기에 '미소'라는 웃음 조미료를 치면 '만사 오케이'란다. 아낌없이 쳐라, 팍팍!

농담은 여유로운 자의 하품인가! 해바라기 밭을 가꾸는 아저씨들을 만났다. "어디서 왔소?" "서울서 왔는데 집 쫓겨난 지 열흘째네요." "엥? 서울서 이곳 땅끝까지 피난 왔다요? 마누라가 겁나 무섭나보네. 북한 괴뢰군이나 되는갑소이." 그러면서 해남 도로는 얌전하고 특히 신호등이 없어 버스 기사가 좋아한다고 덧붙인다.

장군님의 전령으로 달리는 길은 특히나 경쾌하다. 오늘의 목표, 땅끝으로 가기에 바다미도 신이 났다. 상쾌한 바람, 따스한 햇볕, 초록과 파란색의 프리즘이 함께 하는 길은 그야말로 칠칠하다. 하지만 땅끝 7~8km 전부터 오르막 내리막이 시작된다. 강원도 길에 비하면 과속

땅끝에서 희망을 건지다.

방지턱 수준이지만, 평지에 맛 들인 근육들은 힘에 겨워 어쩔 줄 모른다.

송호해수욕장의 높은 포토라인에 올라섰지만, 주변에 사람이 없다. "기다려라, 때가 온다. 그때 밀어라"는 어느 때밀이의 말을 믿어본다. 땅끝은 '뒤끝 작렬 A형'임이 분명하다. 마지막 오르막은 클라이맥스인 양 벌떡 서 있다. 앞 22T, 뒤 36T의 최대 변속 조합

으로 대처한다. 무게중심을 앞으로 하고 머리도 콕 숙인다. 이때 조심해야 할 것은 '절대 위를 보면 안 된다'이다. 처다보는 순간 정상은 멀어지고 오르막은 늘어나서 계속 멀어져간다. 믿거나 말거나.

드디어 땅끝에 도착이다. 하긴 땅끝 가는 길이 평지라면, 멀리서도 보이는 땅끝은 그리 감동적이지 않으리라. 이것도 감독님의 깊은 뜻이 숨겨진 세트장인가?

땅끝에서 바다를 본다. 임진각을 출발하여 서해안 이곳저곳을 보고 오느라 열흘이 걸렸다. 매일을 합산해보니 951km이다. 직선거리는 당연히 짧을 것이고, 자동차로는 몇 시간이면 도착할 것이다. 무엇이든 '빨리'가 선이고 권위인 사회에서 '느림'은 구닥다리에 불편함인지 모른다. 아직 끝나지 않은 여행이지만 이번 '느린 여행'을 통해 나름 사유와 상념에 젖었던 시간들이 고맙고 뿌듯하다.

이제 서해와 이별하고 좌향좌하여 남해로 향한다. 오면서 기념 퍼포먼스를 어떻게 할까 생각도 했다. 통속적인 레퍼토리, 손을 흔드는 건 아니다 싶다. 시원하게 오줌을 갈겨줄까 하는 유치찬란한 발상도 했다. 그냥 앉아 있다 일어선다. 무언이 무한이다. '땅끝! 희망의 시작!'이란 표지석 앞이다. 판도라의 상자에 마지막까지 남아 있었다는 희망! 뽈락과 바다미는 서해의 '희망'을 품고 남해로 향한다!

(완도에 도착, 81km, 일찍 마무리하고 자축 및 빨래)

좁은 길로 가리라!

해남 땅의 남창교차로에서 우회전하면 완도군이다. 완도의 디딤돌인 달도에 다 다랐다. 세 살배기 바다미나 육순의 뽈락 이나 생전 처음 밟아보는 땅이라 더욱 설 렌다. '청정 바다 수도' 완도의 커다란 아 치가 개선문인 양 섰지만 '전방 1.6km 자동차전용도로'라는 팻말에 떵 한다. 완 도군청으로 가는 두 갈래 길 중 13번은 자동차전용도로이고 77은 역시 누구나 갈 수 있는 착한 도로다. 우리는 완도대교

완도의 개선문

옆구리에 붙은 보도를 따라간다. 원수라도 만나면 난감한 외나무 다리 수준이다.

옆의 자동차는 보란 듯이 내달린다. 으이구! 앙드레 지드가 〈좁은 문〉을 통해 그렇게 강조했건만 불쌍한 인간들! '좁은 문으 로 들어가기를 힘쓰라. 멸망으로 인도하는 문은 크고 길이 넓어 들어가는 자가 많다. 생명으로 인도하는 문은 좁고 협착하여 찾는 이가 적다.'

서쪽 77의 새벽길은 그늘이라 시원하고 한적하여 마실 나온

기분이다. 바다에 일찍 나온 배들은 햇살을 받아 반짝이고 있다. '공수래 공수거空手來 空手去' 비석이 커다랗게 서 있는 서쪽 사면에 위치한 올록볼록한 공동묘지는 '메멘토 모리'를 상기시킨다. 완만한 내리막에서는 소나무 숲에 걸린 수평선을 보면서 바다미의 경쾌한 라쳇 소나타를 감상한다. 생각해보니 슬로모션 모드로 전환된 이 행복 타임을 준 은인은 바로 자동차전용도로다. 그곳으로 우르르 몰려간 덕분에 우리는 이렇게 한적함을 즐길 수 있는 것이다. 그걸 만들어낸 국토부 공무원에게 잔차 무공훈장이라도 드려야 하나? 그렇다고 77을 '자전거전용도로'로 만들어달라는 얘기는 절대 아니다. 우리는 누구처럼 독선적이고 이기적이지 않다. 공존의 덕목을 200년 전에 이미 깨닫고 실천 중이다.

청해진 촬영장 입구에서 핸들을 꺾어 더 좁은 길로 들어선다. 저수지 둑방길 옆 갈대는 가을꽃을 피우고 있다. 무슨 고민이 저리 많아 오색은 묻어두고 밤새워 흰색 꽃만 뽑아내는지. 77과 다시 만나는 5km의 짧은 구간은 꿈속의 꿈처럼 달콤하다.

완도군청으로 빠질까 망설이다가 77을 그대로 따라간다. 땅끝 해남에서 보길도의 유혹에 잠깐 흔들렸기 때문이다. 완도군청으로 가면 이번에는 청산도가 가만있지 않을 것이다. 연식이 더해지면서 푸를 청青 자가 무조건 좋아진다. 이름 좋고 경치 좋은 청산도가 손가락만 까딱해도 무작정 달려갈 판이다.

77을 따라 왼쪽으로 돈다. 급 내리막의 중간쯤에 학교가 보인다. 제한속도 30km를 초과한 35km다. "큰일이네. 벌금도 더블인데, 끙!" 바다미 왈, '걱정들 말어! 우린 군번 없는 용사요, 번지 없는 주막이여! 고상틱한 말로 아우트로우, 무법자란 말이여.'

할아버지가 타고 가는 잔차의 옆구리에 삽이 비스듬히 꽂혀 있다. 서부의 악당, 리반 클럽이 타고 가는 말 궁둥이에 걸쳐진 장총처럼! 우리는 태양을 등지고 마을에 들어서고 있다.

어디선가 칼림바로 연주되는 〈좋은 놈, 나쁜 놈, 이상한 놈〉 OST가 흘러나온다. 띠디딩~ 신지대교, 장보고대교, 고금대교, 노력교 등 하루에 이렇게 많은 다리를 건너보는 것도 처음이다. 섬들이 합종연횡하여 우리를 반겨주는 건 고마운데 고개 비늘을 세우고 있다. 그래, 작은 섬이라고 얕봐서는 절대 안 되지. 잔생선이 가시가 많고, 잽도 자꾸 허용하면 멍이 깊어지는 법. 체력 테스트장 정도인 줄 알았는데 유격훈련장이다. 헉헉!

장흥 땅에 들어서서 아점을 먹으면서 지도를 살피다가 무릎을 친다. 내륙 깊숙이 들어가는 77에서 탈출할 수 있는 묘안이 생긴 것이다. 지도에 희미한 뱃길을 보니 땅끝에서 가져온 희망이 보인다. 못 먹어도 고라고 돈키형이 부추긴다. 연지 교차로에서 819번을 따라 노력항 쪽으로 향한다. 배가 있을지, 있으면 몇 시에 있을지도 모르면서 간다. 인터넷 검색하면 다

한적한 도선에서

나올 텐데? 모르면서 가는 조마조마 스릴을 몰라서 하는 소리다. 인생도 다 알고 가면 재미 1도 없다. 신은 그래서 지루해한다.

무한 긍정의 염원은 현실로 보답한다. 노력항에서 20여 분 만에 금당도 가학항에 도착하여 반대편에 있는 울포항으로 가야 한다. 이곳도 두 갈래 길이다. 12km 돌아가는 해변길은 판타스틱 자체다. 혼자 가기 아까워서 몇 번이고 가다 서다를 반복한다.

배는 50분 정도 걸려 거금도, 소록도를 지나 고흥 녹동항에 닻을 내린다. 배 울렁증은 개가 물고 간 모양이다.

(바다미 달린 거리 86km, 배가 실어준 거리 26km, 도합 112km)

12일차
천상의 길을 달린다!

오늘은 녹동에서 소록도를 건너는 구름다리 앞에서 출발이다. 녹동항에서 77은 우리를 기다리고 있다. 가는 길은 외길이라 내비의 그녀를 쉬게 하고, 고흥 평야의 황금 들녘에 몸을 맡긴다. 77은 한적하지만 S라인이라 지루하지 않고, 평탄한 길의 페달링은 가볍다.

오르막 '벌떡이'가 안 보이는 이때야말로 진도 나가기 절호의

소록도 가는 다리

찬스다. 하지만 수업 방해꾼은 언제나 있기 마련. 맞바람 '동풍이'
는 장풍 신공을 쉬지 않고 펼쳐댄다. 남해안 '풍경이'는 사진 찍어
달라 발목을 잡는다. 더욱이 퇴학당한 '여름이'가 되돌아와서 목
덜미에 불화살을 쏘아댄다. 풍남항에 이르러 잠시 바뀐 시멘트 도
로는 몇 년 전 천연두를 세게 앓았는지 울퉁불퉁이다. 오후가 되
니 교실의 천장에서 비까지 몇 방울 뚝뚝이다.

　'벌떡이'마저 잠에서 깨어나고 있다. 그러나 잔치는 멈추면 쓰
러진다! 길은 쉴 새 없이 주절주절 스토리를 토해낸다. 영감, 할멈
이 마주 앉아 뭐가 즐거운지 연신 웃으며 깨를 털고 있다. 할미가
방귀라도 꿰셨남? 나그네는 "안녕하세요, 건강하세요!" 우렁찬 인

사를 지불하고 참깨 향기를 온몸에 두른다.

색색의 이빨 사이로 모락모락 김을 피우고 있는 찰옥수수를 파는 아낙의 인생도 찰졌으면 좋겠다. 갑자기 뒤에서 농사 트럭이 빵빵 경적을 울려대며 옆에 스르르 멈춘다. 처녀 농사꾼인가? "방금 왜 사진을 찍었어요?" 길가의 쟁기 같은 농기계 사진을 찍은 걸 두고 그녀가 물었다. 웃으면서 "대형 피자 커터를 처음 봐서요" 했더니 부시맨을 본 신안군청의 그 공무원 표정이다. 3초 후, "우하하! 난 또 우리 농기구가 도로에 너무 나와 있어서 신고하는 줄 알았죠."

굼벵이와 달팽이의 만남

길가에서 굼벵이족과 달팽이족이 해후했다. 천연기념물을 만나 영광이란 소리에 도보 여행자들은 아까 그 옥수수처럼 이빨을 드러내고 웃는다. 젊은 커플은 탤런트 같아 보여 혹시 예능 프로그램을 찍는가 살펴볼 정도로 눈에 확 띄는 외모와 스타일이다. 여수에서 출발해 백패킹 여행 중이고, 오늘이 3일째인데 어제는 낭도에서 야영했단다. 어젯밤 낭도의 슈퍼를 습격(?)하여 막걸리를 동을 냈다며 신나게 무용담을 쏟아놓는다. 우리 옆 동네 광진구에 산다는 말에 급 친구가 되었다. 젊은 친구들이지만 넉넉하고 여유가 있어서 나도 덕분에 에너지를 듬뿍 받았다. 수염을 멋지게 기른 젊은 친구! 좋은 추억 많이 만들어서 결혼에 골인하길 빌겠네. 결혼할 때 초대해줄 거지?

가는 길, 오른쪽에 장군의 흔적이 보인다. 당연히 장군의 육로 전령으로서 보고하러 가야지. 차선 치장도 없는 소박한 길의 언덕을 넘으니 발포항이 수줍게 고개를 내민다. 이곳은 장군께서 처음 임관하여 부임한 곳이라고 한다. 바닷가에 자리한 기념관을 둘러보니 초등학교 때 통영 한산도로 수학여행 간 기억이 생각나기도 하고, 영화 〈명량〉의 장면도 떠오른다. 특히 충파衝破라 하여 왜적의 세키부네關船가 침몰하는 장면은 너무나 통쾌했다. 히데요시의 이마빡을 박살 내는 짜릿함! 삼나무와 느티나무의 물성을 장군은 꿰고 있었지. "근데 장군께서는 왜 36세의 늦은 연세에 관직에 오르셨나요?" 하는 학생의 우문에 학예사의 대답은 "글쎄요"다.

바다미를 끌고 언덕에 있는 충무사에 들렀다. 아니, 들어가지 못했다. 문을 지키는 보초병 '코로나'가 장군께서 아무도 들이지 말라고 하명하셨단다. 발길을 돌리려 앞을 보니 십자가 건물이 감히 장군의 시야를 흐리고 있는 건지 지키는 건지 아리송하다. 우주선이 발사되는 나로도 근처에 있는 발포항. 노스트라다무스급의 예지 능력을 가진 조상님이 이름을 지으셨나? 하지만 발포發砲가 아니라 발포鉢浦였다. 스님의 공양 그릇 같이 생긴 지형이란 뜻이다. 이래서 현장학습이 중요하고, 발품을 판 산교육은 유통기간도 엄청 길다는 것이다. 장군, 무식엉뚱 소생은 이제 그만 총총 사

.

라집니다.

팔영대교

팔영산을 돌아서니 백리섬섬길의 시작을 알리는 팔영대교의 높다란 기둥이 보인다. 여수 돌산도까지 이어지는 총 39.1km, 즉 100리 바닷길이 백리섬섬길이다. 구슬이 서 말이라도 꿰어야 보배라 했던가. 신이 섬을 만들었다면, 인간은 다리로 보물섬을 만들었다. 다리 위는 너무 높아 공중에 떠 있는 기분이다. 바다는 푸른색과 은빛의 향연을 펼치는 은하수이고, 섬은 하늘에서 떨어진 녹색별이다. 말 그대로 천상의 길을 가고 있는 것이다. 4년 전 가봤던 일본의 시마나미카이도의 70km보다는 거리가 짧고 자전거 인프라도 부족하지만 툭 트인 풍광과 해풍은 단연 압권이다. 앞으로 시마나미카이도와 같은 명실상부한 '잔차의 성지'가 되려면 잔차의 오아시스, 즉 정비소와 주변 마을을 둘러볼 수 있는 자전거길 조성 등 잔차족의 의견을 귀담아들었으면 좋겠다. 자동차족의 굉음에 잘 들릴지 모르겠지만.

개는 짖어도 기차는 가듯이, 맞바람이 불어도 바다미는 달려서 여수시청까지 왔다.

(106km 달리다.)

13일차
잃어버린 77을 찾아서

어제 100여km를 내달려 여수 시내에 들어왔지만 뭔가 허전하고 찜찜하다. 여기서 17번과 겹치는 77과 함께 북서쪽 순천을 향하든지, 북동쪽으로 방향을 틀어 이순신대교를 넘어 광양으로 가는 지름길도 보인다. 이탈리아 반도가 긴 말장화 모양이라면 여수반도는 헐렁한 바지처럼 보인다. 백리섬섬길을 따라오다가 오른쪽 바지 끝단인 세포 삼거리에서 77은 백야도로 흘러 바다에 빠져버렸다. 4차선으로 넓게 단장한 지방도 22번의 유혹에 빠져서 왼쪽으로 내달려 명치쯤인 여수시로 온 것이다.

나 홀로 여행은 청개구리가 갖고 노는 럭비공이다. 맘대로 엿장수의 가위 치기란 얘기다. 이번엔 반대로 튄다. 그래서 이번엔 왼쪽 바지를 타고 내려가 화태도에 가서 77을 만나보기로 한다.

월요일 아침의 도심은 아수라판이다. 게다가 여수는 성남 구도심처럼 오르막이 많고 길도 좁다. 이럴 때 잠이 덜 깬 페달과 술이 덜 깬 운전자가 랑데부라도 하면 바로 집(?)에 갈 수 있다. 차들에 밀려 보도로 올라섰지만, 보도블록도 아우성을 치면서 이방인을 몰아낸다. 보행로가 분리된 짧은 터널은 가끔 용돈 챙겨주는 딸처럼 고맙고 이쁘다. 15km 시내 길을 벗어나는 데 1시간 반이 걸렸다.

여수시 풍경

　돌산대교 앞 슈퍼 어르신의 향일암 강의가 시작된다. 예고편이 길면 본편은 김이 팍팍 샌다. 가위로 싹둑, 인사드리고 돌아선다. 돌산대교에 올라서니 바다를 품고 있는 시내가 훤하게 보인다. 카메라 앵글에 출연료 없이 뛰어든 한 척의 배가 고맙다. 지도상 내려가는 길이라 마음도 편하고, 실제의 길도 약내리막이라 바다미도 편하다.

　반도의 끝에서 77은 화태대교를 건너 백야도에 머물고 있는 77을 불러본다. 지금은 바다가 길을 막아 만날 순 없지만 언젠가는 개도, 금오도를 잇는 다리가 완성되어 견우직녀처럼 만날 수 있을 것이다. 에고! 그때까지 목숨이 붙어 있을랑가.

온 김에 향일암으로 기수를 돌린다. 77과는 인연이 없지만 여기까지 와서 안 뵙고 가면 부처님이 돌아앉으실 것이다. 특히 전국 4대 관음사찰이라고 하지 않는가. 쉽게 말해 기도빨이 백퍼라는 거지. 향일암 가는 길은 12km 정도의 짧은 구간이지만 예사 길이 아니라고 신기항 앞의 허름 식당 주인장이 사천왕상처럼 겁을 준다.

77을 맞는 화태대교

막국수 곱빼기에 막걸리 한 통으로 단단히 무장했다. 향일암이 보통 사찰이 아니듯 가는 길도 장난이 아니다. 이화령이 "행님!" 할 수준이다. 결국 오르막에 치욕의 무릎을 꿇었다. 바다미의 손목을 잡고 천천히 걸었다. 아니, 기어 올라갔다. 내비는 아직도 5km 남았다고 약을 올린다. 내리막이 보이는데 전혀 반갑지가 않다. 잠시 후면 저 길을 다시 올라와야 한다고 생각하니 아찔하다. 고개 이름이 율림치다. 오늘부로 그대를 율림령으로 승격하노라! 그리고 담에 만날 때는 어깨의 힘도 좀 빼기 바라노라. 마침 오른쪽을 보니 향일암 등산로 팻말이 있다. 녹초가 된 바다미를 전망대 옆 그늘에서 쉬게 하고 등산로에 들어선다.

경전을 등에 업고 바다로 향하는 거북이, 금오산의 등짝에 오른다. 우리 동네 용마산 높이인 321m의 주먹만 한 산에서 뽈락은 땀으로 염장질당했다. 3km 정도의 산길은 외길인데다 넓적돌을 깔아 걷기 좋게 했지만, 이 길 또한 돌아올 걸 생각하니 이쯤에서 합장하면서 "부처님, 저 왔다 갑니다" 하고 싶다. 높고 평퍼짐한 바위에 걸터앉아 멀리 바다를 내려다보면서 내가 여기서 뭘 하고 있지? 생각한다. 영구암의 별칭처럼 주변의 바위가 거북등처럼 얼기설기한 문양이다. 내려가는 길은 더 가팔라서 철계단을 타도록 되어 있다.

드디어 고운 단청이 보인다. 전에 분명히 와봤는데 모든 게 생소한 모습이다. 내 기억은 2009년 이곳이 불타면서 함께 사라져버린 것일까? 구석구석 둘러보며 기억을 재부팅해본다. 이윽고 부처님 전에 절을 올린다. 마룻바닥에 양팔의 땀 도장이 절로 찍힌다.

"부처님! 왜 이렇게 멀고도 험난한 곳에 계십니까? 다른 중생들 생각도 좀 하셔야지요."

'내가 그렇게, 더하기보다는 뺄셈이 찐이라고! 비움을 항상 강조했건만, 아까 보니까 엄청 처드시더만. 그래서 오르막을 몇 개 맹글어놨지. 비워야 하느니라! 여기 온 김에 다 비우고 가거나! 자네 지갑도 싹 비우고 가시게.'

"헐! 부처님, 지갑이 탐이 나시면 드리겠습니다마는, 내용물은 속세 잡놈들의 손때가 묻은 불경스런 것이옵니다. 그럼 소생은 배편이 급하여 이만 뿅 하고 사라질랍니다. 나무아미타불 관세음보살!"

'이보시게, 험한 산길로 가지 말고 내가 1004호 운전 보살(여수 사는 젊은 부부)에게 일러놨으니 율림치, 아니 율림령까지 타고 가시게.'

"역시 대자대비 우리 부처님! 건강하십시오. 특히 코로나 조심하시구요."

바다미 고생 거리 61km, 뽈락 고생 산행 3km, 차량 이동 5km, 도합 69km의 이동 성적표를 뒷주머니에 차고 신기항 여객터미널 앞 예의 허름 주막에 들른다. 면상만 한 해물파전, 텁텁한 방풍 탁배기, 그리고 주인장 특별 서비스 토실토실 생새우가 뽈락의 뱃속을 채우고 있다.

'이누~움! 내가 그렇게 비우라 했거늘!'

"부처님!, 채워야 비울 것 아닙니까! ㅎ"

— 14일차 —
점프의 여왕, 바다미

신기항과 지적인 화태대교가 새벽안개로 희미하다. 여행은 이런 안개 속으로 뛰어 들어가는 놀이가 아닐까? 오늘도 처음 가보는 길이라 두근두근하고, 불확실한 정보는 조마조마한 서스펜스를 준다. 남의 귀에 들릴까 콩닥거리는 가슴을 싸안고 7시 45분발 금오도행 배에 오른다. 어제 싸온 파전에 갓김치를 먹는 사이 성질 급한 배는 벌써 금오도 여천항에 선수를 들이민다.

어제는 금오산, 오늘은 금오도라! 황금 거북이든 황금 자라든, 골드 일색의 빛나는 하루가 기대된다. 하지만 자라는 자기 등 대신 9시 여수행 배에 오르기를 재촉한다. 이곳의 비룡길^{벼랑길}을 둘러본다고 오후 3시경에 있는 다음 배를 탔다간 일정이 꼬일 판이다. 그 사이 살살 주저앉기 시작한 바다미의 뒷바퀴 펑크를 손봐줬다. 이제 금오열도의 맏형 격인 금오도 주민들도 연륙교 건설에 찬성한다고 하니 죽기 전에 백야도에서 길을 잃은 77이 돌산도를 통과하는 기쁨을 맛볼 수 있기를 바란다. 다음에는 세포 삼거리에서 백야도로 빠져 그곳에서 배를 타고 금오도, 신기항으로 해서 여수로 가야겠다. 연도에서 출발한 여수행 배는 섬 주민들을 가득 싣고 금오도를 거쳐 10시경 여수 연안여객터미널에 도착한다. 이로써 상상했던 1차 점프는 성공이다.

21세기에 미신을 믿는 바보는 없지만, 아직도 미신 같은 정보는 돌아다닌다. 뽈락은 여수에서 남해 서상항으로 가는 배편이 있다고 믿는 자기도취형이다. 여수 여객터미널의 담당자도 고개를 흔들고 거의 폐항 수준인 오동도항^{엑스포항}까지 와서도 믿지 못하겠다. 모두가 짜고 치는 고스톱판, 몰래 카메라에 속는 기분이다. 골초 호랑이 때인 여수 엑스포 시절의 뉴스를 본 것이다. 그래서 2차 점프는 실패로 끝날 수밖에 없었다.

바다미의 무임승차(왼쪽), 아찔한 이순신대교(오른쪽)

이제 이순신대교를 향한다. 장군만 믿소이다! 소신이 자칭 장군의 육지 전령 아니겠나이까!

77을 따라 순천 가는 길은 몇 번 가본 길이라 탐탁지 않다는 핑계다. 하긴 제 맘대로 튀는 럭비공을 누가 말릴까. 엑스포역에서 오른쪽 17번을 탄 지 얼마 되지 않아 이놈이 뒤통수를 친다. "나는 네 바퀴랑만 놀란다. 니는 앙드레 지드랑 놀거라." 여수 돌산 일주도로가 손짓한다. 옛 철로 길이다. 신호등이 있는 말굽 형태의 터널에 들어선다. 쪼아놓은 정 자국투성이인 뾰족뾰족 벽과 천장이 신기하다. 말하는 토끼라도 한 마리 튀어나올 분위기다. 나랑 달리기 시합 한판 해볼랑가!

레일 바이크족의 집성촌도 나온다. 검은 모래로 유명한 만성리 해변을 지나 메타세쿼이아가 도열한 오르막에서 상큼한 바람이 폐에 훅 들어온다. 자동차전용도로라 우리를 괄시한 17번이 되레 고맙다. 마치 집에서 쫓겨나 이모를 만나 돼지갈비 얻어먹는 기분이다. 냠냠.

상암 삼거리에서 4차선 17번과 화해했다. 이제 장군을 뵈올 시간이 얼마 남지 않았다. 불안한 마음에 멘토들에게 도움을 요청했지만 부정에 가까운 '글쎄'가 돌아온다. 주변에는 흔한 '배달의 민족'조차 보이지 않고 전부 다리가 네 개 이상인 것들만 획획 지나친다. 드디어 결전의 때가 왔다. 거인은 큰 덩치에 어울리지 않는 조그마하고 동그란 방패에 사선을 그리고는 바리케이드처럼 우리를 막고 있다.

오른쪽에 세상에서 가장 큰 쥐, 엘쥐LG가 웅크리고 있다. 그 정문에 작전본부를 설치한다. 이이제이以夷制夷 전술이다. 적을 잡기 위해 살펴보니 지나가는 차는 너무 빨라 낚아챌 수가 없다. LG에서 나오는 트럭은 정문에 들러서 출고 확인을 받는다. 이제는 세치 혀, 썰장군이 나서더니 전광석화 승전보를 올린다. 20분이면 차가 채 식기도 전에 적장의 수급을 베어오는 관운장의 속도다. 1톤 탑차에 바다미를 실었다.

묘도대교를 지나 장군의 어깨에 올라탔다. 포스코 광양제철을 제우스처럼 내려다본다. 봐라. 무겁고 철없는 철도 이렇게 하늘을 날 수 있단다. 열공하시게들! 이순신대교의 길이는 장군이 태어나신 연도를 기념하여 1,545m로 지었단다. 만약 이걸 불기나 단기로 했으면 공사비가 엄청 더 들지 않았을까? 대전에서 왔다는 그

운송 귀인은 커피값이라도 챙겨드리려고 주머니에 손을 넣는 순간 사라져버린다. 무법자가 주머니에서 리볼버라도 꺼내는 줄 알았나. 바다미의 3차 점프를 성공시켜주신 그분, 안전운행, 운수대통하시길! 3년 뒤엔 벤츠를 뽑으리라!

광양제철소에서 하동으로 가는 59번은 그야말로 순항 길이다. 조금 더 위쪽 내륙에서 고생하는 77은 고향 친구가 나보다 소중하냐며 토라진 건 아닌지 모르겠다. 섬진대교를 건너면 경남 하동 땅이다. 그동안 건너온 다리에 비

보물섬 남해도 입성

해 평범하고 초라해서 대교란 이름이 무색하다. 계천 사거리에서 59번과 이별하고 19번과 77을 만나 남쪽으로 향한다. 노량대교를 건너는데 원 노량대교가 우릴 바라본다. 중학교 여름방학 때마다 남해읍에 사시는 고모님께 가던 시절이 떠오른다.

진주에서 출발한 털털이 버스는 이곳 하동 노량에서 남해 노량을 도선으로 건너 비포장도로를 꽁무니에 먼지를 달고 달렸지. 그뒤 처음 본 너의 모습에 넋을 노량 바다에 빠뜨리고 말았어. 사진으로 봤던 미국의 금문교보다 더 산뜻한 오렌지 컬러의 너는 앞집 여학생 종아리보다 훨씬 예쁜 다리였지. 비록 지금은 덩치 큰

옛 철도 터널

이놈 때문에 '쫄은' 모습이지만 형만 한 아우가 있겠어. 문득 장군의 서거일_{음력 11월 19일}에 1,545명이 대교에 올라 추모의 꽃이라도 바쳤으면 하는 생각이 든다.

대교를 지나니 용머리가 뚫고 나온 터널이 보인다. 입구에 '어서 오시라' 아니, '어서 오시다'라는 비석글이 반긴다. '오시다 가시다'는 보물섬 남해 사투리다. 남해 – 여수 간 해저터널 건설을 반기는 현수막이 펄럭인다. 뽈락의 망상이 현실로 바뀌고 있다. 그러나 설마 자동차 전용 해저터널은 아니겠지? 일본 본토와 규슈를 잇는 칸몬대교를 잔차는 건널 수 없지만, 뽈락과 바다미가 지나갈 수 있는 해저터널이 있더라.

내일은 비가 온단다. 하루를 머문다면 추억이 고양이처럼 웅크리고 있는 남해읍이고 싶다. 남해읍의 수산물 시장통에 있는 오복식당에서 서상 막걸리를 마신다. 오동도 – 서상항 점프에 실패한 위로주다. 오랜만에 들려오는 시끌벅적 모국어에 술잔은 이내 바닥을 보인다. 크으윽!

보물섬은 탈출했지만…

여행은 새 나라의 어린이를 양성한다. 일찌감치 저녁 8시경에 쓰러지니 새벽 4시쯤이면 자동 기상이다. 장거리 여행에 아랫입술이 피곤하다고 봉기한다. 그동안 그런 반란의 기억이 없는 걸 보니 태평성대를 구가했다는 생각이 든다. 어제의 발자취를 대충 정리하고 사진을 첨부하는데 와이파이가 계속 맴만 돈다. 이러다가 백만대군(?)의 조간이 석간이 될 판이다.

하늘은 흐리고 갈 길은 멀다. 개문발차가 답이다. 어르신들이 노란 깃발을 들고 학교 앞 횡단보도에서 노란 병아리들의 총총걸음을 도와주고 있다. 둥근 로터리를 돌아 나오니 77이 안개 속에서 반겨준다.

보물섬 일주가 시작된다. 비 소식에 우의를 체크하고 마음도 다진 터라 비교적 상쾌한 출발이다. 피할 수 없으면 즐겨라! 그것도 기왕이면 즐겁게! 멋지게! 오지게!

애써 시작한 경쾌한 출발은 이내 오르막이 초를 치고 하늘은 검은 장막을 두르고 있다. 국산판 드라큘라 시리즈인 〈전설의 고향〉은 궂은날의 소복 차림이 레퍼토리다. 맑은 날의 보물섬 탐험은 앙꼬 없는 찐빵이다. 파란 하늘이 사라진 바다의 파란색은 녹색 숲의 섬 그림자에 짙푸르다. 곡선의 하얀 해안선이 끝나면 오

상주해수욕장

렌지색 지붕의 집들이 겸손하게 엎드려 있다. 한 폭의 그림이다.
만약 77 버스의 부산 발-임진각 착 상행선 운임이 5만 원이라면,
바다를 볼 수 있는 하행선은 50만 원을 줘도 아깝지 않을 것이다.

  포구의 넓은 선착장에서 어부들이 그물을 손보고 있다. 그 옆
할머니는 손을 귀에 붙이고 서울 딸네와 통화 중이다. 핸드폰은
잘 터져야 살고, 그물은 잘 터지면 허탕이다. 하얀 바탕에 연분홍
이 첨가된 교회 앞에 바다미가 멈췄다. 소품처럼 서 있는 할머니
께 "교회가 참 이쁩니다" 했더니 "우리는 안 이쁘오?" 반문하신

다. "죄송합니다. 제가 사팔뜨기라 미처 미인들을 못 알아봤어요."
연분홍 취향의 목사님은 어떤 분일까?

상주가 가까운 금산 자락 고개가 잔뜩 힘을 주고 있다. 아이는
울고, 전화벨은 울리고, 냄비는 넘치는 머피의 법칙이 작동할까
두렵다. 고개는 가파르고, 비는 내리고, 펑크가 나는 예감을 무사
히 넘겼다. 내리막 왼쪽 보리암 입구에 부처님이 부르신다. 고개
만 꾸벅하고 브레이크가 고장 난 듯 내달린다. "이놈! 10여 년 전
에 왔던 니를 내 알고 있건만 그리 내뺀단 말이냐. 그 험한 향일암
은 가면서 여기는 왜 안 들르고 가냐. 건축주가 같은 원효대사요,
기도빨도 엇비슷한데, 이건 순전히 지역 차별이요 부처 차별이
여!" 부처님, 용서하소서! 합장하다가 핸들을 놓치니 대자대비 부
처님께서 바람 보살을 급히 파견하여 윈드 브레이크로 보살펴주
신다. 감사합니다, 부처님!

상주해수욕장 입구 대중식당의 김치찌개는 꿀 바른 돼지비계
가 들어 있다. 찌개 따로, 밥 따로 양반식으로 먹다가 추가한 밥은
말아서 먹고 남은 밥은 나머지 반찬으로 비벼서 먹었다. 폭풍 흡
입에 감탄한 주인장이 부추무침을 뚝딱 만들어 온다. "여기서는
소풀이라 카지예." "하모예, 우리 고향 진주에서도 소풀이라 캅니
더." 소풀 귀인의 잔잔한 미소가 다음 고개를 거뜬히 오르게 한다.

이곳 남해 보물섬은 멸치족의 본거지다. 동해의 오징어족, 목
포의 세발낙지족, 여수의 돌문어족이 촉수로 세상을 움켜쥘 때도
굴하지 않는 족속이 멸치족이다. 신체는 비록 비쩍 마르고 왜소하

죽방 멸치 어장

지만 흐물흐물족에 비해 뼈대 있는 집안이다. 굶어 죽는 한이 있어도 인간에게 사육당하는 걸 거부한다. 체포되는 즉시 목숨을 초개와 같이 던진다. 뜨거운 물에서 고문을 당해도 굴하지 않고 고고한 은백색으로 변하여 세상 국물맛의 원천이 된다. 스스로 부패하기를 수치로 알고 소금과 친구 맺기를 하여 젓갈로 변신한 후 배추에 숨어들어 '밥도둑'이란 애칭도 얻고 '칼슘의 여왕'이란 로열 네임도 획득했다.

애석한 점은 이런 위대한 멸치족을 알현하려면 두 명 이상이어야 한다는 것이다. 혼자 왔다가 낙담한 이가 천만이라 하니 부디 멸치족장께서는 살피시길 바란다. 홀로 왔던 과객은 입맛만 다시고 갑니다. 쯥.

창선을 향해 가던 77이 미조항 근처에서 신발 끈을 매고 있는 3번 국도를 만났다. 목포에서 출발하는 1번 국도와 더불어 한반도를 종단하여 서울을 거쳐 평북 초산까지 이어지는 3번 국도의 시작점이 여기다. 3년 전 바다미와 함께 일본을 탈출할 때 도쿄에서 오사카까지는 국도 1호로, 오사카에서 시모노세키까지는 국도 2호를 이용했다. 따라서 부산에서 3번 국도를 찾지 못해 헤맨 적이 있다. 오늘에야 헝클어진 실마리의 실 끝을 잡은 것이다. 이렇게

77은 뜻밖의 선물도 준다.

창선을 지나 늑도대교에 들어서면 이번 섬 여행은 끝이 나는 셈이다. 자연스럽게 위치한 섬들을 연결하느라 다리들은 멀리서 보면 뒤엉켜 있는 것처럼 보인다. 얼마 전 지나온 백리섬섬길에 비하면 앙증맞은 미니어처를 보는 기분이다. 옆 하늘에는 성냥갑만 한 케이블카가 왔다 갔다 한다.

이 연륙교는 삼천포의 이미지를 크게 바꾸어놓았다. '잘 나가다 삼천포'는 잘 안 가는 이도 다 아는 재수 옴 붙는

삼천포-남해 간 연륙교

얘기였다. 이제는 삼천포로 와서 남해로, 여수로, 세계로 쭉쭉 뻗어나간다.

다리를 건너 3번은 왼쪽의 진주로 향하고, 77은 오른쪽 고성 해안을 향한다. 계속 참고 있는 비에게 미안해서 오후 3시에 마감한다. 시외터미널 근처 모텔 주인은 센스쟁이다. 바다미와 합방하라고 1층 넓은 방으로 안내한다. 바다미가 잠든 사이에 진주 어머님께 다녀오려고 준비한다. 근데 요양원 면회가 까다롭다. 하루 전 신청에 코로나 검사까지 받아야 한단다. 보리암 부처님처럼 먼 발치에서 "어머니! 어무이!" 부르고 만다.

추적추적 비에는 홀짝홀짝 포장마차가 제격이다. 오늘의 메뉴

중 장어 내장조림과 소맥을 주문한다. 여주인이 "태진이?" 한다. 조만간 지공거사地空居士, 지하철을 무임승차하는 경로층의 반열에 오를 뽈락의 본명을 대놓고 부를 사람이 지구상에 몇 없는데… 초딩 동기인가? 서울의 테슬라테라+참이슬를 아랫녘에서는 테진테라+진로이라고 한다. 형광등 뽈락, 착각 덩어리 뽈락이다.

암튼 태진아, 수고했다. 건배! 비야, 밤새 내려라! 그리고 아침이면 멈추어다오! 바람도 함께!

(오늘 주행거리 67km)

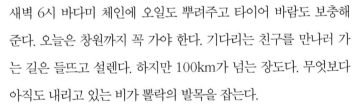

보고 있어도 보고 싶은 바다!

새벽 6시 바다미 체인에 오일도 뿌려주고 타이어 바람도 보충해 준다. 오늘은 창원까지 꼭 가야 한다. 기다리는 친구를 만나러 가는 길은 들뜨고 설렌다. 하지만 100km가 넘는 장도다. 무엇보다 아직도 내리고 있는 비가 뽈락의 발목을 잡는다.

내내 기상 정보만 검색하다 12시에 비가 물러간다는 다음보다는 9시부터 갠다는 네이버를 믿기로 하고 정각 9시에 출발한다. 밤새 비를 맞은 77은 촉촉이 젖어 있지만 비는 비켜섰다.

남일대해수욕장으로 가는 화살표가 보인다. 코끼리 바위는 옛날 그대로인지 궁금하다. 지금은 폐선되고 철로마저 사라졌지만, 그 당시 진삼선 열차의 객실은 미어터져 사람으로 지붕을 덮을 때도 있었다. 여름이면 남일대로, 가을이면 개천예술제가 열리는 남강으로!

화력발전소 입구를 지나면 고성군 하이면이다. 서서히 77은 가팔라진다. 비는 오지 않지만 습한 기운은 거미줄처럼 온몸을 휘감는다. 하일면으로 가는 오르막은 뽈락에게 쌓인 게 많은지 초반부터 어퍼컷이다. 어젯밤 '여름이'가 심어놓은 빨치산 모기와의 전투 때문에 몸은 천근만근이다.

군대 모포 3장을 뚫는다는 전설의 바닷가 깜장 모기는 베트콩처럼 작으면서도 날쌔고 맹렬하다. 결국 피를 나눈 원수 같은 동족이 되고 말았다. 바다미의 타이어는 3M 접착제를 붙였는지 땅에 달라붙고, 뒤에서는 처녀귀신이 잡아당긴다. 헬멧과 저지는 땀 폭포 속이고, 들숨과 날숨은 허파에서 전쟁 중, 입에는 단내가 폴폴 난다.

역시 네이버는 맞고 다음은 틀렸다. 가끔 검은 구름이 인상을 쓰긴 했지만 행동에 옮기진 않았다. 달리면서 선거운동원처럼 "안녕하세요"를 외친다. 무표정이 살아나서 화답을 한다. 속도를 낮추고 눈을 맞추며 미소를 보낼 수 있는 이동 수단은 잔차밖에 없다. 비록 짧은 말 한 토막이지만 복을 담아 보내드린다. 어떤 어르신은 "고맙다"고 한다. 얼마나 외로웠으면… 설마 3일 만에 처음

창원만의 일몰

듣는 인사는 아니겠지. 순간이지만 그분들의 밝은 리액션에서 뽈락은 에너지를 추출한다. 쪽쪽!

　잘 나가던 77이 오른쪽으로 방향을 튼다. 통영 도산 쪽으로 가면 길이 없다. 자기가 무슨 바다의 용이라도 되는지 결국 또 잠수하고 만다. 지방도 1009번을 달려 당동 삼거리 길목에서 통영 바다에서 올라오는 77을 기다리기로 한다. 근데 1009번은 기대와는 달리 4차선으로 곱게 단장하고 있다. 안심공단 덕분이다. 덕분에 안심하고 달렸다.

　한국의 아름다운 길은 77이 진면목이다. 서해안, 남해안의 바다 옆을 지나다가 아예 바다에 풍덩한 적도 있는 77은 또 바다가 보고 싶어 바다로 간다. 보고 있어도 보고 싶은 그대다. 해안선을 따라 굽이치는 길은 용이 하늘을 나는 모습이다. 산허리를 타다가 골짜기 포구에 윙크를 날리고는 야트막한 산허리를 감싸고 돈다. 포구의 앞마당까지 놀러 온 바다는 강아지처럼 얌전히 앉아 거울을 만들어 섬들을 데칼코마니 한다.

길의 높낮이는 적당해서 바다미는 생글생글, 가을 바다의 수려한 풍광에 뽈락은 으흥으흥! 가끔 분위기 깨는 조선소의 굉음도 들리지만, 거대한 구조물도 좋게 봐주면 그것도 하나의 풍경이다. 그들 또한 잭 스패로의 해적선을 만드는 불법 업체가 아닌, 조선 강국을 이끄는 산업 역군들 아닌가. 어느새 내륙 깊숙이 숨어 있는 당항만을 건너는 동진교에 다다랐다. 고성군에서 창원시로 들어가는 길목이다. "어디냐? 데리러 갈까?" 때론 친구가 애인보다 간절하고 살갑다. 길은 오롯하고 그림자는 앞장서서 우리를 이끈다.

진동 사거리에서 77은 자동차전용도로로 변신한 후 마창대교를 건너 진해로 직행이다. 그래, 내일 봐! 2번 국도를 따라 낯익은 옛 국도에 오른다. 새동전 터널을 지나 맹종죽이 울창한 밤밭고개를 넘어서 경남대가 있는 신마산에 도착한다. 퇴근 시간이 복잡한 시내지만 평지이고 훤한 길이다. 마산 앞바다에는 추억의 돝섬이 둥실 떠 있다.

해안도로를 가다가 마산 자유수출단지를 가로지른다. 급한 마음에 신호 무시, 보행자 무시한 채 달린다. 이러다가 무시무시한 일이 생길 수 있다고 바다미가 점잖게 한마디 한다. 알았어. 잠시 멈추고 창원만의 노을을 가슴에 담는다.

오후 6시 40분, 114km를 달려 드디어 창원 봉곡동 선재네 잔차 가게에 도착했다. 젊은 날 만난 코렉스 동지들이 모여 횟집으로 직행한다. 봄 도다리, 가을 전어다. 삼천포 앞바다 전어는 예쁜 모습으로 치장하고 우리의 30년 우정에 힘을 보태고 있다. 친구야, 우리가 남이가!

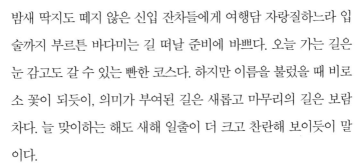

17일차
77은 동해를 꿈꾼다

밤새 딱지도 떼지 않은 신입 잔차들에게 여행담 자랑질하느라 입술까지 부르튼 바다미는 길 떠날 준비에 바쁘다. 오늘 가는 길은 눈 감고도 갈 수 있는 빤한 코스다. 하지만 이름을 불렀을 때 비로소 꽃이 되듯이, 의미가 부여된 길은 새롭고 마무리의 길은 보람차다. 늘 맞이하는 해도 새해 일출이 더 크고 찬란해 보이듯이 말이다.

정병산 자락에 자리 잡은 경남도청의 하얀 건물이 아침 햇살에 빛난다. 뽈락의 그 시절처럼. 성주사역에서 오른쪽으로 접어들면 안민고개 입구다. MTB 초보 때 진해 쪽에서 이 고개를 올라오고 있었지. 힘들어 내릴까 하는데 밀리는 차량 행렬의 박수와 응원 소리에 낑낑대며 올랐었지. 가슴이 터져 '축 사망'하는 줄 알았지. 당신의 '좋아요'가 뽈락의 명줄을 끊어놓아요~.

안민터널

버스가 지나가면 택시가 선다. 고개를 패스하고 안민터널로 접어든다. 보행·잔차 도로를 품고 있는 터널은 이름처럼 편안하게 우리를 모신다. 터널 끝 진해의 환한 모습이 보이자, 국도 25번은 이슬처럼 사라진다. 멋진 세일러복 해군들이 활보하는 군항 진해다. 롯데마트 사거리에서 2번 국도와 함께 오는 77을 만난다. 길가에 늘어선 벚나무들은 내년 군항제에 선보일 벚꽃을 탐스럽게 만들기 위해 파란 손으로 연신 햇볕을 낚아채 광합성하느라 여념이 없다.

천자봉 공원묘원에 들른다. 오랜만에 들른 장인어른의 묘소가 가물가물하다. 드넓은 녹색 바다에 떠 있는 비석 부표는 석재 공장에서 찍어낸 규격 동일, 색상 일률이라 그야말로 난감 천만이다. 기억 속의 동백나무도 없어져 까마귀처럼 헤매고 있다.

"장인어른, 한잔하시지요. 좋아하시는 대선 소주입니다."

'응, 자네도 한잔혀. 보아하니 우리 딸 숙이보다 두꺼비 슬이를 더 좋아하더만.'

"그럴 리가요. 저는 술 마시는 게 창피해서 술을 마실 뿐입니다요."

'허허, 간만에 웃어보네.'

부산 입성, 낙동강 하구둑

웅천 고개가 길게 이어진다. 머리는 콕 처박고 페달을 꾹꾹 누른다. 장인어른의 길게 뻗은 손이 바람 되어 무정 사위를 밀어올리고 있다. 감사합니다!

곡창지대 김해는 공단으로 변한 지 오래다. 또 그 공단을 출입하는 차들을 위해 논밭을 아스팔트로 덮어버렸다. 이제 그들이 주인이다. 철모르는 뽈락은 그저 평평하고 넓어서 좋다고 내달릴 뿐이다.

낙동강의 마지막 눈물 같은 을숙도에 들렀다. 잔차족들의 성지이자 자전거 국토종주의 출발점이다. 이곳에서 아라뱃길 정서진으로 가는 길이 이른바 '자전거 국도 1호'라고 불린다. 그리고 보니 이번 77 여행 첫날 정서진을 찍었으니 16일 만에 그 종점에 온 것이다. 끝을 보러 가는 마지막 날에 또 다른 끝을 대하고 있다.

아니, 누군가에겐 새로운 시작이겠지.

낙동강 하구둑 다리를 건넌 77은 계속 직진이다. 괴정 사거리, 대티터널을 빠져나와 비린내 나는 자갈치시장을 지나면서 마지막 숨을 몰아쉰다. 남포동역 근처 중구 구덕로 8-1 건물 앞 도로에 77의 시작점이 있다. 교과서에는 1,300km로 나와 있지만 뽈락과 바다미의 호기심 여행길은 더 길어졌다. 서해안 길 951km, 남해안 길 613km, 도합 1,564km를 17일간 쉬지 않고 달렸다. 인생이 마지막인 죽음을 보려고 살아오는 게 아니듯이, 이번 여행도 77의 끝을 보려고 달려온 것은 분명 아니다. 그저 이정표이고 나침반으로 삼아왔을 뿐인데도 표지판이 너무 초라해서 실망에 화도 섞인다.

복병산 꼭대기에 있는 중구청에 기를 쓰고 올랐다. 살인적인 부산의 산복도로다. "남해 미조에는 3번 국도 표지석이 이렇게 있다." 사진까지 보여주는데도 공무원은 시큰둥이다. 없는 스펙도 만들어내는 판에 숨겨진 재능을 깔아뭉개고 있다. 77번과 7번이 만나는 곳은 천하 명당이다. 이 얼마나 멋진 스토리텔링인가.

우물 안 개구리 되지 말라
높은 곳에 구청을 세웠더니
그대는 멀리 볼 줄 모르네.
꿈을 잃은 소년小年은 노년老年이고,
안목 없는 사무관은 고문관이다.

열정 군단의 대원들(부산 동래 'MTB랜드')

오호통재라.

이제부터는 동해로 나아가는 7번 국도의 시작이다. 용두산공
원과 영도다리가 보이는 옛 시청 자리, 즉 롯데백화점 앞이 7번의
시점이다. 일단 이번 여행을 마무리하고 서울로 가기 위해 노포동
으로 이동한다. 부산 도로는 좁고 운전자는 와일드하기로 유명하
다. 서면로터리에 들어간 왕초보 운전자는 3일째 뻥뻥 돌고 있다.

포장이라고 해놓은 길은 파이고 해지고 덧씌운 누더기 길이다. 고글을 벗고 눈을 크게 뜬다. 정신 차리게 해준 행준 시장님이 고마울 따름이다. 참새가 방앗간을 들를 때 뽈락은 잔차 대리점에 들른다. 동래 'MTB랜드'의 진흥 사장과 사모는 언제 봐도 서글서글하다. 달도 차면 기울고 용광로도 시간이 가면 식기 마련인데, 두 분의 청춘은 시들 줄 모르고 잔차 열정은 식을 줄 모른다. 얼굴만 보고 간다는 게 2시간을 넘기고, 지친 나그네 앞에 장어가 분신자살하여 기력을 보충해주며, 노란 잔에 들어앉은 부산 생탁은 건배를 기다린다.

3년 전 힘들었던 범어사 고갯길은 세월에 깎였는가? 우정에 기죽었나? 그냥 스르륵 올라선다. 고개 들어 살펴보니 국도 7번이 웃고 있다. 동해를 가보고 싶다던 77의 소망을 등에 지고 달린다. 노포동 버스터미널 안방까지 주행이다.

이제는 잘 시간이다. 바다미는 아래 침대에, 뽈락은 안락의자에서 편안히 자리를 잡는다. 심야버스에 탄 인원도 딱 7명, 럭키 세븐이다. 인생 자체가 락희_{樂喜} 하다. Oh, happy day!

P.S. 여행기를 다듬던 10월 어느 날, 어머님께서 운명하셨다. 차일피일이 임종도 못 지킨 불효가 되고 말았다. 무기징역감이다. 목련 꽃잎에 여행기를 싸서 어머님 영전에 바친다. 어무이, 극락왕생하소서!

"자전거는 단순한 이동 수단이 아니다.
그것은 나만의 속도로 세상을 바라보는 방법이자,
삶의 깊이를 더해주는 동반자이다."

수명을 다한 자전거 부품을 가만히 들여다보며 궁리에 궁리를 거듭하다 보면,
그 속에 숨은 보석 같은 재생의 길이 서서히 드러난다. 림을 자르면 옷걸이가
되고, 포크 블레이드를 가공하면 화장지 걸이가 된다. 디스크 로터는 상패의
도안으로, 28T 코그에서는 병따개의 가능성을 발견한다. 변속기 풀리는 자연
스레 피자 커터가 되고, 분해한 체인은 쓸모가 무궁무진하다. 볼락의 즐거운
상상과 거침없는 실행은 이곳 산골 잔차 공방에서 지금도 현재진행형이다.

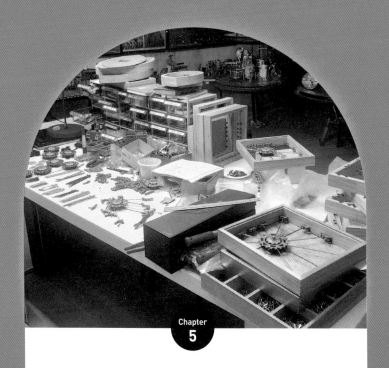

덕후의 상상은
현실이 된다

뽈락의 행복한 산골 잔차방 이야기

죽은 잔차 되살리기 중

사이클을 '리사이클'하다

부품과 목재를 이용한 뽈락표 '자전거 시계' 제작기

운명이 된 두 바퀴

돌이켜보면 어릴 적부터 혼자서 이것저것 만들기를 좋아해서 다양한 재료를 모으는 데 심취했다. 초등학교 시절, 시골 통학길은 비포장이었고, 학교는 꽤 멀었지만 걸어서 다녀야 했다. 그때 심심찮게 눈에 띈 것은 덜컹거리며 지나

일본 유학 시절 만든 '꿈꾸는 다락방'의 작품들

가던 고물차에서 떨어진 각종 쇠붙이들이었다.

심지어 움푹 팬 길 웅덩이에는 기다란 판스프링 조각도 있었다. 어디에 쓰였던 물건인지는 몰라도 언젠가는 쓸모가 있을 것 같아 주워와서 깨끗이 씻어 모았다. 그러다 보니 졸업할 때쯤엔 양쪽 6단 책상 서랍이 자잘한 보물들로 가득 차서 제대로 닫히지 않을 정도였다.

한때 낚시에 심취했을 때는 릴 낚싯대 6자루를 한꺼번에 펼칠 수 있는 받침대를 만드느라 밤잠을 설치기도 했다. 도면이랍시고 지렁이 발자국처럼 어지럽게 그려놓은 그림을 참고하여 자투리

각목을 구해 작업에 들어갔다. 몇 번의 시행착오 끝에 나비 너트를 사용한 최초의 조립식 받침대를 완성했는데, 그때 특허(?)를 내지 못한 것이 지금도 후회스럽다. 놓친 고기가 크고, 남의 햄버거가 더 맛있어 보이는 건가.

생계를 위해 우연히 들어간 자전거 공장. 그리고 인기 있는 자전거를 만들기 위해 고육지책으로 타기 시작했던 자전거가 이제는 내 피와 영혼이 되어 온몸에 퍼졌고, 결국 나의 아바타가 되었다. 365일 매일 자전거만을 생각하고, 하루라도 타지 않으면 엉덩이에 가시가 돋는 기분이다.

안장에 오르면 엄마 뱃속처럼 편안해지고, 생각들이 제자리를 찾으면서 새로운 아이디어가 떠오르기도 한다. 안장 위에서 상대성 이론을 착안하고 마릴린 먼로를 생각했다는 아인슈타인처럼 과학과 사랑을 넘나들지는 못해도, 나에게 자전거는 움직이는 연구실인 셈이다.

하지만 아직도 갈 길은 멀고 할 일은 많다. 존경하는 자전거 여행가 차백성 님에 따르면 "진정한 전문가의 반열에 오르려면 적어도 하루 8시간씩 최소 10년 이상 몰두해야 하고, 관련 서적도 두 권 이상 내야 한다"고 한다. 몸소 체득한 여행 고수의 '1만 시간의 법칙'인 셈이다. 그렇다면 이 뽈락은? 세월 커트라인은 넘겼지만 이제야 책 한 권을 간신히 냈으니 전문가 반열에 오르려면 아직 갈 길이 남았다.

지독한 불치병, 자전거 컬렉션

뽈락에게는 남들이 모르는 불치병이 있다. 바로 어릴 적부터 앓아온 '컬렉션'이라는 고질병이다. 자전거에 심취하면서 취미가 '자전거 타기'라는 사람을 만나면 돌아가신 아버지가 살아 돌아온 것처럼 반갑고, '자전거'라는 글귀가 들어간 책은 무조건 사서 탐독한다. 〈자전거 생활〉 잡지는 창간호부터 현재까지 열혈 구독하며 필자들과 자전거에 대한 열정을 공유해왔다.

일본 유학 시절에는 자전거 박물관, 문화센터는 물론이고, 경륜장에서 가끔 열리는 자전거 프리마켓에도 꼭 가서 자전거 미니어처, 우표, 배지 등을 사느라 지갑이 홀쭉해졌지만 영혼은 더욱 풍요로워졌다. 예전 회사 생활에서도 타이베이 자전거 쇼나 미국의 인터바이크 쇼 등에 출장 가서는 자전거 소품을 구하느라 매의 눈으로 구석구석을 살폈던 기억이 새롭다.

바람 부는 어느 날, 동부시장을 거닐다가 자전거 그림이 그려진 T셔츠를 입은 여인에게 말을 걸었다가 작업 거는 것으로 오해를 사기도 했다. 황학동 벼룩시장에도 두 달에 한 번씩 출장 가서 자전거 소품이 있나 살피다가 아예 그곳에 정보원을 심어놓았다. 하여튼 자전거의 '자' 자만 들어가면 보이는 족족 주머니에 넣었다. "오빠, 인사동 왔는데 자전거 소품이 있네. 사갈까?" 주변 지인들도 나의 불치병에 서서히 동참하고 있다. 우연히 들른 식당에 걸려 있는 자전거 액자가 탐이 나서 음식이 코로 들어가는 줄도

자전거 소품으로 가득한 필자의 남양주 사무실(왼쪽). 자전거 액세서리(오른쪽).

몰랐다나 뭐라나. 에고!

고물 자전거의 변신, 뽈락표 '자전거 시계'의 탄생

서당개 3년이면 풍월을 읊는다 했던가. 제법 오랜 세월 이것 저것 모으다 보니 나름 요령도 생겨 드디어 부지런한 손이 납시기로 했다. 이른바 '메이드 바이 뽈락'의 자전거 시계이다. 슬로건은 거창하게도 '사이클을 리사이클하다'. 자전거도 원형이고 리사이클도 순환 원리이니 환경을 위한 '줄이고 다시 쓰고 재활용하는 Reduce, Reuse, Recycle' 3R의 철학을 담고 있다.

많이 타서 닳아버린 추억의 자전거도, 얼마 달리지 못하고 버림받은 녹슨 자전거도 누군가의 손길을 기다리는 유기견 같은 신세 아닐까. 이런 자전거의 부품을 재조합해 시계를 심장으로 장착해주면 찰칵찰칵 제2의 인생이 돌아오지 않을까 싶다. 요즘 정크 아트도 유행한다던데…. 일본 유학을 떠나기 전 몇 개를 만들어 세상에 단 하나뿐이라며 '뻥'을 치며 돌리기도 했다. 너무 허접해서 그분들이 내 뒤통수를 '뻥' 칠까봐 헬멧을 꼭 쓰고 다니긴 했지만!

일본 유학 시절 두 평 반 남짓한 작은 방은 과거를 반성하고 성찰하게 하는 '서대문 형무소'였다가, 어둠이 내리면 아이디어가 반짝이는 '꿈꾸는 다락방'으로 변신했다. 방학 때 초롱초롱한 자전거를 타고 해안길을 달리면, 한 구비 돌 때마다 새로운 풍경에 설레며 새로운 인생이 펼쳐지는 듯했다.

계획은 수정되기 위해 만들어지고, 인생은 뜻밖의 일들로 채워진다고 했던가. 처음에는 자전거만 배우고자 일본 유학을 왔지만, 그 인연으로 계획에 없던 후지산에 오르고, 일본 열도를 종주하고, 자전거 시계를 만들게 된 것도 새로운 인연이자 운명의 개척이다.

자전거 시계 프로젝트, 내친김에 출품까지

도쿄 사이클 디자인 전문학교[TCD]에서 정말 열심히 공부했지만, 히딩크처럼 언제나 배가 고팠다. 그 영혼의 허기를 달래기 위

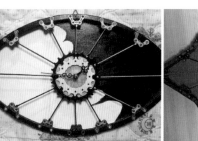

왼쪽부터 눈을 형상화한 작품 '시선을 느끼며', 다이아몬드 형태에서 따온 '영원', 림까지 활용한 '세상의 중심', 스프라켓과 체인을 이용해 만든 '병따개'

해 허덕대던 중 '자전거 시계 프로젝트'를 시작했다. 작심삼일로 끝내지 않기 위해 가을에 열리는 학교 축제에 출품하는 것으로 목표를 정했다. 체인, 스프라켓의 코그, 뒷변속기 풀리를 조합하고 주변의 나무 박스를 모아서 '기본형 자전거 시계'를 제작했다. 이름하여 '달리고 싶다'이다.

이 자전거 부품들은 그동안 몹쓸(?) 주인을 만나 담벼락에서 비만 맞고 서서 '질주 본능'을 억누르느라 얼마나 힘들었을까. 표준형 박스가 없다 보니 그때그때 사이즈가 바뀐다. 나만의 액자를 만들기 위해 목재 마트에서 각재와 합판, 톱까지 장만했다. 흥부네 톱도 아닌데 밤새도록 쓱싹쓱싹이다. 기숙사 옆방에서 밤새 들리는 톱질 소리에 섬뜩했다는 후일담도 들려왔다.

어느 날 우연히 7단 체인으로 니플을 고정할 수 있다는 것을 발견했다. 뽈락에게는 획기적인 사건이었다. 자전거의 대표적 상징인 바퀴를 표현할 수 있을 것 같았다. 중앙 부위가 될 코그의 테두리에 스포크가 들어갈 수 있는 12 시간의 홀을 뚫고 학교에서도 틈날 때마다 만지작거렸다. 학교 선생님도 무엇을 만드는지 궁금해했다. 이렇게 만든 것이 사각형의 '일출'과 눈 모양의 '시선을 느끼며'이다. '영원'은 이름 그대로 다이아몬드 형태다. "다이아몬드는 영원히!"

내친김에 10mm 파이프 두 개를 둥글게 말아 용접해 만든 것이 이름도 거창한 '세상의 중심'이다. 여성용 자전거를 모티브로 한 작품도 있는데, 스프라켓과 체인을 사용한

도쿄 사이클 디자인 학교(TCD) 축제 때 일부러 팔지 않으려고 높은 가격표를 붙여놓은 야바위꾼(?)

여성의 매니큐어 보관함이 데이트 시간을 알려주는 역할을 한다.

고물 자전거의 새로운 변신에 축제 참가자들은 신기해하고 재미있어했다. 학교 홍보팀에서도 카메라를 들과 와서 인터뷰를 요청했다. 고가 마케팅을 빙자해 가격을 높게 붙여놓았더니 "야베히!" 하면서 슬쩍 사라진다. 뽈락이 어쩌다 야바위꾼으로… 오호통재라!

작품의 고급화를 위하여

일본 라멘과 돈가스의 공통점은, 둘 다 태어난 곳이 일본이 아닌데도 원조보다 더 진짜 원조로 착각하게 한다는 점이다. 이른바 베끼기에서 시작해 원조를 뛰어넘는 청출어람의 대표적인 사례다. 일본은 어떤 아이템이든 40년 내에 자기 것으로 만들어버린다. 그만큼 열심과 진심이다.

1960년대 시마노는 이탈리아 캄파뇰로의 부품을 분해해서 분석하고, 심지어 재료를 분쇄해 대학에 성분 분석을 의뢰하여 신제품을 개발했다. 또한 '선투어'로 유명한 마에다 공업의 가와이 준조 사장은 유럽의 유명 자전거 부품을 구매해 협력회사에 나누어 주고 연구를 독려했다고 한다. 일본인들에게 배울 점은 보잘것없는 것도 시간과 정성을 투자해 명품으로 만든다는 것이다.

그래서 뽈락도 TCD의 프레임 빌딩과 조립 수업에 임할 때 한 번 더 생각하고 다듬으며 세련되고 완벽하게 하려고 노력했다. 귀국해 자전거 시계를 제작할 때도 이 습관을 적용해 특히 테두리, 즉 액자 부분을 고급화하고 싶었다. 그러려면 목공 전문가를 만나야 했다. 괜찮은 곳을 찾아 이곳저곳을 두리번거렸다. 지성이면 감천인가, 박지성인가? 어느 날 바다미와 함께 중랑천을 거슬러올라 의정부를 관통해 별내 신도시로 가는 길가에서 수줍게 작은 목공소 간판이 손짓하고 있었다. '어서 와. 기다렸잖유~'

목공소 등록, 귀인은 이곳에도

7월부터 3개월 초보자 코스에 등록했다. 목공소 이름은 '목담'이었다. 나무 이야기란 뜻인가? 나무가 태어나고 자란 대지의 언어로 말을 걸어오는 듯하다. 한자 쉴 휴休에서 보듯, 인간은 살아서는 나무 밑에서 쉬다가 생명이 다하면 죽은 나무에 들어가 영원한 휴식을 취한다. 이처럼 '아낌없이 주는 나무'는 부모님과 동기동창이라고 확신한다. 최소한 '신神의 사촌'이리라.

단층인 공방은 남향에 3면이 유리창으로 되어 있어 햇볕은 도둑고양이처럼 수시 출입이요, 불어오는 바람은 무소의 뿔처럼 당당하다. 일주일에 화·목 2시간씩 수업이 있었다. 자연을 품은 목공소의 입지와 마음씨 넉넉해 보이는 주인장 덕분에 숲속에 들어온 듯 푸근했다. 소반을 짜고 보석함을 만드는 3주차에 선생님과 말문이 트였다. 안 선생은 원래 어릴 적부터 음악에 빠져서 자연스럽게 음향기기 회사에 들어갔단다. 그러다 명품 스피커 상자가 허접한 MDF중질섬유판로 만들어진다는 사실에 경악해 직접 원목 상자를 만들기 위해 목공소를 드나들기 시작했다고 한다. 그러다 늦게 배운 도둑질, 아니 목공에 빠져 날밤을 새우는 마니아가 되었다고 한다.

이제 목공 시작 5년 차이지만, 목공소에는 전문 설비와 자작기계가 가득했다. 내 바다미의 출생 역사를 간략히 얘기했더니 TCD 경력과 손재주를 인정해주었다. 유유상종, 초록동색? 미친

필자의 작업실이 된 목공소(위). 보석함 시계를 완성하고 목공소 동료들과 함께(아래).

사람(!)끼리 만나니 척척 의기투합이다. 초급 과정이지만 기본 과정은 생략, 매일 와도 좋으니 원하는 것 만들면서 질문만 하란다. 웬만한 나무는 그냥 쓰라는 통 큰 배려까지. 역시 귀인은 전국 방방곡곡에서 진을 치고 있다. 태진을 위해!

뻘락, 자전거에 美치다

누군가를 위해 자르고 다듬는 행복한 시간

그동안 괄시당했던 자전거 부품들을 괄목상대 넘버원으로 완성하기 위한 액자를 제대로 만들 수 있을 것 같아 바다미도 덩달아 기뻐한다. 우선 원목과 합판 재료를 선생님께 주문했다. 새 술은 새 부대에 담아야 제맛이 나듯이, 새 시계는 새 나무를 켜서 만들기로 했다.

만드는 이는 비록 헌(?) 사람이지만 마음만은 이태리타월로 빡빡 밀어 새롭게 새롭게 만들었다. 나무가 들어오는 날에는 목욕재계하고 시루떡에 막걸리로 '고시래'라도 해야 하나? 시야를 넓히니 툭 건드리면 이야기가 튀어나올 것 같은 메이플, 고급스런 초콜릿 컬러의 월넛, 불그스름한 색깔로 여성들에게 인기 있는 체리목 등 다양한 나무들의 속살도 궁금해진다.

자투리 목재로 짬짬이 철물함, 자전거 우표 액자, 금숙이 보물함을 만들다 보니 벌써 나무 켜는 톱 소리가 정답게 들리고 톱밥 내음도 달콤하다. 한 달도 안 돼 나무의 세계에 홀딱 빠져들었다.^꼴 락이 이렇게 헤픈 남자였어?

옆에서 명품 개집을 만들고 있는 중급반 선배가 스케치북의 도면을 보고는 말을 건다. "선생님, 그 시계 팔려고 만드시는 거예요?^{여기서도 호칭이 부담스러운 '선생님'이다. 농땡이 치지 말라는 사전 포석인가?} 이제까지 본 적이 없는 디자인이라 인기가 있을 것 같은데요."

"우선 그동안 신세 진 '귀인'들에게 선물하려고 만드는 거랍니다. 그래서 디자인하고 부품 하나하나 다듬는 게 즐거워요. 받는 분의 환한 모습이 그려지거든요. 바다미와 뽈락에게는 오래전부터 품어온 작은 꿈이 있어요. 아담한 공간에 '벨로라마VeloRama', 즉 자전거 풍경을 담는 겁니다. 그동안 나름 모아온 세계 각국의 다양한 자전거 친구들을 세상에 데뷔시키는 거죠. 친구는 많을수록 좋듯이 더 데려오고 싶어요. 자전거 시계를 만들어 귀인들의 자전거 애장품과 물물교환했으면 하는 것이죠. 멋지고 아름다운 친구를 맞이하려면 본인도 곱게 차려입어야겠지요."

때맞춰 창밖 너머 바다미가 윙크를 한다. 뽈락 네 머릿속에 뭐가 굴러다니는지 안다는 신호다. 그래, 나 지금 영화 〈쇼생크 탈출〉의 마지막 장면을 떠올리고 있다, 왜? 드디어 가석방된 레드모건 프리먼 분가 구두를 목에 걸치고 해변을 걸어오고, 주인공 앤디팀 로빈슨 분는 친구와 함께할 목선을 즐겁게 손질하고 있는 장면이지. 4반세기가 흘렀건만 어제처럼 또렷하고 가슴 안에서는 목선이 통통거리며 뛰고 있지. 지금 누군가를 위해 나무를 다듬고 있는 이 시간이야말로 가슴 설레는 행복의 무아지경이리라! 스르륵 스르륵~

'달리고 싶다'와 '日出' 완성기

무섭기도 하고 반갑기도 한 장마의 먹구름이 부지런히 장대비를 뿌려대는데도 연일 체온과 비슷한 37~38도로 푹푹 삶아대고 있다. 아스팔트는 이미 삼겹살 불판처럼 뜨거운데, 몸을 짓누르는 뽈락이 오늘은 더 무거워졌다고 바다미가 투덜댄다. 40년째 상계동 보람아파트 앞에서 자전거 대리점을 하고 있는 문 사장네 가게에 들렀다가 구석에서 바퀴벌레 은신처가 되어주던 일반 차 7단 스프라켓과 체인, 뒷변속기를 챙겼더니 불룩해진 배낭으로 만유인력의 법칙을 사정없이 실감한다.

내친김에 20여km를 달려 남양주에 있는 김 사장 공장에 가서 배낭을 열었다. 교회의 십자가를 만드는 공장이면서 뽈락이 언제나 이용할 수 있는 철물 작업장이다. 바이스에 스프라켓을 고정하고 코그를 한 장씩 분리한다. 커팅기로 자르고 연마기로 고르게 다듬는다. 스포크를 알맞게 잘라 나사산을 낸다. 체인도 필요한 만큼 자른다. 다음은 페인팅을 한다. 200여 가지의 크고 작은 부품으로 만들어지는 자전거에 비하면 손바닥 뒤집듯 간단한 공정이지만 뽈락에게는 힘들고 손이 많이 가는 작업이다. 하지만 몸은 고되도 마음만은 즐겁다.

주문한 나무 재료가 도착했다. 스프러스라 불리는 가문비나무 합성목과 바닥재로 쓸 5T 무늬목이다. 본격적으로 자전거 시계의 액자를 만드는 것이다. 형식이 내용을 지배한다고 하니 자못 기대에 부푼 심장이 가만히 있질 못한다. 먼저 4×8의 원판을 테이블 쏘로 400mm 폭으로 자르고 다시 도면에 맞게 토막을 낸다. 그러고는 테두리를 처리해주는 로우트란 기계로 뒷면과 앞면을 깎아

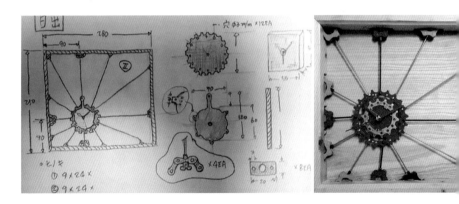

'日出' 설계도와 완성품

낸다. 다시 토막의 양쪽 끝을 45도 각도로 잘라 영귀맞춤 다각형이 되게 접합을 시도한다.

시간을 절약하기 위해 각목 재료와 풀, 고정구 등을 챙겨 집으로 향한다. 주방은 순식간에 작업장으로 변하고 넓은 식탁은 훌륭한 작업대가 된다. 목공 풀을 골고루 바르고 세팅, 전용 클램프로 1차 조인 후 삼각자로 90도 체크가 되면 단단히 조이고 2시간이 지나서 풀면 완벽한 직사각형이 완성된다. 여기서 끝이 아니다. 다시 목공방에 가져가서 체인 등 철물이 들어갈 홈을 판다. 그리곤 사포 작업이다. 귀찮다고 대충 했다가는 칠한 후에 분명 후회하는 걸 아니까 지겨워도 손을 쉴 수가 없다. 마지막 투명 바니시를 듬뿍 칠하고 5분 뒤 마른 헝겊으로 깨끗이 닦아주면 드디어 황금색 나뭇결이 빛을 발한다.

드디어 두 종류의 자전거 시계를 완성했다. 기본형인 '달리고

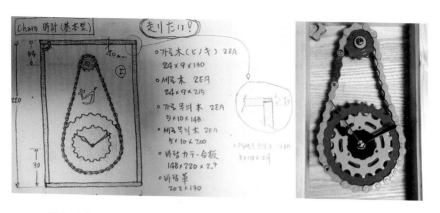

'달리고 싶다' 설계도와 완성품

싶다'와 자전거 바퀴, 즉 은륜에 햇살이 비치는 '日出^{일출}', 이렇게 두 작품이다. 도면을 그리고, 나무를 다듬고, 자전거 부품을 매만지며 상상했던 그것이 기적처럼 지금 내 앞에 서 있다. 반갑다, 기쁘다, 고맙다!

다음에 만들 다이아몬드의 '영원', 초콜릿 컬러의 애시로 제작할 '시선을 느끼며'와 새로운 디자인의 '내 마음의 보석상자'가 멀리서 바인딩 신발 소리처럼 딸칵딸칵하면서 다가오고 있다. 이 모든 것이 자전거가 주는 기쁨이자 행복이 아닐까.

닉네임 '볼락'과 불도장 탄생기

화룡점정! 계약서에 마지막으로 도장을 '꽝' 찍어
야 효력이 발생하듯이 볼락에게도 그런 도장, 즉
'불도장'이 생겼다. 아들 초등학교 어머니회에서
의 인연이 부부 모임으로 이어진 은비네 부부가
이 불도장을 선물해주었다.

은비네 부부는 비좁은 5평 남짓의 공장 겸 사무실에서 함께 가죽 라벨
과 금형 작업을 한다. 책상 위 황동 뭉치에는 거꾸로 새겨진 글자들이 가
득하다. 어릴 때 학교 철봉에 거꾸로 매달려 바라본 세상처럼, 이 부부도
세상을 거꾸로 봐야 하는 걸까? 실제로는 누구보다 '바르게' 열심히 사는
잉꼬부부이다.

얼굴과 이름이 나의 것인 게 분
명한 것처럼 닉네임 또한 마찬가
지다. 통영 앞바다 매물도에서 건
져올린 '볼락'이란 별명이 나는 좋
다. 이번 기회에 볼락의 의미를 나
름 재해석해본다. '보면 볼수록(그
래서 쌍비읍 '볼') 즐거움을 주는(樂)

불도장을 만들어준 '거꾸로 귀인' 부부와

사람, 볼樂'. 별명 값을 제대로 하
려면, 상대가 나를 보면 볼수록 즐거울 수 있게 처신해야겠고, 나 또한 세
상을 즐겁게 대해야겠지. 닉네임처럼 그렇게 산다면 내 삶은 앞으로도 여
유와 웃음이 그득하겠지. 그러니 앞으로도 닉값 제대로 하고 살자!

이런 다짐을 내 가슴에 불도장으로 새겨준 은비네는 '거꾸로 귀인'이다.
파랑새가 먼 곳이 아닌 집 안에 있듯이 귀인은 등잔불 밑에 있더라. 고마
우이!

이 또한 즐겁지 아니한가!

나눔의 즐거움, 뽈락 4락

'뽈락 4락'의 완성

예전 낚시에 심취했을 때는 강으로 바다로 다니며 태공망의 짜릿한 손맛으로 더위를 물리쳤다. 덕분에 '뽈락'이란 위대한(?) 별명도 얻게 되었다. 저마다 지긋지긋한 무더위를 보내는 묘책이 있겠지만, 자전거 마니아들은 '피서'가 아닌 '극서'라 할 만한, 그야말로 이글거리는 태양의 용광로에 풍덩 빠져 즐기는 '이열치열'의 전사들일 것이다. 서민들의 계절나기가 겨울보다는 여름이 나은 것처럼, 여름의 자전거 여행은 자유와 낭만을 보장한

자전거 카페 '거리' 오픈식에서 시계를 선물했다. 가운데가 한국산악자전거협회 노기탁 이사, 오른쪽은 협회 강대성 전무.

다. 물론 피를 나누어야 하는 모기로부터 자유로울 순 없지만….

팔딱거리는 심장을 움켜쥐고 자전거 안장에 올라 즐기는 '일상탈출,' '자유만끽'의 여름 자전거 방랑 대신 이번엔 또 다른 '해방구'에서 뜨겁게 땀을 흘리며 희열과 보람을 느낀다. 자전거 시계를 만든다고 바다미와 함께 목공소, 철공소, 청계천, 을지로 등

을 누비는 매일매일이 마치 산티아고 길을 걷는 순례자의 숙명처럼 느껴진다. 새로운 기술을 배우는 목공방을 향할 때는 기대에 부풀어 갔다가 보람을 한 아름 안고 돌아오니, 공자의 인생 즐거움 중 하나인 '학이시습지 불역열호아^{學而時習之, 不亦說乎?}', 즉 '배우고 때로 익히면 이 또한 즐겁지 아니한가'를 실감한다.

자전거 안장 위에서 상상하고 생각한 것을 내 손으로 직접 만들어낸다는 것은 기적이자 축복이다. 냄새나고 보잘것없는 말똥구리에겐 말똥이 가장 소중하듯, 보잘것없는 자전거 부품들이 뽈락에겐 소중한 사업 아이템처럼 느껴진다. 이처럼 배우고, 가끔 멀리 있는 친구를 만나 회포도 풀고, 남들이 알아주지 않아도 지금 하는 일에 만족하니 공자의 3락[※]을 마음껏 즐기고 있는 셈이다. 여기에다 보람과 정성으로 만든 작품(?)을 소중한 이에게 선물할 때의 즐거움까지 더하니, 바로 '뽈락 4락'을 완성한 것이다. 브라보, 낙락^{※※}한 인생!

잔차 단체의 상패라면 이 정도는 돼야지!

고양자전거학교는 역시 대한민국 최고의 자전거 단체 중 하나다. 연말 갈무리 행사의 백미인 시상식에 쓸 상패에서 잔차 내음이 흠뻑 느껴진다. 공로상, 감사패 등의 일반적인 이름에서 벗어나 국토체험 활동 최다

참가상, 정성 어린 댓글상, 신입 병아리 활동상 등 재치 있는 이름이 돋보인다.

시상식 상패는 뽈락이 만든 수제 잔차 시계 '日出'!

자전거 단체의 행사에 자전거 부속품으로 만든 잔차 시계 상패라니, 만든 사람도, 주는 사람도, 받는 사람도 모두 의미가 남달랐을 터. 상패의 잔차 바퀴살이 떠오르는 태양을 잡고 있는 듯하다. 모두에게 뜻깊은 선물이 되기를….

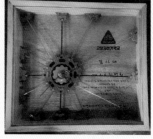

자전거 시계 '시즌 2'의 첫 선물은 누구에게로

평생을 '민중의 지팡이'로 봉직하고 울산지방경찰청장으로 퇴임한 후에는 자전거로 전국의 산하를 누비는 조용연 님은 〈자전거 생활〉의 객원기자이자 필자의 대학 선배이다. 7학년 교실을 향해 가면서도 자전거로 만난 우리의 강 이야기와 대중가요에 얽힌 전설을 구수하게 들려주는가 하면, 글솜씨를 인정받아 이번에 〈여주신문〉의 주필이 되었다. 축하의 의미로 자전거 시계를 선물했는

조용연 님께 시계를 선물하다.

데, 자전거 시계 '시즌 2'의 첫 작품이라 더욱 뿌듯하고 기분이 상쾌하다.

그 옛날 중국의 문인이자 정치가인 동파 소식(蘇軾)이 떠오른다. 항주의 현감으로 부임하여 홍수 피해를 막기 위해 방조제를 쌓고 서민들의 먹거리인 동파육을 만들었다지 않은가. 여주는 비록 작은 지방이지만, 현명하고 덕이 넘치는 조 선배님 덕분에 장차 '여의주'처럼 귀하게 빛나는 명소로 거듭나리라 확신한다.

자전거 카페 의자 '철변' 제작기

한국산악자전거협회의 노기탁 시설이사가 자전거 카페를 오픈했다. MTB 종목 중 가장 와일드한 다운힐 선수 출신으로, 자신의 경험을 바탕으로 이제는 직접 대회 코스를 설계하고 시공한다. 코스에 펜스 등의 시설물을 설치하다 보니 자전거 거치대 등을 만드는 공업사를 운영하고 있다. 그래서 카페 이름도 '거리'이다. 스트리트 street가 아니라 행거 hanger, 또는 후크 hook이다. 무식한 뽈락은 이곳 이름을 7121로 읽었다. 생업에 바빠 자전거 탈 시간이 없는 그의 마음을 나름 헤아려 축하 선물로 자전거 시계 '달리고 싶다'

변신 중인 자전거 카페 의자 '철변'(왼쪽)과 완성품(오른쪽)

를 주었다.

처음으로 선보이는 자전거 프레임과 포크로 만든 카페 의자는 화성에 있는 노 이사의 공장에서 탄생했다. '철티비'라 불리는 저가 생활 자전거의 프레임과 포크를 이용해 자전거 카페에 어울리는 의자를 제작한 것이다. 변기에 앉아서 보는 만화가 압권이듯이 안장 위에서 명상을 즐기는 자전거 마니아를 위한 특별 맞춤의자이다. 이름은 '철변(철티비의 변신)'으로 지었다.

철로 된 프레임은 구하기도 쉽고 커팅, 용접, 다듬기, 도장 작업도 용이하다. 무거운 게 흠이지만, 카페 바닥에 안정적으로 자리 잡고 있는 의자로서는 오히려 묵직해서 든든하다. 앞삼각의 다운튜브에 헤드튜브를 연결하고 포크를 끼워 뒷부분을 지탱한다. 그동안 앞만 보고 달린 헤드튜브와 포크를 후미에 배치한 역발상이다.

체인스테이를 구부린 모습은 사슴 다리처럼 우아하다. 심심풀이로 페달을 달고 나니 차르르~ 하는 라쳇 소리가 그리워져 프리휠을 달아 체인을 연결할까 고민 중이다. 물통 케이지도 부착하고 예쁜 스티커도 붙이고 싶다. 그래서 '철변'은 계속 변신 중이다. 예쁜 딸에게 백마 탄 왕자님이 생기길 기대하듯이, 자전거 의자를 만들고 나니 어울리는 탁자를 구상하느라 머리가 한올 한올 빠져 바람에 흩날린다.

자전거 시계탑에 도전하다

이번 자전거 시계는 사각형이 아닌 반원과 다이아몬드형이라 형태를 만들기가 까다롭다. 공방 선생님의 조언으로 새로운 기법인 CNC 전문 커팅업체에 의뢰하기로 했다. 하지만 그 전에 CAD로 2D 도면을 그려야 한다는 말에 컴맹인 뽈락은 눈앞이 캄캄했다.

하드보드지에 실물을 그리고 오려서 가방에 넣고 인천공항행 전철을 타 청라역에 내리니 최병용 전무가 마중을 나왔다. 코렉스 시절부터 뽈락 도우미로 활약해온 '원조 귀인'이다. 코렉스 입사 선배인 최 전무는 자전거 개발 전문 엔지니어로, 지금도 현역이다. 일요일이라 조용한 사무실에서 마치 독립군 작전하듯 도면이 그려졌다. 그 도면을 바탕으로 의왕에 있는 '태현우드'에서 고

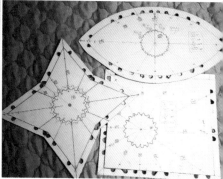

CNC 공장(왼쪽), 하드보드 금형(오른쪽)

무나무 한 판을 오려 박스에 담았다.

CNC 가공으로 깔끔하게 잘랐다고 끝이 아니다. 진짜 시작은 이제부터다. 목공방에서 체인이 들어갈 지름 10mm의 홈 24개를 파내고, 로우터로 안쪽 면치를 한다. 입체감을 살리기 위해 나무 판 2장에 목공풀을 칠하고 클램프로 고정한다. 그러고 나서 사포 질, 다시 형태를 맞추어 고정, 사포질, 바니시 칠까지 하면 액자틀 완성이다.

이제 길이에 맞게 커팅하여 나사산을 낸 스포크를 중심부의 코그에 끼운다. 바깥쪽 체인과 니플로 결합시켜 탱탱하게 텐션을 조절한다. 눈 모양의 '시선'은 체인, 스포크, 코그를 실버톤으로 통일하고 바탕을 어둡게 처리하여 반짝이는 눈동자를 강조한다. 날 카로운 표창 같은 다이아몬드형의 '영원'은 다양한 컬러로 시인성을 높이고, 중앙에는 핑크색으로 화려함을 더한다.

자전거 시계 '영원'(왼쪽)과 '자전거 안전 기원 시계탑'(오른쪽)

　목공방 구석에 있는 자투리 나무판을 이용해 자투리 시간에 만든 것이 '자전거 안전 기원 시계탑'이다. 정삼각 기둥에 구멍을 파서 시계를 심고, 풀리에 체인을 둘러 시곗바늘의 배경으로 삼았다. 세 모서리에는 원형 기둥을 세우고, 받침대는 원형 아카시아 나무판, 외기둥 역시 원기둥으로 하여 그 위에 본체를 올렸다. 지붕은 삼각뿔 모양으로 하고 첨탑은 원형 체인으로 마감했다. 체인 플레이트에 금색 도장을 하여 본체와 지붕의 장식물로 사용했다. 3면에서 째깍거리는 소리가 마치 영혼을 살피는 기도 소리처럼 들린다. 하여 '자전거 안전 기원탑'이라 부를까? 아미타불… 할렐루야!

"신은 인간의 힘든 인생길에서
수고와 기쁨을 함께 나눌 수 있는 도구로
자전거를 만들었다."

- 기살로의 마돈나 성당(Madona del Ghisallo)

김훈 작가와 유인촌 장관에게 자전거 시계를 선물하다

김훈 작가를 위해 만든 작품. 바닥을 체인 링크로 꼼꼼히 채웠다.

한땀 한땀 정성으로 완성한 나의 자전거 시계를 맨 처음 선물할 사람으로 김훈 작가를 정했다. 〈남한산성〉, 〈칼의 노래〉로 역사적 순간을 직접 겪은 듯 생생한 묘사로 재현해낸 김훈 작가는, 마치 우리 몰래 5,000cc 타임머신을 타고 시공간을 자유롭게 넘나드는 사람처럼 느껴졌다.

또한 〈자전거 여행〉을 통해 알게 된 그의 여행 철학과 시선은 뽈락에게 진정한 여행의 본질을 깨닫게 해주었고, 자전거를 통한 소소하고도 느릿한 풍경의 탐구를 더욱 깊이 사랑하게 만들었다. 이름난 명소를 찾아다니는 게 아니라 평범한 풍경을 다른 각도에서 새롭게 바라볼 줄 아는 사람이 진정한 여행가라는 통찰도 그의 책을 통해 배웠다.

자연을 제대로 느끼려면 자전거 속도가 '딱'이다. 그래서 자신의 자전거 '풍륜'과 함께하는 김훈 작가를 좋아한다. 그런데 뽈락은 그분을 자~알 알지만 그분은 뽈락을 전~혀 모른다. 그래서 이렇게 감사와 존경을 담아 '공개구혼' 아닌 '공개선물'을 한 것이다(들리시죠, 작가님?^^).

영원한 배우 유인촌 문화체육관광부 장관 부부에게 자전거 시계 '영원 1호'를 선물했 다.

두 번째 선물 대상은 유인촌 장관이다. 22년간 방영된 인기 드라마 〈전원일기〉에서 김 회장(최불암 분)의 둘째 아들로 출연해 우리에게 친숙한 국민배우로, MB 정부 때는 문화체육관광부 장관으로 4대강 자전거길 조성에 기여한 유 장관님은 그 자신 평소 자전거를 즐기는 라이더이다. 현 정부에서 다시금 문화체육관광부 장관으로 임명된 지금도 매년 여름 '음지의 청소년'들과 함께 자전거를 타고 부산에서 서울까지 캠핑 라이딩을 하며 그들의 아픔을 치유하는 일에 동참하고 있다.

7학년임에도 사이클을 타는 뒷모습은 영락없는 3학년 5반이다. 자전거를 통해 더 나은 세상을 꿈꾸는 사람들에게 큰 영감을 주고 있는 유 장관님의 자전거 사랑을 볼락과 바다미는 존경하고 흠모한다. 그래서 다이아몬드형 자전거 시계 '영원 1호'를 선물했다. 당신은 우리의 영원한 '스타'니까.

배보다 배꼽이 더 큰 시클로(베트남 현지에서 10만 원에 구매, 운송비 100만 원). 흰색 천막지를 사서
뽈락의 비늘과 낙관까지 그려 넣은 덮개를 만들어 씌우니 근사한 뽈락표 시클로가 되었다.

"모든 자전거의 가치는
그것을 만드는 사람과
타는 사람이
어떻게 대하는지에
달려 있다."

-클라우스 바그너
(독일 100년 전통의 자전거포 장인)

인생은 숨은그림찾기
폐부품에서 숨은 보석을 캐내는 즐거운 고통

부품마다 '보이는' 창작 아이템

7080 시절 풋풋했던 뽈락은 학사 다방에서 친구들과 모여 성냥개비 쌓기 놀이로 시간을 보내고 있었다. 그 시절 최초의 성인잡지 〈SUNDAY 서울〉'산데이'라고 읽어야 제맛이다.의 뒤페이지에 실린 숨은그림찾기는 매번 불꽃 튀는 대결을 유발했다. 빨리 찾아내는 순발력, 뚫어지게 보는 집중력, 그리고 얼토당토않은 상상력을 총동원해야만 짜장면 내기의 우승자가 될 수 있었다.

우리 인생도 숨은 그림을 찾아 떠나는 여행이 아닐까. 소질을 계발하고, 평생의 짝을 찾고, 직업을 선택하는 등, 행복을 찾기 위

스프라켓 해체 작업(왼쪽)과 프레임 해체 작업(오른쪽).

해 모두 눈을 부릅뜨고 동분서주하며 살아간다. 뽈락도 '정신일도 하사불성'의 마음으로 오늘도 머리를 싸매고 자전거 부품 속 숨은 보석을 캐내고 있다. '바다미'를 사랑하기에 그 속까지 구석구석 알고 싶고, 이를 분석하고 재해석하는 것이 뽈락의 숙명이 아닐까.

〈자전거 생활〉에 글을 쓰며 시작한 '사이클을 리사이클하기 위한 작업'은 즐거운 고문이기도 하다. 칭기즈칸이 말에 오르면 천하가 보이듯이, 뽈락은 안장에 오르면 자전거의 모든 것이 보인다.

둥근 바퀴를 보며 가장 먼저 떠오른 것은 단순한 '옷걸이'다. 자전거 전시회에 가보면, 휠 세트 제조업체에서 림을 4분의 1 정도 잘라 만든 홍보용 옷걸이를 선보이기도 한다. 앞포크를 보면 왠지 화장실에 가고 싶어진다. 두루마리 화장지의 폭이 110mm인 것을 감안하면, 사이클이나 일반 리지드 포크는 좁아서 무리다. 하지만 서스펜션 포크 블레이드의 외곽 폭은 130mm여서 자르고 가공하면 개성 있는 화장지 걸이가 될 것이다.

이번엔 포크 끝자락을 휘감고 있는 디스크 로터와 허브를 연결하면 물레방아형 화장지 걸이로도 변신이 가능하다. 벽에 부착하는 꺾쇠 역할은 변속기 풀리 브라켓이 맡는다. 정교한 접합이 필요해서 오남리를 찾았다. 이곳에는 스테인리스 보온통 공장에서 40여 년간 티그[TIG] 용접만 해온 동갑내기 이 반장이 있다. 스텐

디스크 로터 두 개를 연결해 만든 화장지 걸이(왼쪽 위). 상패로 활용한 디스크 로터(오른쪽 위). 병따개 스케치 도면. 28T 코그에서 힌트를 얻었다(왼쪽 아래). 남양주 오남리에는 40여 년간 티그 용접만 해온 이가 있다. 동갑내기 이 반장의 정교한 작업 모습(오른쪽 아래).

판을 말은 상태에서 그 틈을 이어주는 게 그의 임무다. 일반적인 0.8mm 두께 스텐 판도 찰랑찰랑한데, 종이짝처럼 얇은 0.4mm 까지 척척 이어나간다.

만난 김에 조그만 작업 도구도 만들었다. 이 반장은 덩치는 산만 한데 솜씨는 결코 만만치 않은 진짜 실력자다. 세상은 넓고, 고수는 많고, 귀인은 널렸다. 당신을 '감장 귀인'으로 임명합니다~ 또 다른 디자인으로 축과 오른쪽 손잡이는 나무를 사용하면 예쁜 모양을 낼 수 있다.

디스크 로터를 만지작거리다 보니, 몇 해 전 이 로터로 대회의 상패를 만들기 위해 을지로3가 데코 거리를 헤맸던 기억이 떠올랐다. 이렇게 디스크 로터는 평소에는 질주 본능의 컨트롤러로서 전력을 쏟다가, 수명을 다해서는 우승자의 트로피로 우뚝 서기도 하고, 주인의 원초적인 카타르시스의 현장을 함께하는 영광(?)을 누리기도 한다.

우아한 병따개

자전거의 중심인 바텀 브라켓[™]을 보고 있으면 이탈리아의 전 직 사이클 선수 툴리오 캄파놀로의 유명한 빅 코르크 스크류가 떠 오른다. 이 오프너는 바로 자전거 BB에서 기어 크랭크를 분리하 는 원리를 응용한 것이다. 이 특수 공구의 바깥 나사는 크랭크의 나사와 결합하여 고정한 후 안쪽의 볼트가 액셀[*]을 밀어줌으로써 크랭크가 탈락하는 방식이다. 캄파놀로는 퀵릴리즈를 개발하여 휠 트러블을 획기적으로 개선했고, 이 와인 오프너를 만들어서 친 구들과의 내기에서도 이기고, 한층 우아하게 와인을 따는 장면도 연출했다.

한국의 병따개는 과거 소주병의 톱니형 뚜껑과 관련이 깊다. 지금은 대부분 살짝 돌리면 따지는 방식이지만, 예전에는 완벽하 다는 21개의 톱니가 물고 있는 뚜껑이었다. TV에서 병따개 시합 까지 보여주기도 했다. 기본적인 스푼에서부터 라이터, 나무젓가 락에서 급기야 커다란 삽을 들고 나오기도 했다. 하지만 뭐니 뭐니 해도 최

왼쪽부터 BB 크랭크 분리 공구, 캄파놀로의 빅 코르크 스크류(왼쪽), 코그 병따개(가운데)와 포크 엔드를 이용한 병따개(오른쪽).

고수는 눈으로 병뚜껑을 따버린다지. 지금도 "뺑 뺑!" 맥주병 따는 소리에 3년 묵은 체증이 없어진다는 이들도 있지만, 뽈락은 그렇게 요란 떨지 않고 조용히 병을 따고 싶다. 7단 스프라켓의 맏형 28T 코그의 형상에서 오프너의 실루엣이 오버랩된다. 3등분으로 오려내서 체인으로 손잡이를 연결한 뒤 톱니 부분을 마감했다.

포크의 끝부분을 가공하여 손목 스냅이 용이한 포크 오프너도 만들었다. 해변의 비치 파라솔에서 즐기던 콜롬비아 맥주가 생각나면서 떠오른 발상이었다.

풀리표 피자 커터

변속기는 자전거에서 진주와 같은 존재다. 본셰이커 bone shaker, 고무 타이어가 없던 옛날 자전거는 뼈가 이탈할 정도의 오싹한 승차감으로 악명 높았지만, 이를 해결한 던롭의 공기튜브에 이어 변속기의 발명은 또 다른 혁신이었다. 만약 오디너리'^{'민물 자진거'}를 타고 세계일주를 했다면 시시포스의 고통을 실감했으리라.

다단 변속기가 세상의 오르막을 평탄하게 만들었듯 이 인생의 오르막을 대비한 내공 변속기가 있다면 얼마 나 좋을까. 뽈락의 자전거 여행에서 변속기는 언제나 힘 이 되어주었고, 쓰임을 다하고도 또 다른 즐거운 쓰임 새를 제공하는 '변속 귀인'이다. 변속기가 가이드 역할 을 해주고 텐션을 조절하는 모습에서 부부의 도리를 일 깨워주기도 한다. 이번에는 변속기의 풀리를 이용해 피 자 커터를 만들어보았다. 이 풀리는 뽈락의 작품에 자주 등장하는 약방의 감초 같은 존재다. 풀리를 지탱하는 브 라켓에 손잡이를 끼워 맞추니 풀리표 피자 커터가 만들

변속기 풀리를 활용한
피자 커터

어졌다. 마침 강화 플라스틱 소재가 많은 풀리에서 알루 미늄 풀리가 "저요 저요!" 하고 손을 번쩍 들며 날을 바짝 세웠다. 이번 주말에는 아들 부부와 딸을 초대해 피자 파티를 열어볼까?

체인 핀 하나하나에 장인의 정성을 담다

자, 이제 치즈 피자도 배불리 먹었으니 자전거 시계의 최종판 을 만들어볼까나. 제목은 '메시지'로 정한다. 애틋한 마음을 표현 하기 위해 펜으로 쓰면 '글'이고, 붓으로 그리면 '그림'이고, 가슴

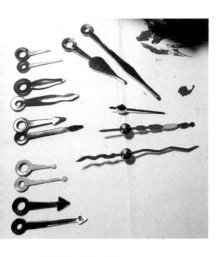
여러 가지 표정의 시곗바늘

에 담으면 '그리움'이라 했던가. 역시 마음을 전하려면 무엇보다 정성이 들어가야 한다.

바탕에 체인을 한 장 한 장 깔아본다. 자전거 한 대분의 체인 110링크는 인어의 비늘처럼 촘촘하다. 웅크리고 앉아 체인 커터로 핀을 하나씩 밀어내면 꽃잎이 흩어지듯 퍼져나간다.

기름때를 제거하려면 파츠 클리너나 경유로 씻어내는 화학적 방법도 있지만, 뽈락은 토치로 태우는 물리적 방법을 선호한다. 처음의 흑갈색은 열이 가해지면서 기름이 타고 발갛게 달아올랐다가 식으면서 스님의 승복처럼 연회색을 띤다. 마치 아무 컬러라도 다 받아들일 듯 달관한 모습이다. 먼저 채도를 높이기 위해 흰색을 칠해준 뒤 필요한 색을 입힌다. 바탕 체인은 거의 자전거 한 대분이 소요되고, 가장자리의 빈틈을 메우기 위해서는 쇠톱으로 체인을 토막 내야 한다. 이태리 장인이 한땀 한땀 매만진 명품에는 발끝도 못 미치지만, 정성을 쏟은 마음만큼은 장인 못지않다.

오른쪽에 위치할 시계는 20T 코그 위에 나무로 깎은 미니 체인 휠을 부착하여 '지금 당신을 향해 달려가는 중'을 강조한다. 시곗바늘도 오리고, 색도 입히고, 무당벌레처럼 점도 톡톡 썰어

넣었다. 뒤에 걸이가 있어 다른 장소에도 자유롭게 걸 수 있도록 했다.

이제 '메시지'의 심장이자 본심인 사각 송판이다. 손바닥만 한 작디작은 공간에 오만 가지 생각을 요술 램프의 지니처럼 줄여야 한다. 오크통에서 오랫동안 숙성된 포도주가 좋은 친구를 부르듯이, 사랑을 가슴통에 지난한 세월 동안 담았으니 이제 꺼낼 때가 된 것이다. 그것이 글이든, 그림이든, 아님 눈물 자국이든…. 그래도 미련이 남아 테두리에 동그라미를 한없이 그려본다. 그것이 체인의 스페이스 링인 것을 안다면 너는 나와의 추억을 쉽게 끊지는 못하리라.

철갑을 두른 자전거 보석함

체인의 활용은 무궁무진하다. 뽈락은 예전에 만들었던 자전거 보석함을 리뉴얼했다. 단순한 일자형 체인 나열에서 이번엔 체인을 겹쳐 원형이나 기역자, 엑스자 형태로도 표현해본다. 겹쳐야 하는 기역자는 볼록체인의 한쪽 면을 갈아서 포개면 높이가 같아지는 것으로 해결했다. 엑스자는 평체인 위에 볼록체인을 포개면 된다. 각을 죽인 모서리가 허전하여 홈을 파서 체인 스페이스 링을 박아보니 그럴듯하다. 이처럼 체인은 버릴 것 1도 없는 밍크고래 같다.

동그란 뚜껑 중앙에는 파란 풀리를 올리고, 중앙에는 구슬로 마무리했다. 남산 위의 저 소나무만 철갑을 두르란 법이 대한민국 헌법에는 없으니, 그녀의 보석함도 체인으로 만든 갑옷을 두르고 소중한 보석을 지킨다. 보무도 당당하게.

자전거 보석함

어렵구나, 너 원탁이여

3월 3일은 삼겹살데이, 그럼 자전거의 날은? 4월 22일이다. 아마 전국의 자전거 동호회 중에 가장 많은 이름은 '두 바퀴'일 것이다. 아들이 중학생 때 집에 놀러온 친구가 자전거 소품으로 가득한 거실을 보고는, "야, 네 아빠 자전거 정말 좋아하나보다"고 감탄했다. 그러자 아들은 "그래, 우리 아빤 바퀴만 보면 좋아서 어쩔 줄 몰라 하셔" 하고 맞장구를 쳤다. 심술궂은 친구 녀석이 "그럼 바퀴벌레도 좋아해?" 했다나. 그때 아차 했으면 별명이 '바퀴'로 굳어질 뻔했다.

지난번에 만든 '자전거 카페 의자'에 어울리는 테이블을 생각하고 또 생각하다가 단순하게 휠 세트를 이용한 원탁을 만들기로 했다. 원만한 인간관계가 쉽지 않듯이, 사각보다는 원형이 훨씬

36개의 퍼즐 맞추기 작업. 에휴, 힘들어~(왼쪽). 원탁 라운딩 커팅 작업(오른쪽)

힘들다는 것을 깨달았을 때는 이미 재료를 자르고 나서였다. 이미 엎지른 물을 망연히 바라보느니 쓰레받기라도 찾는 게 현명하겠지.

사이즈는 지름 999mm로 정하고, 700c 휠의 림 반경에 맞춰 나무판을 연결했다. 사용한 목재는 아카시아 집성목으로, 18T의 4×8 한 장을 구입했다. 짙은 갈색과 흰색이 교차하는 목재가 유니크한 분위기를 연출해주었다. 오크에 비해 가공도 쉽고 가격 또한 착하다. 림과 접촉하는 부위와 바깥쪽 마무리는 20mm 폭으로 라운딩해준다. 그 사이에 10도 간격으로 길쭉하게 자른 토막판 36개를 붙여주면 한층 더 분위기가 살겠지.

호기롭게 시도했지만 현실은 녹록지 않았다. 선을 그은 대로 곡면을 자르기가 이렇게 어려운 줄 몰랐다. 술 취한 곰처럼 뒤뚱

팔각기둥의 '헤쳐모여'. 8각 기둥 8개를 모아서 테이블 기둥으로 만들었다(왼쪽). 거미처럼 오똑한 삼발이. 포크 3개를 이용했다(오른쪽).

뒤뚱해서 벨트샌드로 갈고 다듬는 작업을 끝없이 반복했다. 림의 두께와 중후함을 주기 위해 18T 한 장을 겹치기로 한다.

원탁 테이블 최후의 화룡점정은…

원탁은 외기둥이 바이블이다. 먼저 바다미와 함께 고물상을 뒤져 불발탄처럼 생긴, 낡고 커다란 110mm 파이프를 거금 2,000원에 손에 넣었다. 나무 기둥은 역시 아카시아목으로 팔각으로 말아보기로 한다. 학창 시절 피타고라스의 정리가 이제야 정리된다. 45mm 폭의 널판을 22.5도로 각을 내서 풀칠해 밀착시키고 하루가 지나니 완벽한 110mm 팔각기둥으로 변신한다.

원탁 기둥의 받침대로 자전거 3대의 헤드 부분, 즉 수급을 쳐서 파이프에 용접하고 포크와 연결하니 튼튼한 삼각발이 완성됐다. 옛날에는 큰 다리를 건설하고자 먼저 말의 목을 쳐서 그 피를 강의 신에게 바쳤다 하지 않는가. 말로서는 할 말이 없는 풍습이다.

스포크 달린 림과 포크를 이용해서 만든 테이블. 자전거 카페 의자와 매칭했다.

그다음 왕관 형태로 모양을 낸 원통 파이프에 나무 팔각기둥을 삽입하여 볼팅한다. 자전거 밴드 브레이크의 드럼을 팔각기둥 윗부분에 고정한다. 휠 세트와 기둥의 접합은 드럼과 허브의 나사가 원래의 모습으로 꼭 껴안는다. 휠 사이즈에 맞게 5mm 두께의 유리판을 얹고 가운데 파진 구멍에 허브 너트와 디스크 로터를 조여주면 완벽한 고정이다.

휠이 완성되었는데 뭔가 허전하다. 고기 먹고 커피를 안 마신 듯한 찜찜함. 어둠에 한 줄기 빛이 비치노니… 그래, 조명이다. 분위기는 역시 '조명발'이 있어야 '화장발'도 먹히는 것 아닌가. 팔각기둥에 바람 구멍, 빛 구멍을 숭숭 뚫었다. 먼저 와서 기다리던 자전거 의자들도 제 짝을 찾아 편안히 자리를 잡는다.

"인생은 자전거를 타는 것과 같다.
균형을 잡으려면 계속 움직여야 한다."
–앨버트 아인슈타인

로버트 프로스트의
'가지 않은 길'

Chapter
6

자전거 덕후,
이 남자가 사는 법

뽈락의 365일 신나는 두 바퀴 인생

2024년 KBS 1TV 〈동네 한 바퀴〉에 출연한 모습

두 바퀴가 가져다준 인연

자전거 로열패밀리(!) 모임 '열두바퀴'에 특채되다

어쩌다 도랑을 치다 보면 가재도 잡고, 번쩍거리는 금반지를 줍는 횡재도 할 수 있다. 자전거 클럽 '열두바퀴'와의 만남은 일본 유학이 준 특별한 선물이다.

'열두바퀴'는 자전거에 깊은 열정을 품은 분들의 모임이다. 바퀴 12개, 즉 자전거 6대에 6명으로 이루어진 이 클럽은 그야말로 자전거계의 '로열패밀리'라 할 만하다. ^{뽈락이 로열패밀리에 합류함과 동시에 클럽 이름이 '열두바퀴'로 명명되었다.} 이 클럽의 간사는 지금은 동면 중인 잡지 월간 〈자전거 생활〉의 김병훈 대표가 맡고 있다. MB 정부 시절 '4대강 자전거길' 조성의 주역이었던 유인촌 장관, 세계 자전거 여행가 차백성 씨, 그리고 우리나라 강둑길마다 자전거 바퀴 자국을 새긴 조용연 전 경찰청장, 이순신 장군의 발자취와 6·25 전적지를 자전거로 엮고 있는 이홍희 전 해병대 사령관도 함께하고 있다. 이런 자전거 로열패밀리에 뽈락의 이름이 올라간다는 자체가 그야말로 가문의 영광이다. 아마 뽈락은 바닷속 물고기 중 유일무이한 전설로 남을 것이다^^

일본 유학 중 평소 친분이 있던 〈자전거 생활〉의 김병훈 대표에게 연락이 왔다. 일본 생활기나 여행기를 잡지에 연재해보지 않

'열두바퀴'의 멤버. 왼쪽부터 김병훈 전 〈자전거 생활〉 대표, 차백성 자전거 세계 여행가, 뽈락 김태진, 이홍희 전 해병대 사령관, 조용연 전 경찰청장, 유인촌 문화체육관광부 장관.

겠냐는 제안이었다. 마침 컴맹인 뽈락을 위해 아내 금숙이 블로그를 만들어주면서, 하고 싶은 얘기를 여기에 모아두라고 했던 참이었다. 방학을 맞아 시코쿠 섬을 한 바퀴 돌기로 하여, 도쿄 하루미 항을 출발한 여객선은 시코쿠의 도쿠시마 항까지 장장 8시간이나 걸렸다. 일본의 지중해인 세토나이 해는 파도가 잔잔해 지루함은 더 깊어졌다.

노느니 염불하는 심정으로 독수리 타법으로 블로그에 글을 쓰기 시작했다. 망망대해는 창밖에만 보이는 풍경이 아니었다. 글을 짜내야 하는 머릿속도 텅 빈 듯 '막막'대해다. 하루미 항을 찾느라 빗속을 그렇게 헤맸건만, 글로 표현하려니 벙어리처럼 말문이 막혀버린다. 어린아이 걸음마 하듯 비틀비틀 몇 줄 쓰다가 지우고, 다시 쓰고….

궁즉통! 말이 안 되든, 글이 안 되든 일단 그냥 나오는 대

로 써갈겨보자. 게다가 남들에게
보여줄 것도 아닌 내 일기장인데
누가 뭐라겠어. 점잖은 문어체보
다는 친구에게 얘기하듯 하는 구
어체로 바꾸니 훨씬 진도가 빠르
다. 4분의 4박자처럼 리듬도 그
런대로 살아 있는 느낌이다. 이건

오롯이 뽈락 혼자만의 생각이지만 말이다. 이게 뽈락의 아이덴티
티 아니겠는가.

그렇게 적어내려간 여행기를 잡지사에 보내니 담당자들이 대
략 난감이었을 터. 원고는 카톡이요, 사진은 핸드폰이라 정리하고
재편집하는 데 골머리를 앓아야 한다. 벤츠 몰다 경운기를 운전해
야 하는 불편함이라고 할까. 그걸 아는지 모르는지, 용감한 뽈락
은 새벽 4시에 일어나 사진 정리하고 원고를 작성한다. 검지손가
락으로 무전기에 모스 부호를 타닥타닥 치듯이 핸드폰 자판을 두
들긴다. 6시 반이 되어 전날의 일기를 완료하면 자전거 안장에
오른다. 페달을 밟으며 머릿속은 원고의 교정을 보느라 바쁘다.
10시경 식당에 들러 에너지를 보충하면서 원고를 마감한다. 어제
일은 그렇게 흘러간다. 지나간 것은 지나간 대로~^^

귀국 후 청계천의 한 식당으로 호출되었다. '열두바퀴'의 면접
이 시작된 것이다. 모두들 〈자전거 생활〉에 글도 기재하고 있었

고 편집위원 자격도 있으니 그동안 뽈락의 글을 익히 알고 있었다. 모두 뽈락의 늦깎이 일본 유학에 대해 궁금해했다. 특히 '뽈락체'라고 명명한 이 엉뚱하고 무례(?)한 글들에 대해 그들 사이에선 반감과 호기심이 교차하고 있었다. 세계 자전거 여행책을 4권이나 출간한 차백성 여행 고수가 장난스럽게 묻는다.

"나는 여행 가기 전 6개월 준비하고 다녀와서 다시 6개월에 걸쳐 글을 다듬어서 책을 내는데, 뽈락은 어떻게 하루 만에 쓴 글을 내밀 수 있냐? 무슨 자신감이냐?"

"맞습니다. 제 글은 글이라기보다는 밭에서 금방 뽑아올린 무입니다. 흙도 같이 흘러내리고 있는. 그냥 눈에 보이는 현실을 제 느낌대로 남겨놓으려고 합니다. 예를 들면, 한라산 높이가 궁금하면 네이버에서 1,950m라고 알려줍니다. 하지만 뽈락은 2,000m라고 합니다. 그날 올라가는 데 엄청 짜증나고 힘들었거든요. 뭐 이런 식입니다 ㅎㅎ"

모두들 어이상실! 하지만 건물을 짓는 데는 거칠고 못난 자갈도 필요한 법.

"그래, 재밌네."

"우리 '열두바퀴'에 들어와라!"

"들어와서 즐거움 많이 만들어봐!"

세렌디피티Serendipity! 뜻밖의 행운이 찾아온 순간이었다. 영원하라, 열두바퀴여!

할배가 자전거를 타면 손녀의 용돈이 생긴다
손녀 랑뚜를 위한 자전거 역 마일리지

외손녀가 태어났다. 조그만 녀석 하나가 불쑥 나오자마자 완전히 새로운 세상이 펼쳐졌다. 핸드폰 화면에 손주 사진을 올려놓은 친구 종육의 핏줄 사랑을 유난스럽다며 놀려왔는데 이제 뽈락이 놀림감이 될 판이다. 까르르 웃는 모습, 통통한 꼬막 손등, 축복과 기적의 연속이다. 가끔씩 집에 와서는 눈을 맞추고 안기는 모습이 이토록 사랑스러울 줄이야. 게다가 모두들 손녀가 할아비를 닮았다고 하니 영락없는 콩깍지 사랑이다.

사랑 표현은 역시 현금이 편리하고 약발도 빠르다. 하지만 이런 평범한 방식은 싫다. 손녀만을 위한 뭔가 특별한 방법이 없을까?

역시 해결책은 자전거에서 나온다. 직장 다니던 시절, 자전거 출퇴근 기록을 데스크 다이어리에 남겼다. 해당 날짜에다 출근하면 역삼각형, 퇴근하면 정삼각형을 사인펜으로 그려넣었다. 이렇게 출퇴근 한 날은 육각형 별, 즉 다윗의 별이 만들어진다. 이렇게

계산하면 한 달 동안 탄 자전거 누적 거리는 다윗의 별 개수 × 34km가 된다. 당시 면목동 집에서 남양주 회사까지의 거리는 편도 17km였다. 비교적 짧은 거리지만 망우리 고개는 그닥 호락호락하지 않았다. 시간이 좀 여유로운 퇴근길에는 왕숙천을 따라 한강 자전거길, 그리고 중랑천을 거슬러 오르면 30km가 넘는다. 땀 목욕을 하며 퇴근하던 때의 추억이 새록새록! 행복의 순간들이었다. 그땐 몰랐다!

그래, 바로 이거야! 할배가 자전거를 타면 용돈이 생기는 구조를 만들어보자.

자전거로 택배업을 하는 것도 아닌데 용돈이 생긴다고? 자선 모금을 위해 유명인이 걷거나 달리는 행사는 많다. 하지만 내가 달리는 만큼 돈이 생기는 것이 아니고 손녀에게 돈이 돌아가는 역 마일리지를 하려는 것이다. 뽈락식 역발상이다.

먼저 손녀 랑뚜의 인감도장을 파서 은행으로 향했다. 금융실명제가 할배와 손녀를 가로막는다. 통장은 할배, 인감은 손녀, 비번은 손녀의 생일로 하고 통장은 며느리에게 맡겼다. 정산과 입금은 매달 말일에 하기로 한다. 이제 꼼짝없이 강제 실행이다. 내 무덤을 내가 팠다. 자전거 타기를 게을리하면 '랑뚜 용돈이 아까워서'라는 비난을 받을 판이다.

안장에 오르면서 손녀의 재산(?)이 늘어난다고 생각하니 젊음이 되돌아오는 기분이다. 바다미도 내 마음을 아는지 신나게 달린다. 언젠가 이 비밀을 랑뚜가 알면 학교에서 얼마나 자랑을 할까. "난 우리 할아버지가 자전거를 탈 때마다 하늘에서 돈벼락을 맞아!" 이렇게 말이다^^

자전거 덕후의 끝판왕
뽈락의 자전거 미니어처 박물관

자전거 컬렉터의 오랜 꿈, '벨로라마'

초등학교 시절 신작로라곤 하지만 비포장도로를 따라 학교에 다녔다. 3km 정도의 비교적 먼 거리로 길바닥에는 떨어진 자동차 부품들이 간간이 눈에 띄었다. 그놈들을 책가방에 넣고 와서는 기름기를 깨끗이 씻어서 모아두었다. 어떤 용도인지, 어디에 쓸 건지는 생각지 않고 그저 신기하고 모으는 것이 재미있었다. 유독 엿장수와 친한 형을 피해 나만의 비밀장소에다 차가운 쇠붙이들

을 모아놓고 몰래 매만지는 시간은 흐뭇했다.

　뭔가를 모은다는 컬렉션 DNA는 이미 어릴 때부터 내 안에 자리 잡고 있었던 것이다. 사람마다 모으는 대상이 다르지만, 나에게는 자전거가 그 대상이었다. 인재를 모은 이건희 회장, 주식을 모은 워렌 버핏, 힘을 모은 이소룡, 그리고 여자를 모은 카사노바까지. 돈을 모으면 재벌이 되고, 신도를 모으면 목사가 되고, 마약을 모으면 감옥에 간다. 뽈락은 자전거를 모아서 무엇을 하려 하는가?

좋아하는 것과 잘하는 것은 분명 차이가 있다. 하지만 좋아하는 것을 하면 잘하는 시간이 당겨질 것이니, 그래서 취미가 직업인 사람이 행복하다고 하는가보다. 뽈락은 하고 있는 일을 취미로 둔갑시킨 억지꾼이다. 천하의 손맛, 낚싯대를 꺾고 자전거와 손을 잡았으니. 자전거를 좋아하자고 진심으로 비벼대니 신내림이라도 받은 듯이 자전거의 모든 것에 미치고 환장하게 된다. 자전거 라이딩은 기본이고 전문 서적, 여행기 등의 책자가 무협지처럼 신난다.

그러나 현실은 냉혹했다. 실물 자전거를 수집하기에 뽈락의 주머니는 빈약했고 보관할 장소도 여의치 않았다. 대신 '작은 것이 아름답다'는 미니어처의 세계로 눈을 돌렸다. 평소 아담 스타일을 좋아하는 취향과도 딱이다. 뭐 눈에는 뭐만 보인다고, 관심을 가지니 통한다.

황학동 벼룩시장에 한 달에 한 번씩 들르다 보니 단골 가게도 생겨 물건이 나오면 킵까지 해준다. 편리한 당근마켓은 가격도 착해서 좋다. 주변 사람들도 뽈락에게 물들어 여행 중에 자전거 관련 물건을 발견하면 사진을 찍어 보내며 필요 여부를 확인한다.

미국 인터바이크, 독일 유로바이크, 대만 타이베이 자전거 쇼, 중국 상해 자전거 쇼 등 유명 자전거 전시장에서는 그야말로 신이 나서 헤엄을 친다. 일본 도쿄 경륜장에서 봄, 가을 열리는 자전거 벼룩시장도 빼놓을 수 없는 핫 플레이스이다. 매년 2월 초 파리에서도 벼룩시장이 열린다는데… 영국, 프랑스, 이탈리아의 자전거

벼룩시장을 둘러보는 게 뽈락의 버킷리스트 중 하나가 되었다. 이뤄지지 않는 리스트는 그냥 종이 쪼가리일 뿐이다. 가즈아!

    이렇게 평생을 모은 자전거 수집품을 한자리에 담아 모든 공간에 자전거 풍경이 파노라마처럼 펼쳐지게 하는 게 뽈락의 오랜 꿈이었다. 이렇게 소망하던 나만의 자전거 전시 공간을 '벨로라마 VeloRama'라 명명했다. 세계 각국에서 모은 자전거 관련 물건들을 나만 감상한다면 낭비도 이런 낭비가 없다. 또한 자전거와 인류에 대한 예의도 아니다. 내 평생의 노력이 자전거를 사랑하는 사람들에게 의미 있게 활용될 수 있다면 그보다 더한 행복과 보람이 또 있을까. '벨로라마'는 이제 내 개인의 욕심을 넘어 세상에 자전거를 알려야 할 내 인생의 사명으로 자리 잡았다.

자전거 신도(?)의 첫 임무, 터를 찾아서

지금까지 30여 년 동안 자전거 안장에만 올라앉아 있었다. 그 길을 좀 정리한답시고 3년의 세월을 도쿄에서 '자전거도(自轉車道)'를 닦았다. 오로지 자전거만 생각해도 되는 행복한 시간이었다. 화두에 몰입한 스님처럼 자나 깨나, 앉으나 서나 자전거에 몰두하며 마침내 깨달은 결론은 '널리 알리자'였다. 이 좋은 자전거의 매력을 나만 간직한 채 죽으면 염라대왕께서 극대노하실 것 같다.

자전거길 국도 1호인 국토종주길 주변 양수리 근처에 터를 잡으려 했지만 그린벨트네, 조망권이 어떻네 해서 헛기침만 하고 돌아선 것이 여러 번. 결국 2023년 6월 남양주 수동으로 이사를 했다. 15년 전에 멀리뛰기 포석처럼 그냥 질렀는데 쓸모가 생겼다. 아니, 쓸모를 억지로 만든 셈이다. 자전거로 오기에는 멀고 험한 곳이다. 시어머니 피해서 복잡한 아파트로 자리 잡은 며느리 꼴이라고나 할까. 하지만 절밥이 꿀맛인 것은 절이 깔딱고개 너머 산중턱에 있기 때문 아니겠어. 길은 험해도 자전거 마니아라면 일부러라도 찾아올 것이고, 무관심한 사람도 한번 와보면 뭔가 느낄 수 있겠지. 순전히 '자기 뽕'이다.

이사를 하며 뽈락에게는 배 12척 대신 20여 평의 반지하 공간이 주어졌다. 그동안 아파트 베란다, 사무실 창고에서 햇볕은커녕

KBS 1TV 〈동네 한 바퀴〉에서 박물관 촬영 중인 모습(2024년 11월 16일 방영)

숨도 제대로 못 쉬고 있던 놈들을 안고 "이제부터 여기가 너희들 살 집이다" 하고 내려놓았다. 30여 년 동안 심 봉사 젖동냥하듯이 모아온 것도 힘께나 들었는데 막상 구슬을 꿰려고 하니 난감했다. 그래도 콘셉트가 '자전거'라 비교적 쉬울 것이고, 내 집에다 내 맘 대로 꾸민다는데 대통령인들 뭐라 하겠어. 심플하게 생각하니 답 이 보인다.

우선 천장은 블랙 페인트를 칠하고 자전거 바퀴를 매달았다. 장장 자전거 75대분 150개이다. 둥근 조명등과 물결 모양의 LED 등을 휘감아주니 그럴듯하다. 사방 벽은 합판으로 하여 혼자서 느 긋하게 못질할 수 있게 했다. 바닥은 텍스타일로 마감하고, 들어 오는 입구는 아치형으로, 출입문에는 자전거 부품을 매달았다. 안쪽 아크릴판과 천장 그리고 벽면에는 자전거 관련 스티커로 도배를 했다. 이것들 역시 전 세계의 자전거 쇼에서 주워온 전리품들이다. 세월이 한참 지났으니 사라진 회사도 여럿일 것이다.

내부에 들어와서 오른쪽으로 돌면 자전거의 대략적인 역사와 최초의 자전거 미니어처가 시작된다. 자전거 변천사 전시 다음에는 장르별로 이어진다. 사이클, 여자용 자전거, 어린이용 자전거, 자전거 액세서리, 그리고 자전거 분해도, MTB, 미니벨로, 2인용 등 특수 자전거 순으로 전시했다.

특히 출입구 중앙에는 자전거 신전을 차렸다. 그동안 뽈락의 곳간을 채워준 자전거를 어찌 잊을 수 있고 소홀히 대접할 수 있겠는가. 하여, 자전거 신을 모시기로 한 것이다. 안장과 핸들로 된 아이콘과 헤드마크 영정, 저지로 된 부적, 신전을 감싸고 있는 타이어, 단청으로 체인을 한땀 한땀 그려넣었고, 마무리 장식은 세계의 유명 브랜드 저지가 자리했다. 양쪽 기단에는 크랭크에 받쳐진 프리휠 촛대가 불을 밝히고 있다. 세상의 모든 자전거 애호가들을 대신하여 모신 나만의 경건한 헌사라고 할까. 이를 두고 어떤 이는 미쳤다고 한다. 그 어떤 이가 바로 집사람이다. 하지만 이렇게 사랑하는데 미칠 수 있는 것 아닌가. 믿기지 않으면 직접 와서 확인해봐도 좋다. 언제든 환영^^

낡은 액자의 기나긴 여정

내겐 아주 특별한 액자 이야기

이 액자는 1985년, 자전거 수출 기업 'Corex'에 대만의 자전거 부품업체들이 창립 5주년 행사에 기념으로 보내온 선물이다. 비록 설립된 지 5년밖에 되지 않은 신생기업이었지만, 마산 자유수출단지 내에서 자전거 공장 설비를 완벽하게 갖춘 '도쿄 팩'이라는 회사를 인수하여 생산성과 품질면에서 수출국인 미국의 CPSC에서 합격점을 받았다. 또한 미국 내 유통회사인 Korex와는 자매회사로서 Sear's 백화점 등 탄탄한 거래선을 확보하고 있었다. 기지개를 켜고 세계로 나아가는 용(龍)을 알아본 대만인들이 본인들의 꿈을 액자에 담아온 셈이다.

작품은 운동장을 시계 반대 방향으로 세 명의 라이더가 현재와 미래를 향해 달리는 모습을 담고 있다. 라이더들은 각기 다른 장르의 자전거 페달을 밟고 있다. 전통적인 사이클, 당시에는 생소했던 마운틴 바이크를 탄 여성, 그리고 영화 〈E.T.〉에서 본 BMX를 타는 청소년의 모습이 어우러지며 경쟁하면서도 서로의 연대를 느끼게 한다. 실제로 MTB는 88올림픽 때 알려지기 시작해 90년대에 비로소 유행하기 시작했고, BMX는 익스트림 스포츠로 2008년 베이징 올림픽에 정식 종목으로 채택된 것을 감안

내겐 아주 특별한 액자. 구릿빛 동판에 사이즈는 180×90cm.

하면, 이는 시대를 앞선 예언과도 같다.

각설하고, 다시 작품으로 돌아가보자. 멀리 보이는 종탑과 튤립 군락에서는 여유로운 오후 한나절 바람이 스치고 있다. 박수와 깃발을 흔들며 응원하는 가족들도 행복한 미소가 가득하다. 그 미소는 40년이 흘러도 변함없지만, 우여곡절 없는 세월이 어디 있겠는가?

액자는 1999년 회사 부도의 비상사태를 피해 서울로 왔지만, 면목동 은행 건물에서 세 들어 사는 비좁은 사무실에서는 큰 덩치가 부담이었다. 그렇게 2년간 눈칫밥을 먹다가 2001년 남양주에

1,000평 규모의 창고와 사무실이 마련되면서 액자는 기지개를 켜고 뽈락의 집무실 뒷배경이 되었다. 방문하는 손님들이 뽈락을 보며 황홀한 표정을 짓는 것을 보고 무슨 일인가 싶었다. 하지만 착각이었다. 액자를 발견하고 나오는 현상이었다. 멋진 줄 알았던 뽈락은, 사실 멋진 액자의 풍경을 가리는 장애물일 뿐이었다.

암튼 황금빛 후광 덕분인지 뽈락의 가치도 기세등등, 상승세였다. 회사의 매출도 늘어나고, 사내 분위기에도 활기가 넘쳤다. 아내가 운영하던 수도권 엘파마 영업도 승승장구하여 2005년에는 코렉스 근처에 대지 250평, 건평 100평의 아담한 건물을 마련할 수 있었다. 조촐한 개업식에 참석하신 김한중 코렉스 회장님께서 "뭘 선물해주면 좋을까?"라고 물으시길래, 액자를 달라고 요청했다. 사실 김 회장님은 이 액자에 큰 관심이 없으셨다.

"그래, 김 사장이 좋아하는 걸 줘야지" 하시며 흔쾌히 승낙해주셨다. 날아갈 듯한 기쁨이 휘잉~ 짝사랑하던 여인의 부모로부터 결혼을 승낙받은 기분이었다.

신축 건물의 1층은 자전거를 전시하는 쇼룸으로, 2층은 사무실로 꾸몄다. 액자는 2층 로비의 벽면에 자리 잡으며 오가는 사람들의 시선을 사로잡았다. 그렇게 액자는 남양주 사무실의 랜드마크가 되었고, 뽈락 역시 액자를 보며 자전거에 대한 자부심과 사랑을 키워갔다. 한 권의 책이 인생을 바꿀 수 있다면, 한 점의 작품은 인생을 빛나게 할 수 있지 않을까? 하지만 영원할 줄 알았던 그 빛이 또다시 어둠에 덮이게 될 줄이야!

곳간에 쌓아둔 것들에 만족하며 사업에서 은퇴한 뽈락은 건물을 통째로 임대하고 2016년 초 일본으로 유학을 떠났다. 3년 후 일본에서 돌아와 보니 입주한 임차인이 액자를 그대로 둔 채 벽을 막아 인테리어를 해버렸다. 그렇게 액자는 암흑의 공간과 시간 속에 갇히고 말았다. 산 채로 생매장된 액자는 뽈락의 목소리에도 묵묵부답이었다. 아니, 소리 없이 원망의 화살만

1985년 당시 작업복을 입은 김한중 회장도 젊었고, 액자도 싱싱했다!

날리고 있었던 것이다. 사랑? 사랑? 전부 헛소리! 거짓 사랑! 운명은 철부지 장난꾸러기인가?

2022년, 사무실은 신도시 개발로 수용 발표되었고, 2023년 보상을 받으며 건물은 LH 소유가 되었다. 그러나 임차인이 버티고 있어 기다리던 중, 양심이 발동했는지 2024년 10월의 마지막 날 벽을 허물어 액자는 다시 빛을 보게 되었다. 하지만 작업 중에 테두리는 망가졌고, 가장자리에는 부상이 생겼다. 사포로 갈고 실리콘으로 메우고, 목공소에서 만든 새 테두리를 둘렀다. 그리고는 제일 좋은 자리, 이곳 잔차방 입구에 자리를 잡았다. 매일 들며 나며 볼 수 있게 말이다.

뽈락의 잔차 세계에 들어오면 가장 먼저 눈에 들어오는 풍경

이 바로 이 액자이다. 마지막 고정 피스를 박고는 액자의 볼을 쓴 담쓰담했다.

> "이곳으로 오는데 실로 40년의 세월이 흐른 셈이네. 액자야, 이제 우리 절대 헤어지지 말자!"
> '난 괜찮은데, 뽈락 넌 괜찮겠어?'

인연은 이렇게 질기고, 추억은 이토록 고귀하다^^

특별한 인연, 상주 자전거 박물관
뽈락의 37년 자전거 이야기가 다시 시작되다

2024년, 여름의 막바지에 상주에 다녀왔다. 상주 자전거 박물관에서 40여 명의 상주시 공무원을 대상으로 '뽈락! 잔차에 미치다'란 제목으로 2시간 특강을 하기로 한 것이다.

살면서 뜻밖의 일들을 많이 겪었지만, 이번 상주행은 산천이 두 번 바뀐 세월만큼이나 반갑고 가슴이 설레였다. 마치 전쟁통에서 죽었다던 아들이 돌아온 기분이었다. 그만큼 상주는 뽈락에게 희비가 교차하는 특별한 곳이다. 2000년 밀레니엄 시대에 온통 축하와 기대의 분위기였지만, 자전거 업계는 중국산 자전거와의 경쟁에서 풍전등화의 위기에 있었고, 이러한 시기에 상주와의 인연은 운명이라 여겨졌다.

1995년 민선 초대 김근수 상주시장은 일제 강점기 때 자전거 경주를 개최한 역사적 배경과 전국 자전거 보유율 1위라는 강점을 살려 상주를 '자전거 도시'로 만들고자 정책을 펼쳤다. 그 일환으로 1998년, 전국적 규모의 자전거 축제를 열고 시민 자전거 퍼

상주 자전거 박물관(위). 상주 자전거 박물관에서 개최한 '자전거 전문가 테마 강연' 1호 강연자로 무대에 선 뽈락 (아래)

레이드, 자전거 세미나, MTB 대회 등을 개최함으로써 상주를 대내외에 알렸다. 그 과정에서 자전거 공장 유치 아이디어가 나왔고, 2000년에 코렉스가 상주에 입성하게 되었다.

이러한 인연으로 2003년, 제13회 코렉스배 MTB 대회와 제5회 상주시장배 MTB 대회를 공동 개최하게 되었다. 당시 북천 공원에서 출발한 선수들은 자산에 마련된 산악 크로스컨트리 코스를 오르내리며 기량을 발휘했다. 코스를 가득 메운 600여 명의 선수들이 펼치는 서스펜스와 스릴이 가득한 풍경은 그야말로 장관이었다. 또한 번외경기로 치러진 팀별 2인용 자전거 레이스는

상주 자전거 박물관의 이모저모

지금도 전무후무한 경기로 회자되고 있다.

자전거 도시로서의 이미지를 선점하기 위해 상주시청은 2002년 '자전거 박물관'을 설립했다. 당시 폐교였던 상주 초등학교 남장분교에 시 예산 4억 원을 들여 전국 최초로 자전거 박물관이 만들어졌다. 그 과정에서 상주시청 자전거과와 코렉스의 협업은 필수적이었고, 그 작업에 참여하면서 자전거에 대한 공부도 하게 되었다.

뽈락은 바쁜 사장의 일과를 제쳐두고, 자전거 박물관에 대한 호기심과 열정으로 담당자처럼 직접 회의에 참석하여 아이디어를 내기도 했다. 미국 데이비스 시와의 협조나 유럽에서 레플리카를 수입하는 과정에서도 우리 코렉스가 적극적으로 협력했다. 상주 자전거 박물관이 아닌 코렉스 박물관을 만든다는 각오로 임했던 기억이 새록새록하다.

하지만 2005년 10월 상주 자전거 축제에서 일어난 공설운동장 사고에 그동안 쌓아온 공든 탑이 와르르 무너져내렸다. 그야말로 10년 공부 도로아미타불이 되고 시장은 물러났다. 자전거는 홍길동 신세가 되어 제 이름도 못 부르는 금기어가 되고 말았다. 자전거 도시에서 자전거가 빠지면 뭐가 남지?

하지만 잿더미에서도 새싹은 올라온다. 정부로부터 상주를 자전거 도시로 인정받고 60여억 원의 예산을 지원받아 2008년에 지금의 상주 자전거 박물관이 재탄생한 것이다. 일본 사카이에 있는 시마노 자전거 박물관이나 대만 타이중의 자이언트 자전거 박물관과 비교해도 뒤지지 않는 멋진 박물관이다. 특히 자전거길 국도 1호인 낙동강 자전거길의 길목에 위치해 접근성도 좋다. 그러나 여전히 많은 사람들이 이 박물관을 모르고 있다. 자전거는 자주 타야 맛을 알듯이, 박물관도 널리 알려야 제 역할을 한다.

새싹은 재를 양분으로 삼아 이제 뿌리를 뻗어 성목이 되었다. 뽈락의 37년 자전거 이야기가 이곳 상주에서 다시 시작되고 있다. 잔차의 이야기가 오롯이 가득한 박물관 소문이 전국으로 실핏줄처럼 퍼져나가 자전거 물결로 이어져 한국 제일의 핫플레이스가 되기를….

세상에 이런 곳이!

3개의 벽면을 가득 채운 전시실. 미니어처 모델을 중심으로 각종 희귀자료와 기발한 조형물이 전시되어 있다.

국내 유일의 '자가(自家)' 자전거 박물관, 뽈락의 산골 잔차방 취재기

김병훈(전 〈자전거 생활〉 발행인)

동네에서는 이미 자전거는 팔지 않는데 자전거로 가득한 '자전거 집'이라고 소문이 났다. 갓나무 숲으로 유명한 남양주 축령산(887m) 남쪽 불당골천 계곡에 자리한 평범한 주택은 온통 자전거 테마로 꾸며져 '여기가 어떤 곳인가' 궁금증을 일게 한다.

　입구에 간판을 붙이지는 않았으나 국내 어디서도 보기 힘든 이 '자전거 집'은 코렉스스포츠 대표를 지낸 김태진 님(닉네임 '뽈락')의 자택이자 최근에 조성한 미니 자전거 박물관 '뽈락의 산골 잔차방'이다. 올해(2023년) 6월 서울에서 이곳으로 이사온 김 전 대표는 넓은 마당과 반지하 창고를 자전거 전시관으로 꾸미고 평생 수집해온 자전거 모형과 부품, 용품, 희귀자료, 책 등을 정리해놓았다.

담장에는 자전거 조형물을 장식해놓았고, 뒤쪽에 보이는 집 외벽에도 다양한 자전거가 걸려 있다(왼쪽 위). 세상에 둘도 없을 것 같은 자전거 테마 대문(왼쪽 아래). 옆에는 '뿔락의 산골 잔차방' 마스코트인 로봇이 반겨준다(오른쪽).

"제대로 된 자전거 박물관이 없어 저라도 한번 만들어보고 싶었어요. 평생 수집해온 컬렉션을 다 모았지요. 보관 공간이 없어 완성차는 많이 모으지 못했고 대신 미니어처를 주로 수집했습니다. 박물관이라고 말하기는 뭐하지만, 자전거에 관심 있는 분이 오신다면 언제든지 환영입니다. 이름을 '뿔락의 산골 잔차방'으로 붙였는데 '잔차방'이라고 해서 혹시나 오해할까 싶어 첨언하자면, 자전거는 절대 팔지 않습니다(웃음)."

대문부터 생전 처음 본다. 널찍한 철문은 자전거 두 대가 마주하고 있고 크랭크와 디스크 로터로 주변을 장식했다. 이런 작업 모두 김 전 대표가 직접 해낸 것이다. 김 전 대표는 자전거의 디자인과 설계, 제작, 정비까지 전 과정을 배우는 일본 도쿄 사이클 디자인 전문학교 2년 과정을 마쳐 용접과 절단 등 금속물 제작에 능통하고, 자택 한켠에는 전문 장비를 갖춘 별도의 작업실까지 갖추고 있다.

전시물을 설명하는 김태진 전 코렉스스포츠 대표

　　대문 옆에는 이 집의 마스코트이자 자전거 부품으로 만든 로봇이 인사를 건넨다. 대문을 들어서면 마당 외벽은 돌벽 사이에 림으로 통풍구를 만들어 포인트를 주었고, 빅휠과 스트라이다 완성차가 개울가 벽을 장식한다. 담장과 건물 외부에도 다양한 완성차와 미니어처를 배치해놓아 어디를 보아도 여기서는 '자전거'가 있다.

마당에는 키우던 애견 '기동'의 작은 묘가 자리잡고 있다. 세상에서 가장 행복한 개일 듯(위). 개울가 펜스는 빅휠과 스트라이다가 장식한다(아래).

핵심 공간인 반지하 전시실은 넓지는 않으나 벽면에 미니어처 모델이 시대별·장르별로 배치되어 있고, 천장은 휠셋 150개를 일일이 붙여 장식했으며 LED 조명을 추가했다. 희귀 포스터와 의류, 벨, 자전거 도안이 있는 교통카드 등도 빼곡하게 벽면을 채운다.

전시실 외벽에 걸린 완성차들. 직접 제작했거나 타는 모델도 있다. 오른쪽 기둥에는 마치 사슴 머리처럼 핸들과 앞바퀴 부분만 잘라 장식한 '자전거 머리'가 독특하다.

반지하 전시실 출입문. 세상에, 이런 식으로 문을 만들 수 있다니!

미니어처 모델은 시대순, 장르별로 배치했다. 최초의 자전거를 두고 다투는 프랑스의 셀레리페르(왼쪽)와 독일의 드라이지네(오른쪽)가 맨 앞을 장식한다.

여성용 자전거

로드바이크

다양한 자전거 미니어처

MTB 분해도와 각종 저지류

투르 드 프랑스 희귀 포스터

각종 자전거 브랜드의 헤드배지(왼쪽). 다양한 크기와 디자인의 벨(오른쪽)

희귀한 4단 크랭크와 체인, 스프라켓을 이용해 만든 벽시계(왼쪽). 휠셋과 안장을 활용한 테이블과 의자(가운데).
체인과 포크를 이용한 전시대(오른쪽).

바퀴 2개를 이용해 만든 공중 전시대(왼쪽 위). 전시실 천장은 150개의 휠셋을 붙여 장식했다(오른쪽). 김태진 전 대표의 깔끔하고 치밀한 성격을 엿볼 수 있는 정리대. 사소한 것 하나하나를 잘 분류해놓았다(아래).

전시 방식도 기발해서 체인과 포크를 이용한 전시대, 희귀한 4단 크랭크와 체인, 스프라켓을 활용한 벽시계, 바퀴 2개를 연결해서 만든 공중 전시대 등 감탄과 탄복을 금할 수 없다.

휴식용 테이블은 휠셋과 포크로 제작하고, 의자는 안장과 페달로 만들어 앉아 쉴 때도 마치 라이딩하는 느낌을 준다. 개인이 해냈다고 믿기 어려울 정도로 엄청난 컬렉션과 기발한 아이디어, 치밀한 작업은 경이로울 정도다.

이곳은 김 전 대표 부부가 거주하는 사적인 공간이기도 하지만, 그는 방문객에게는 언제든 전시관을 공개하겠다고 밝혔다. 당연히 무료이며, 약간의 주차 공간도 있다. 자전거로 가려면 북한강 자전거길이 지나는 대성리에서 다소 혼잡한 도로를 따라 수동면 방면으로 12km 들어가야 한다. 사전에 이메일로 연락, 약속을 잡고 방문하면 된다.

* 방문 예약 : tjbike@hanmail.net

자나깨나, 내 눈엔 너만 보여
뿔락의 자전거 우표 수집 이야기

불광불급, 미쳐야 미칠 수 있다

자전거에 대한 사랑이 남달라 자전거 미니어처 컬렉션까지 관심이 확장되다 보니 모형 자전거뿐만 아니라 자전거 관련 책, 사진, 엽서, 기념 포스터, 의류, 각종 액세서리까지 눈에 꽂힌다.

한번은 길을 걷다가 자전거가 그려진 멋진 T셔츠를 보고 한참 쳐다보다가 묘령의 여인에게 뺨을 맞을 뻔하기도 했다. 다행히 뿔락의 선명으로 위기 사태는 모면했지만. 대만 자전거 쇼에 출장 갔을 때는 사이클 선수의 사진이 붙은 포도주병을 얻기 위해 식당 쓰레기통을 뒤진 적도 있다. 어딜 가나 뿔락 눈에는 자전거만 보인다. 아는 만큼 보이고, 보이는 만큼 미치는 것인가. 불광불급不狂不及, 경지에 도달하려면 미치는 건 필수 코스 아니겠어! 아이고, 나 미쳐!

일본 도쿄 메구로에 있는 자전거 문화센터에서 처음 자전거 우표를 접하고 그 매력에 사로잡혔다. 우표는 소식을 전하는 전서구의 역할을 대신하는 징표이자, 그 시절의 문화를 나타내는 표식이다. 오래전, 우체부 아저씨의 발인 빨간 자전거의 찌르릉 소리는 까치 울음보다 반가운 소식이었다. 자전거 우표에 꽂힌 뿔락은

자전거 덕후의 운명 같은 자전거 우표 수집

이후 인터넷도 뒤지고, 회현동 중앙우체국 지하에 있는 우표박물
관도 뒤지며 자전거 우표를 수집하기 시작했다. 자전거에 미친 뽈
락에게 새로운 세상이 펼쳐진 것이다.

잡힐 듯 말 듯 한 넝쿨에 손을 뻗으니 호박이 와르르 쏟아졌다.
우표 전시회에서 우표 전문가를 만나기도 하고, 김용진 박물관장
이 메시아처럼 나타나 단기 속성으로 이끌어주기도 했다. 국제우
표의 사장님은 지금도 자전거 모양만 나오면 사진을 찍어 연락해
온다. 경남 진영의 찬새내골 우표박물관장님도 원격 수업을 해주
신 고마운 스승이다.

열정을 불태우며 모은 우표들은 그 자체로 새로운 세상이었
다. 새로운 세상을 열어준 모든 인연들에게 감사한다. 뽈락을 위

해 때맞춰 나타나 도와준 이 많은 귀인들에게 보답하는 길은 더 많은 이들을 위해 가치 있게 활용하는 것이리라.

<뽈락 선생의 자전거 우표 이야기> 발간

국내외에서 수집한 자전거 우표가 1천여 점에 이르자 뽈락은 그것들을 정리해 한 권의 책으로 엮기로 결심했다. 구슬이 서 말이라도 꿰어야 보배가 아닌가. 그렇게 태어난 책이 〈뽈락 선생의 자전거 우표 이야기〉다. 잔차를 타기 전 기름 치고, 닦고, 만지면서 쾌감(?)을 느끼듯, 자전거의 역사를 공부하며 우표를 분류하고, 히스토리에 맞춰 다시 그룹핑하고, 색동옷을 입히듯 한 페이지 한 페이지 스토리를 엮어가는 작업은 수집 이상의 즐거움을 안겨주었다.

이원복 교수의 베스트셀러 〈먼나라 이웃나라〉의 타깃층이 중2인 것을 감안하여 이 책의 독자층은 초등학교 5학년으로 정했다. 그만큼 자전거는 친숙하고 어렵지 않은 어린이들의 탈것이기 때문이다.

먼저 자전거의 200여 년 역사와 변천사를 시작으로, '빠른 발'이란 별명답게 속도를 겨루는 사이클 대회를 소개했다. 1896년 근대 올림픽이 시작된 아테네 올림픽에서부터 정식 종목으로 채택된 사이클 대회의 역대 모습을 우표로 볼 수 있게 했다. 또한 '투르 드 프랑스' 같은 세계 각국의 유명 사이클 대회까지, 자전거에 얽힌 다채로운 이야기를 조잘조잘 지저귀고 있다.

박물관 촬영차 방문한 〈동네 한 바퀴〉 진행자 이만기 씨에게 〈뽈락 선생의 자전거 우표 이야기〉를 선물했다.

책에는 자전거가 우리 삶에 어떻게 이용되고, 인류에게 어떤 의미를 주는지까지 다양한 이야기들을 수록했다. 뿐만 아니라 자전거가 단순한 이동 수단을 넘어 자유와 환경 보호의 상징이 되는 모습까지 담았다.

한편, 자전거는 우리의 생활 속에도 깊숙이 들어와 어린이들의 놀이기구로, 가족들의 사랑과 건강 지킴이로, 레저 스포츠의 수단으로 달리고 있다. 특히 자전거는 사회 관습상 억눌려 있던 여성들을 혼자서 야외로 나갈 수 있게 해준 자유의 아이콘이기도 하다. 이동 수단 중 유일하게 화석연료를 쓰지 않는 교통수단으로 지구를 살리는 불가사의의 만형이기도 하다. 소식을 전하는 우체부 아저씨들의 자전거 타는 모습은 전 세계 어디를 가나 볼 수 있는 낯익은 모습이다.

제1차 세계대전에서 활약한, 소리 없이 빠르게 침투할 수 있는 접이식 자전거 부대, 장애우들의 자전거 스포츠, 자전거가 만들어 낸 오토바이와 자동차 이야기, 북한의 자전거 우표 등등, 흥미진진한 자전거 잡학기까지 수록해 읽는 맛을 더해봤다.

쌈짓돈 털어 만들어서 비매품으로 공짜 나눔을 한다. 하여 밑지는 장사지만, 책을 받은 사람들의 환한 웃음을 보며 보람을 느낀다. 이 또한 공자의 3락*에 버금가는 즐거움이다. 자전거가 둥근 바퀴로 쉴 새 없이 움직이고 있듯이, 뽈락의 머릿속에는 각종 잔차 벌레가 쉴 틈 없이 꼬물대고 있다. 그래서일까. 뽈락은 IQ보다 JQ*잔머리 지수가 더 발달했다^^ 자신보다 남을 위한 잔머리 굴리기는 밉지 않다!

자전거 정책 제안 1

자전거 건강 마일리지 도입에 관한 제언
- 자가 구입과 보상 시스템을 활용하라

공공 자전거 사업의 현주소

프랑스 파리에서 인기를 끈 공공 자전거 '벨리브'는 전 세계 도시에 공공 자전거 열풍을 몰고 왔다. 우리나라도 2008년 환경 수도 창원시의 공공 자전거 '누비자'를 시작으로 전국으로 확대, 시행 중이다. 저렴한 이용료와 편한 이용법으로 도심의 단거리 이동에 편리한 교통수단으로 시민들의 인기 아이템이다.

하지만 공공 자전거 사업은 그 인기만큼 지자체들의 말 못 할 고민도 깊어가는 사업이다. 공공 자전거를 운영하는 데 따르는 재정 부담 때문이다. 저렴한 이용료로 수입은 티끌만 한데, 최대 스폰서인 광고는 목표치에 한참 못 미친다. 전국의 모든 공공 자전거 사업은 이처럼 적자에 직면하고 있다. 최대 규모의 공공 자전거인 서울시의 '따릉이'는 2012년도엔 100억 원의 적자를 기록했다.

애초 공공 자전거를 도입하면 자전거 인구가 늘어날 것으로 기대했으나 연간 자전거 소비량은 제자리걸음이다. 오히려 공공 자전거의 고장 문제나 성능이 떨어져 자전거에 대한 인식 자체가 부정적으로 변한다는 우려도 나오는 실정이다. 공공 자전거 도입 15년! 이제 그 정책을 챙겨봐야 할 때가 아닐까?

자전거 마일리지 활용에 대한 제안

남녀노소에 따라 신체적 특징은 각각 다를 수밖에 없다. 사람과 같이 움직이는 자전거는 타는 사람의 신체적 구조와 일치해야 제대로 성능을 발휘할 수 있다. 이용자의 욕구를 충족시키는 다양한 자전거가 있다. 스피드를 즐기는 사이클, 치마를 입고 탈 수 있는 여성용 자전거, 산악용 자전거, 시내 출퇴근용 하이브리드, 여행을 위한 투어링 바이크, 최근에 각광받는 전기 자전거 등 목적과 용도에 맞춰 보다 폭넓은 선택을 할 수 있는 다양한 자전거가 판매되고 있다.

소비자 부담의 원칙에 따라 본인의 취향이나 목적, 사이즈에 맞는 자전거를 직접 구입하게 하고, 지자체에서는 자전거 이용자에 대한 인센티브를 부여해주면 어떨까? '자전거 이용 활성화법'의 목표는 결국 자전거를 많이 이용하게 하자는 것이 아닌가. 따라서 지자체에서는 '사이클링 컴퓨터'를 시민들에게 나누어주고 한 달 주기로 자전거 주행거리, 즉 마일리지를 확인하여 그에 따른 보상을 해주자는 것이다.

처음부터 전 국민을 상대로 하기에는 복잡해서 관리가 어렵다면 먼저 65세 이상의 시니어를 대상으로 했으면 한다. 시니어들은 본인의 건강을 최우선시한다. 일주일에 4회, 하루 30분 이상 유산소 운동을 하면 성인병이 현저히 감소한다는 의학적 보고는 이미 상식이다. 머리가 희끗희끗한 시니어들이 자전거로 거리를 활기차게 달리는 모습은 보는 것만으로도 기분 좋은 풍경이 아닐 수 없다. 그들이 아침, 저녁으로 라이딩하고 월말에 지자체로부터 보상을 받는다면 체력과 정신의 쌍 희열을 느낄 것이다.

이 사업이 호응을 얻어 활성화되면 자전거를 타기 전과 후의 건강 상태를 비교, 분석하는 연구를 진행해보는 것이다. 연구 기관에서 인증한 결과치를 가지고 의료보험공단과 의료보험 수가에 대해 협의하여 별도의 지원도 받을 수 있을 것이다.

기업체에서도 사원들을 대상으로 이 사업을 한다면 사원들의 건강과 사기도 올라갈 것이다. 또한 사회적으로도 CO_2를 감축하는 회사, 직원들의 건강을 생각하는 회사로 기업의 이미지 제고에도 큰 역할을 할 것이다. 그래서 자전거는 지구를 웃게 만든다.

청소년을 위한 '내 자전거 만들기 프로젝트'
- 사람은 자전거를 만들고, 자전거는 인간을 만든다

천덕꾸러기 자전거 vs. 비행 청소년

자전거가 넘쳐난다. 물자가 귀하던 60년대에는 자전거가 재산목록 2호 정도를 차지하는 귀한 물건이었는데 지금은 천덕꾸러기 신세가 되었다. 1995년 이후 물밀듯 들어온 저가 중국산 자전거의 보급으로 아파트의 자전거 보관소에서 주인의 얼굴을 잊은 지 오래고, 거리의 가드레일을 힘겹게 부여잡고 있다. 중국에서 코리아 드림의 부푼 꿈을 꾸고 왔건만 도로를 몇 번 달리지도 못하고 인생, 아니 자생(自生)이 끝난 것이다. 이제는 방치 자전거로 수거, 분류되어 다른 친구들과 포개져 용광로에 몸을 던질 날만 기다리고 있다. 운이 좋으면 컨테이너에 실려 제3국으로 가서 나머지 삶을 누릴 것이다.

어느 때보다 잘 먹고 잘살고 있는 시절이니 우리도 선진국의 반열에 올랐다며 부듯해하는 사람도 많다. 하지만 빛이 강할수록 어둠은 더 깊은 법. 아직도 우리 사회에는 음지에서 소외받는 이들이 여전히 많다. 특히 감수성이 강한 청소년기에 겪은 빈곤과 차별로 맺힌 응어리는 화산처럼 터져 결국 사회적 문제를 일으키기도 한다. 이들의 불만을 해소해주고 상처를 보듬어 올바른 인성으로 자랄 수 있도록 안내하는 일은 우리 모두의 의무이다.

'내 자전거 만들기 프로젝트'

피워보지도 못한 방치 자전거, 그리고 활짝 피고 싶은 문제(?) 청소년이 만나면 어떤 일이 벌어질까? 내 오랜 아이디어 '내 자전거 만들기 프로젝트'를 제안한다.

비행 청소년들에게 폐자전거를 한 대씩 배정한 후 매뉴얼에 따라 전용 공구를 이용해 자전거를 분해하게 한

합성 자전거? 기린 자전거? 성인용 앞바퀴와 아동용 뒷바퀴를 합성해 만들었다.

다. 자전거는 프레임, 포크를 비롯하여 200개의 부품으로 이루어져 있다. 또한 모든 과학이 동원된 최고의 발명품이다. 침대가 과학이라면 자전거는 첨단 과학이란 얘기다. 청소년들의 가슴속 깊이 쌓인 응어리는 자전거를 분해하는 육체노동을 통해 흘리는 땀으로 녹아내린다. 볼에 묻은 시커먼 구리스는 삼매경의 표식이요, 손바닥 물집은 열정의 흔적이다.

자전거 분해가 끝나면 구석구석 깨끗하게 닦는다. 마치 자신의 꼬여버린 인생의 실타래를 풀고 영혼을 깨끗이 씻어 인생을 재설계하는 것처럼. 조립은 분해의 역순이 아니다. 이제부터는 나만의 자전거, 나만의 인생을 새로 만드는 것이다. 용접 같은 어려운 작업까진 못 하더라도 프레임 스프레이와 스티커는 만들어 붙일 수 있다. 핸들이나 나머지 부품도 본인의 취향에 따라 마음대로 조립하면 된다. 그래도 자전거(自轉車)는 '차(車)'니까 굴러는 가야겠지. 시운전은 필수요, 네이밍은 선택이다. 완성된 자전거의 모습에 성취감을 느낀다면 성공한 것이다.

자전거 위에서, 내 인생도 다시 시작이다!

옆 친구와 하이 파이브를 하며 코끝이 찡해온다. 수고했다, 친구야! 고맙다, 친구야!

구슬이 서 말이라도 꿰어야 보배지. 내가 만든 세상에 하나뿐인 자전거와 함께 길을 떠나본다. 비록 짧은 당일치기 자전거 여행이지만, 태어나 처음 보는 풍경에 환호가 나온다. 중랑천을 이렇게 가까이에서 볼 수 있었다니!

흐르는 강물을 따라 페달을 밟는다. 구리스를 많이 쳤는지 약간 뻑뻑한 느낌이 들지만, 그런 것 정도는 젊음의 파워로 밀어붙인다. 중랑천 끝자락을 지나 뚝섬 쉼터에서 먹는 햄버거는 꿀맛이다.

넓은 한강을 보면서 내 인생도 저렇게 평온했으면 하는 바람도 빌어본다. 옆의 내 자전거를 보니 색칠도 유치하고 어딘지 엉성해 보이지만 아무렴 어때, 내 땀으로 만든 물건이니 뿌듯하고 예쁘기만 하다.

인증샷을 찍어 SNS에 올린다. 그리고 각오 한 줄 덧붙인다. 새로운 내 친구와 함께 멋진 나만의 인생을 펼칠 것이라고.

자전거와 함께라면, 이 순간이 화양연화

인생은 홀로 떠나는 긴 여행이라고들 한다. 하지만 나에게 인생은 두 바퀴로 굴러가는 끝없는 여정이었다. 어느 날 내 삶에 자전거라는 친구가 찾아왔고, 그 친구 덕분에 나는 늘 새로운 길을 찾으며 매 순간 화양연화를 경험하고 있다.

육십의 나이에 일본으로 유학을 떠났다. 낯선 땅, 언어의 장벽, 그리고 좁디좁은 두 평 반 숙소까지, 모든 것이 도전이었다. 하지만 그런 낯섦 속에서 나는 자전거를 타며 다시 어린아이처럼 설레는 법을 배웠다. 도쿄 사이클 디자인 전문학교의 교실에 앉아 신입생처럼 두근거렸던 순간은 아직도 생생하다.

3년 3개월간의 유학은 단순한 학업을 넘어 내 인생의 전환점이었다. 유학을 마친 뒤 내가 만든 자전거를 타고 도쿄에서 서울

2024년 KBS 1TV 〈동네 한 바퀴〉에 출연한 모습

까지 달렸던 20일간의 여정은 지금도 잊히지 않는 인생의 하이라이트다. 두 바퀴 위에서 나는 진정으로 행복했다.

자전거는 단순한 이동 수단이 아니었다. 그것은 나만의 속도로 세상을 바라보는 방법이자, 삶의 깊이를 더해주는 동반자였다. 도쿄의 뒷골목을 탐험하며 쌓은 소소한 추억들, 그리고 아침마다 글로 기록한 하루하루는 단순한 기억이 아니라 나를 성장시키는 과정이었다. 그 과정은 기록을 넘어 마음을 정화하고, 경험을 넘어 인생의 의미를 더해주는 시간이었다. 그때 알았다. 경험의 유통기간을 늘리는 것은 바로 글쓰기라는 사실을.

그렇게 쌓인 경험들이 마침내 이 책을 만들어냈다. 자전거와 글쓰기라는 두 바퀴 위에서 나는 인생의 또 다른 전환점을 맞이했다.

돌아보면, 자전거와 함께한 모든 순간이 내 인생의 화양연화였다. 힘들 때 나를 일으켜 세워준 것도, 새로운 꿈을 꾸게 한 것도 모두 자전거 덕분이었다. 지금도 나는 두 바퀴와 함께 달리고 있다. 언덕을 오르며 더 높은 꿈을 품고, 내리막에서는 바람을 타며 새로운 희망을 느낀다. 자전거는 나에게 삶을 가르쳐준 귀한 스승이자 언제나 편안한 친구다.

나는 내일의 내가 궁금하다. 어떤 길을 만나든, 자전거와 함께라면 또 다른 도전을 즐기며 유쾌하게 나아갈 수 있을 것이다. 오늘도 나는 두 바퀴에 몸을 맡긴다. 내 인생의 또 다른 화양연화를 향해 힘차게 페달을 밟으며 휘이~휙!

가자 않은 길

 로버트 프로스트

노란 숲속에 두 갈래 길이 있었습니다
나는 두 길을 다 가지 못하는 것을
안타깝게 생각하면서
오랫동안 서서 한 길이 꺾이어
바라다볼 수 있는 데까지
멀리 바라다보았습니다

그리고 똑같이 아름다운 다른 길을 택했습니다
그 길에는 풀이 더 있고
사람이 걸은 자취가 적어 아마 걸어야 될 길이라고 생각했던 게지요

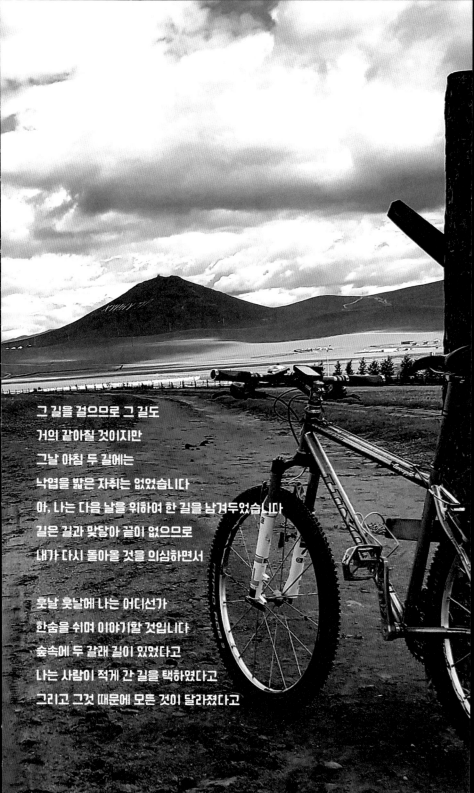

그 길을 걸으므로 그 길도
거의 같아질 것이지만
그날 아침 두 길에는
낙엽을 밟은 자취는 없었습니다
아, 나는 다음 날을 위하여 한 길을 남겨두었습니다
길은 길과 맞닿아 끝이 없으므로
내가 다시 돌아올 것을 의심하면서

훗날 훗날에 나는 어디선가
한숨을 쉬며 이야기할 것입니다
숲속에 두 갈래 길이 있었다고
나는 사람이 적게 간 길을 택하였다고
그리고 그것 때문에 모든 것이 달라졌다고

잔차의 고백 1 · 신사용 자전거
신사의 수난 시대
-글·그림 뽈락 김태진

나는 은륜면사무소 말단 서기 박 주사의 재산 목록 2호다. 평일엔 업무상 잦은 산골 마을 출장길의 LTE급 전령으로, 읍 내 육거리 장날에는 신문물을 실어나르 는 한국판 Fedex로 개문발차, 연중무휴 다. 혹시라도 내가 아프다고 누워버리면 박 주사는 그야말로 '깨갱'이다.

헌데 요즘 이 '넘버 투'를 괴롭히는 녀 석이 나타났다. 피곤한 저녁, 말처럼 우 두커니 서서 좀 쉴라치면 창고 문을 살 며시 열고 마실 가듯 내 손목을 이끈다. 올봄에 중학생이 된 까까머리, 이 집 막내 철이다. 선 키야 나보다 좀 크 지만 누운 키는 분명 내가 더 길 것이고, 지가 태어 날 때 첫 울음소리도 들었으니 한참 형뻘이다. 그리고 나는 뭐라 해도 어른만 뫼시는 '신사 용' 아닌가. 얼라들과는 상대 안 한다는 말씀!

오늘도 달빛 교교한 신작로에서 한판 씨름이 시작된다. 철이의 뽀송한 손은 너무 작아 내 손목을 잡을 수 없어 그저 얹고만 있다. 그

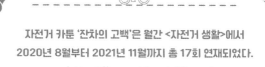

자전거 카툰 '잔차의 고백'은 월간 <자전거 생활>에서
2020년 8월부터 2021년 11월까지 총 17회 연재되었다.
https://www.bicyclelife.net

리곤 한 발은 발판을 딛고 한
발은 땅을 박찬다.

속도가 붙으면 그때부터
가관이다.

내 가랑이 사이로 숏다리
를 디밀고는 반대편 페달을
찾고 나면 몸은 활처럼 휘어

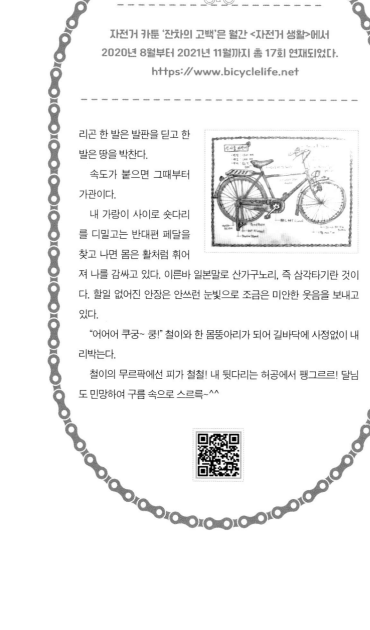

져 나를 감싸고 있다. 이른바 일본말로 산가구노리, 즉 삼각타기란 것이
다. 할일 없어진 안장은 안쓰런 눈빛으로 조금은 미안한 웃음을 보내고
있다.

"어어어 쿠궁~ 쿵!" 철이와 한 몸뚱아리가 되어 길바닥에 사정없이 내
리박는다.

철이의 무르팍에선 피가 철철! 내 뒷다리는 허공에서 팽그르르! 달님
도 민망하여 구름 속으로 스르륵~^^